JN239892

# セバット・ソング

谷村志穂

潮出版社

# セバット・ソング

装画　小林夏美
ブックデザイン　鈴木成一デザイン室
写真　渡辺譲治

# I

結氷した湖面を、真綿のような雪が覆（おお）っている。気温が零下を切ると、湖は水面から少しずつ凍っていく。銀色に輝くのはつかの間で、ひとたび雪が積もれば、氷の底にある水の気配までも消し去ってしまう。

たった今強い風が吹き、さらさらした雪が湖面を駆けるように動き、一気に宙へと舞い上がった。宙に舞った粉雪は、陽光を浴びてきらめきはじめる。儚（はかな）さを凝縮（ぎょうしゅく）した塵（ちり）となって、白鳥たちの目を誘う。白鳥はどこかのうてんきな高い声をあげて、一斉に羽ばたいて見せる。

おしゃべりを楽しみ、唄い合うように、賑（にぎ）やかで甲高い鳥たちの声を放つ。さえずりとも違う。真冬の厳しい寒さのこの土地に降り注ぐ陽光を、鳥たちが讃（たた）え、喜び、互いの生命を謳歌（おうか）するような声。雪原に広がる静寂を破り、伸びやかに響き渡る。

山麓（さんろく）にできた湿地帯。太古の時代の噴火でできたこの辺りの風景は独特で、駒ケ岳（こまがたけ）から山裾（やますそ）へと向かって山肌はドレープのように広がり、そこかしこに点々と、いくつもの湖が点在する。

湖畔を縁取る樹木は、日々の風雪に耐えてさまざまな形に折れ曲がっている。雪をまとえば、白骨のオブジェのようにも見える。

そんな一角に、昔からセバットと呼ばれる場所がある。地元の人たちにそう呼ばれるようになった起源には諸説あるが、「狭い場所」でセバットだったんだ、と古老たちは一番シンプルな説を口にする。

温かい水がそこにだけ注ぎ込み、唯一結氷しない場所。一面凍った湖において、ひとところだけが温んで水の輝きをたたえる。凍った湖は静、温んだ水は動、遠いシベリアから飛来してくる白鳥たちも、水の動くセバットに集い羽を休め、愛の唄を交わし、また飛び立っていく。

還暦(かんれき)を目前に控えた藤城遼平(ふじしろりょうへい)は、この場所に、あの日から五年の間、ほぼ毎日通い続けている。多少の雨風があっても、雪が降る日も、彼は目覚めるとセバットへ行き、少しの時間を過ごすのが日課になったようだ。夏は水辺に腰を下ろし、冬は赤い四輪駆動車を停めて、セバットを眺めているから、白鳥に限らない留鳥の水鳥たちもその気配には慣れっこだろうか。

湖面から聴こえる、偶然の音と邂逅(かいこう)する。

ある日は水鳥たちが羽をぶつけ合いながら、喧嘩(けんか)を始めた。ある日は白鳥の群れがシベリアへと旅立つ日に遭遇(そうぐう)した。陽光の降り注ぐ中、隊列を組んだ鳥たちが、ラッパのような合図の声をあげた。

春が近づけば氷がきしみ始め、風に吹かれて風鈴のように鳴る。

だが藤城が聴きたいのは、本当は彼らの声だ。もう一度、若い彼らの弾むような声が聴きたくて、そこに出かけているのだ。ここへ来ればまた聴こえてくるような気がして。彼らのからから響く笑い声、屈託のない呟き、悔しそうな舌打ち、なんだっていいから、聴きたい。もう一度唄ってくれないか。凍りついたかのような心の奥底から、きらめきながら湧き上がってくる澄んだ唄声で。

二月、夜半の大雪が嘘のように、今朝の空は藍色を強くにじませている。空は冷たい雪を吐ききったのだ。

朝からは、抜けるようにどこまでも高い空が大きな口をぽっかりと開き、大地を見下ろしている。

藤城の院長室の机は、素朴な応接セットと向かい合うようにして設置されている。部屋の中央には、灯油式ストーブがある。ストーブは、彼の好みの円筒状で、その上にはやかんが蒸気をあげている。気が向けば、この湯を使って自分でインスタントコーヒーをかき回す。

大きな窓も真冬になれば屋根からの氷柱と積もった雪で、半分ほどが隠れてしまう。窓は湯気で曇り、庭全体を見渡すことはできないが、不思議といつも一本の枝ぶりのいいストローブ松だけは、この部屋からまっすぐに視界に入る。

両手を広げたように茂った大きな松の枝には、重だるい雪がのしかかっている。

藤城にはいつもその松の枝が、ここにいる院生たちの姿と重なって映る。どんなに重たい雪にまとわりつかれても、自分では振り払うこともできない。ただじっと、解けて消えていくのを待つしかない。雪を拭ったら現れる樹皮の清潔な青々しさを、彼らは自分たちではまだ、気づかずにいるにちがいない。

「院長、そろそろ到着するようですよ」

眼鏡をかけた係長の串本からそう声をかけられ、窓に向かって立っていると、白い乗用車が山裾から長くまっすぐに続く一本道を、タイヤで雪を吹き上げながら走ってくるのが見えた。ウィンカーを出した車が、雪を踏みしだく音を立てながら学院の門をくぐった。

この学院の五十六人目の在院生になる十四歳の子どもが、その後部シートに身を硬くして乗っているはずだった。

車が止まり、児童相談所の職員に肩を押されて、少年が、白雪を踏み出した。

彼は庭のストローブ松の横を通り、雪道を進んで学院の玄関をまたぐ。高く抜けるような空も、大きく両手を広げたような松の枝ぶりも、彼は一度も見上げることがない。

ここへ来る子たちは皆そんなふうにうなだれて、ふてくされて入ってくる。こんなはずじゃなかったよ。なんでなのさ。俺、なんでこんなところに連れてこられたのさ、もう誰も信じねえよと、内心では思っている。

今日はじめて院長室に通された子どもは、肌が青白くて、髪の色は脱色されている。痩せた子どもだ。冬だというのに、薄手のウインドブレーカー一枚だけ羽織ってやってきた。

児童相談所で決定された自立更生のための支援策にのっとって、彼はここへの入所が決まった。主訴と呼ばれる理由は、この子の場合は度重なる近隣商店での万引き、家出、怠学だ。だがその照会文をよく読んでいけば、彼がどんな環境でどんなふうに育ってきたのかは、他の子どもたちと同じように想像に難くなかった。

実父、それに父の三度目の結婚相手である養母と、江別という札幌近郊の街で暮らしていた。自分の本当の弟と、養母の連れ子が二人、父と養母の間の子どもが一人いる複雑な家族構成だ。彼の実母は、少年が五歳のときに家を出た。二人目の母も三年ともたず、父は今の養母にも酔うと暴力をふるう。この子もまた万引きするたびに父親に殴られ、そのつど家出を繰り返し、学校も休みがちになっていた。父は板金工だが仕事は休みがちで、養母はスナックで働いている。

「まず、名前を教えてくれるかな」

「田中優斗です」

院長室に通し面会を始める。案外素直に答えた。

「朝、何時に江別を出たのかな？」

その返事には、少し間があった。

「出たのは、札幌です」

「院長、田中くんは、鑑別所にひと月ほどいましたので」

応接セットで、少年の隣に座った児童相談所の女性職員が代わってそう答える。グレーのスーツを着たまだ若い職員で、膝にのせた照会のファイルのページを少し神経質そうにめくっている。

「途中、お昼は食べてきたかい？」

「ラーメン」

「なんだ、ラーメンだけなの？　児童相談所もずいぶんけちだね。餃子とか、コーラとかは頼まなかったの？」

　児童相談所の女性職員のほうが先に、慌てたように生真面目に答える。

「いえ、なんでもいいよとは言ったのですが」

「それで、何ラーメン食べたの？」

「味噌です」

「そうか、残念だな。道南はね、ああ、道南ってわかるよね？　函館とか、ここ大沼とか北海道の南の方だけど、君は勘がよさそうだから、わかるね。塩ラーメンがうまいんだよ」

　このおっさん、どうしてこんなどうでもいいことばっか訊いてくるんだ、と、俯いた少年の顔には素直に書いてある。気だるそうに答える。

「あ、はい」

「鑑別所の、ひと月は長かったよね」

「はい」

　藤城は、少年の顔を覗き込む。

「それで、今君はさ、どうしてこんなところに自分が来ているんだ、と思っているでしょう」

　彼はそのとき、少しだけ顔をあげて、小さく頷いた。

「だけど、自分でも何をしたかは、わかっているよね？　だから、ここにいるんだよね。それとも弁解しておきたいことはある？」

　短い沈黙があっての、ひと言だった。

「ないです」

あるに違いないのだ。なんだっていいから、話してくれないかと、いつも藤城は思う。まさかあんなことで、ここまで来るとは。そんなことくらいで、児童相談所から鑑別所へ送られ、ついには家や地元から離されるなんて、まだ十四歳の彼は思ってもみなかったはずだった。彼は万引きをしたのが見つかって、通行人に取り押さえられた。「そのとき、心の中に説明のつかない怒りがこみ上げてきて、通行人を蹴り上げ、けがを負わせた」と、本人は供述している。最初の万引きのときに、彼はきっとただ叱ってほしかったのだ。そんなばかなことは、もう二度としないでと一緒に心で泣いてくれる親があれば、十四歳には乗り越えられる躓きだったのではなかったか。

だからね、君は悪いことをしてここへ来たが、まだたった十四歳の君が、悪いわけではないんだ、と藤城は心の中ではいつもと同じように語りかけている。ここへ来る子たちの過去歴を読み込むつど抱く気持ちだ。

「最初、盗んだのは、パンだったんでしょう。それからは、結構いろいろあるね。ブロン錠風邪薬とか、ヘアクリームとかいろいろあるけどさ、最初はパンだものね」

しばらく間があって、一層小さな声が返ってきた。

「そうです」

少年は膝の上で、その長い指を握った。

「腹減って、盗んだよね。だからって盗んだらだめなんだけどさ。それはもうこんなところまで

連れてこられたんだから、わかるね。でも、どうにもならないときもあったよね。腹減ったから
どうにかしてくれって言っても、父さんには、すぐ殴られたかい？」
藤城は、ずけずけと初対面の子どもの胸の内に入っていくと決めている。ストローブ松の枝に
ついた氷や雪を、なんとか払い落としてやりたいと思う。本当はその真ん中で、青々と生きてい
るはずの樹皮やその内側の真っ白な材と同じように、彼らの抱いた若くて荒々しい感情に出合い
たい。
「優斗くん、ここではね、まず思ったことはなんだって口にしていいんだ。腹減ったら減ったっ
て言っていいんだよね。だけど君も、短気を起こしちゃだめなんだ。ここでは、それをしっかり
覚えていってほしいんですよ」
彼が小さく返事をし、
「一年か二年になりますが、一緒にがんばりましょう」
と、お決まりの言葉を口にして、あとは串本係長と、同席していた長身でジャージ姿の寮長に、
役割を代わった。
藤城にとっては、学院長としてこんなふうに入所照会を見て面会するのは、おそらくもう百人
目は超えただろう。名前は覚えていなくても、児童相談所から最初に送られてくる照会文だけは
事前に何度も読むので、そのページをめくると、彼らとはじめて面会した日の表情から順に思い
出されてくる。出会って、一年、二年を共に過ごし、彼らは出ていく。その繰り返しだ。感化を
信じて真剣に向き合っているつもりでも、子どもたちの重たい扉は開いてはくれない。ドアノブ

はこちらには付いていないのだ。だからこそ、招いてくれるように願うだけなのだ。藤城はたじろぎ、戸惑い続ける。僕を入れてくれ。教えてくれ、君の物語を。時間は限られているんだ。君の物語に僕らを入れてくれないか。

駒ヶ岳学院（仮名）は、かつては感化院、教護院と呼ばれてきた公立の施設だ。今は児童自立支援施設と総称される。こうした施設の始まりは、北海道では遠軽という土地で、キリスト者が森を切り開き、チャペルを建ててはじめた北海道家庭学校だった。田畑を耕し労働をしながら、子どもたちは寮の夫婦と起居を共にして自立更生を目指すのだ。留岡幸助というキリスト者がはじめ東京に施設を作り、北海道に移ってきたのは大正三年だった。

その後、ここ駒ヶ岳学院や、湖の反対側にある女子のための軍川学園（仮名）などが、道立でできていった。それぞれ五つの寮で、寮の運営を担当する夫妻が、ここに入所した子どもたちと起居を共にする。小舎夫婦制と呼ばれる。時には自分たちにも子どもが誕生すれば、一緒に育てていくし、当たり前のように夫婦喧嘩も見せる。そこからどう関係を回復していくかを、ここに来る子どもたちのほとんどは知らない。

藤城は遠軽で職員をした後、道の職員となり札幌の児童相談所での勤務についた。その後、女子の軍川学園を経て、湖の反対側のこちらの駒ヶ岳学院との両方を兼任することとなった。

五年前の過誤——他人がいくら否定してくれても、自分ではそうとしか捉えられない出来事があってからは、特にそう感じている。

塀も鉄格子もない家庭的な場所なのに、近隣の人たちは昔からここを、少年院だと勘違いしてきた。子どもたちのほうも、時折「脱走」と呼ばれる無断外出の事件を起こす。

駒ケ岳学院からも軍川学園からも、万が一冬期に無断外出をすれば、森の中のまっすぐな一本道を、または結氷した湖の上を行くしかなく、道に迷えば凍えてしまう危険がつきまとう。

それでもここから走り出て、彼らはつかの間の自由をほしがる。その先に、もしも本物のユートピアがあるのなら、いつだって背中を押してやるのにな。

「院長、田中くんと理容院へ行きます。戻りましたら、稲穂寮へ入寮します」

「ついでに、暖かいダウンを買ってあげてください」

そう言って藤城は院長席の前でもう一度窓の外を眺め、椅子に座った。

引き出しからノートを取り出すと、しおりを挟んだページを開いた。

五年前のあの日から聴こえなくなった唄。

私なら変わらずここにいるというのに。

あの日も、吹雪が嘘のようにやんで、すべてが明るい陽射しに祝福されているかに見えていた。

若い三人が、ここに集っていた。

# II

## Yuki, Takuya, Maya

藤城ゆきは、藤城遼平、久美子(くみこ)夫妻の間に生まれた一人娘である。遠軽という地で生まれた。当時は父と母が北海道家庭学校の寮長寮母をしていたので、自分もその寮の一角にある家族の部屋で育った。何かしらの問題を抱えてやってきた寮生たちがそこにいて、食事や風呂は別だったが、同じ環境で過ごしていたのには違いなく、ゆきにはそれが当たり前の生活だった。

やがて父が札幌の児童相談所に移ると決まり、ちょうどその頃から母が体調を崩しがちになった。ゆきは学齢に達し、母と札幌に残ることになり、父一人が大沼へと移ったのだ。父の遼平は、はじめは大沼にある、女子のための軍川学園の敷地内で、職員のために用意された住宅である公宅暮らしをするようになった。

以来父はいわゆる単身赴任暮らしのままだ。

ゆきは札幌の高校を出た後、理学療法士の資格を取るために専門学校に通い始め、この春には卒業を迎えた。市内の病院での研修を終えて、春から働き始めたばかりだ。

遠軽の産院で、大雪の日に生まれ、ゆきと名づけられたと聞いている。

朝からの雪が、夜半になりゆきが生まれて間もなくぴたっとやんだ。産院の窓からは、積もった雪が、月夜にきらめいて見えていたそうだ。

「大雪の空から舞い降りてきたように、
　力強く輝いて見えた赤ん坊
　命名　藤城ゆき」

父が作ってくれたアルバムには、角ばった万年筆の字でそう書いてある。

ゆきは札幌から函館までの都市間バスを乗り継いで、藤城の誕生日祝いをしに大沼へやってきた。ベージュのコートのフードをかぶって、駒ケ岳学院の門をくぐった。

「お父さん、お誕生日、おめでとう」

幼い頃、北海道家庭学校の敷地内で育ったので、施設の子どもたちを怖いと思う気持ちはないが、自分もそれなりの年頃になってからは、向けられる目を意識しないわけではない。ただ、幼い頃のゆきの感覚では、どんな少年たちも自分には優しかった。夕方になると、一緒に手を引いてくれたり、雪だるまを作ったりして遊んでくれた。彼らがひとたび気持ちが荒ぶると、どんなになるのかも見てきたが、その陰では裏庭で泣いているような姿のほうが目に焼きついている。

藤城の誕生日にバスで運んだのは、函館の駅前で頼んでおいたデコレーション・ケーキだ。職員の方々も一緒に食べられるくらいには大きい。それと、母と片方ずつ編んだ手袋だった。

「どっちがお母さんの編んだ方でしょうか?」

院長室に入るなり、応接セットに座る。いつも通りそんな屈託のない言葉をかけながら、テーブルに両方の手袋を並べてみる。

だが父は自分の机の前で、眼鏡の課長といつまでもパソコンの画面を覗き込んでいた。

父は課長に言う。

「摩耶、元気そうですね」

それは、親しみというか愛情のこもった声色だった。おそらく、「摩耶」というのだから軍川学園の女子の退園生なのだろうと察する。

軍川で働いていた頃の父はあまり知らず、そこに自分と同じ年くらいの女の子たちがいるのだと想像するのはあまり面白い気持ちではなかった。その子たちと過ごす時間より、母や自分と会う時間は較べ物にならないほど少なかったからだ。

せっかく誕生日にバスを乗り継いでやってきたっていうのにと、ゆきが多少気持ちを曲げかけていると、父はようやくノートパソコンを持って応接セットに向かい合った。

「誕生日だからといってね、面白い唄を送ってきてくれた退園生がいるんだよ」

「お父さんに?」

父は昔からギターが好きで、夜になるとギターを弾く。遠軽では、夏には外で弾くこともあった。今も院長室に、青いギターが立てかけてある。

「聴いてみるかい？」

その曲は、YouTubeにアップされていた。

『パパリンに贈る〝愛羅武勇〟』

曲名を見た瞬間に、ゆきははっきり言って〝ドン引き〟した。しばらく言葉を失って、顔の前で手を振った。

「お父さん、パパリンなんて、呼ばれてるの？」

少し丸みのある眼鏡、ブルーのシャツにカウチンセーターを着込んだ父は、屈託なく笑っている。

「摩耶っていうんだけど、この子は、そう呼んでいたね」

「なんか気持ち悪い。ごめんね」

自分の気持ちが妙に高ぶっているのを素直に認め、ゆきはテーブルに広げていた手袋を入れてきた紙袋に収めると、

「先にお父さんのところに行ってるね。ケーキは、皆さんで召し上がってください」

大人ぶってそう口にして、学院の建物から一人で外へと歩き出た。

藤城の住まいは今、学院の敷地内ではあるが、寮ではない。戸建ての公宅だ。藍色の空の下を、ゆきは戻り雪だった今年の大沼の雪道を踏みしめながら歩く。建物から五分ほど歩いた先の、茶色いトタン屋根の古い公宅を目指すうちに、白い景色と静けさにもやもやした思いは少しずつ薄

れていった。

玄関の前の壁には、黄色い雪かきスコップが立てかけてあって、その横には小さな雪だるまが作ってある。赤い木の実が目玉になっていて、眼鏡の囲みまである。枯れ枝が両手だ。雪でできた帽子を斜めにかぶった雪だるまは、たぶん父が、ゆきを歓迎して作っておいてくれたものだ。最近、めまいの症状がある母は、長距離の移動を避けて今年は来られなかったが、いつもは二人で来ていた。

機嫌を直さなきゃな、と思う。

さっき父から手渡された鍵で、扉を開く。がらんとした住宅の、壁も床もベニヤ板だ。床にはカーペットが敷かれ、部屋の片隅には、やはりギターが立てかけられてある。

ストーブの火をつけ分厚いカーテンを開くと、外には大きく枝を広げた松の木が立っているのがみえた。

きちんと片付けられた台所のガス台にのった鍋を開けると、シチューができていた。父は単身赴任になってからは、料理も自分でしているみたいだ。部屋の寒さで上に脂が浮いていたが、それでも美味しそうで、ゆきは食器棚を開けて小皿を取り出し、じゃがいもを一つのせ、冷たいまま箸で食べた。

それにしたって、父をパパリンなどと呼ぶ摩耶という退園生は、どんな子なのだろう。

ゆきは小皿をシンクに埋めると、父のソファに足を投げ出して座る。少し戸惑ったがスマフォで、先ほど見たうろ覚えの曲名を You Tube で探してみると、それらしいのが見つかった。

摩耶という名前ではなくて、DryIceというアーチスト名みたいだが、きっとこの子だと感じた。髪を顎のあたりで断ち落としたような姿の女の子は、ちょうど自分と同じくらいの年頃に見えた。前髪を無造作に耳にかけ、細身のパンツにショートブーツ、ギターを手にしている。シルエットだけで、顔ははっきり映っていない。

思い切って再生ボタンを押すと、「パパリン」と、まず画面から手を振って呼びかけてきた。そして、きれいに伸びる高い声で、

「じゃあ、始めるよ」

と言って、唄い始めた。

パパリンが居なくなって
どれだけ時間が経ったか分からないけど
パパリンが遠くにいったってことを
実感できずにいます
いつもパパリンが座っていた机
いつも停まっている赤い車
そこはパパリンの机
そこはパパリンの停める場所

ギター一本で刻むようなリズムをつけて、やけに朗らかな感じでその唄は続いていた。

なんだ、これ？　とゆきは改めて思う。けれど、そこにいるパパリンとは、間違いなく自分の父の印象と重なった。

明日（あした）も明後日（あさって）も
またいつもの
ように
会えるかの
ように
最後にサヨナラなんて
言わなかった

同じ歌詞がリフレインする。またいつもの、ように、会えるかの、ように、そんなふうに区切って唄う声が、耳に残ってまとわりついてくる。

ゆきは呆然として、手の中のスマフォの画像をオフにした。けれどまだ手のひらに、シルエットの中の摩耶が居残っているような気がする。

しばらく落ち着かない気持ちで窓の外を眺めていると、グレーのダッフルコートを着た父が、敷地内を歩いて帰ってくるのが見えた。いつのまにか粉雪が降り始めたようで、父はフードをかぶっている。父の手のひらに皿にのせたケーキがあるとわかり、ゆきは思わずスマフォをトートバッグにしまった。

玄関扉が開き、父はケーキを上がり框（かまち）に置くと、そのまま少し雪かきをして中へと入ってきた。室内にいても、スコップが地面をこする力強い音が響く。札幌の家で、母が早朝に立てるひ弱な音とは違っている。

父が何より自分の役割を重要に考えてこうして公宅に暮らし続けるのは、母娘の中では暗黙の了解だ。ひと言で言ってしまえば父は根っから「福祉の人」なのだ。だから自分たちは「福祉の人の家族」として生きるしかなかった。いつか父には、それをじっと受け止める母のような人は、なかなかいないと思うよ、と言ってやろうと思っている。

「ただいま。ゆきの分も、事務員さんが渡してくれたよ」

そう言ってテーブルの上に、皿にのせられたいちごのショートケーキを置いた。特別にホワイト・チョコレートのメッセージ・プレート付きだ。

食器棚からマグカップを取り出し、父はストーブの上のアルミのやかんの湯を注ぎ入れてから、インスタントコーヒーをかき回す。ゆきには、砂糖とミルクも。その間に、父は自分の煙草（たばこ）に火をつける。昔から変わらない、帰宅後すぐの習慣だ。

コーヒーとケーキを前にして、こぢんまりしたダイニングテーブルに向かって座る。ケーキの生地が柔らかかったのか、すでに崩れている。

慌てて思い出して、手袋を改めて取り出した。

「もう一度ね、どっちが私でどっちがお母さんが編んだでしょう?」

先ほど言いかけた台詞(せりふ)とともに、父に手渡す。今年はツイードの毛糸を選んだのも、ゆきだ。去年よりはずっと腕を上げたのを自慢する前に、

「おお、かなりいい線いってるね」

と父が褒(ほ)めてくれる。両方の手袋を見比べて、その案外ほっそりした長い指の先まではめてみる。

「だけど、こっちがお母さんで、ゆきのはこっちだね」

左右の手袋を深くまで差し込んで、指人形のように動かしてみせる。答えは父の言い当てた通りで、ゆきは白い頬(ほお)を膨(ふく)らませ、問いかける。

「何が違うのかな」

「こっちのほうが、なんだか糸があったかく感じるのはどうしてだ?」

と、父はいつも率直だ。

「同じ糸に決まっているのにな」

と、ゆきも手にはめてみる。

窓の外が急に暮れなずみ、降り積もった白い雪だけが藍色に染まった夜気の中で、際立って見えた。

敷地内の遥(はる)か遠くに一軒ずつ、羽を広げるような形で建つそれぞれの寮舎の窓からも、灯りが

こぼれ始めた。

敷地内には寮が全部で五つ。

こちらの駒ケ岳学院は、少年たちばかり。各寮に十人くらいずつが、寮長寮母と暮らしているはずだ。かつてはゆきたちも、そんな寮で、家族として暮らしてきた。

彼らが親元から離されて、こんな遠くの学院に連れてこられるようになった理由はさまざまだとは想像がついたが、ゆきにも話してもらえるようになったのは最近だ。母は記憶の中の彼らの入所理由を、振り返りながら教えてくれた。万引きや校内暴力、親から酷い虐待を受けたり、発達障害によるコミュニケーション能力の欠如からくる家庭や学校内での不和、中には妹や級友への性的な悪戯という理由も聞かされた。

子どもだったゆきには、ひとりひとりの顔がおぼろげに浮かんだ。自分は子どもではあったが、そこにいたのは、以後出会っていく同級生の男子たちより、ずっと大人に見えていたのも確かだった。心というより、体つきもそう見えていた。

寮生同士の揉め事は、一旦始まると熾烈だった。感情を荒げたり、適当な言い訳を口にしたり。目の当たりにするたびに父は、「ここでは嘘をつかなくていいんだ」とか、「相手はこう感じたと思わないかい」と、繰り返し伝えていた。子ども心にも、なぜそんなことをわざわざ教わらなくてはいけないのかが不思議だった。けれど父は、決まった言葉を懲りずに何度でも伝えた。その何度でも、が、父にしかできないことのように思えていた。

摩耶というあの子も、それを聞いたろうか。それとも、父にそんな言葉を向けられる必要もない優等生だったのだろうか。

裏山から湖にかけての広い土地に、この学院の敷地以外は何もない。湖は冬の間ずっと結氷していて、表面を雪が覆っている。この敷地の中にだけ灯りがあり、父はその敷地の中にあっても、単身の公宅住まいで、よく続いているとしか言いようがない。

寮生が勝手に寮を抜け出すと、夜中でも捜しに出る。商店をこじ開けて食べものを取ったり、お金や車を盗んだと警察から連絡があると、また裏切られたと失望するはずなのに、たぶん本当は、ほっとしていたのだ。生きていたから。卒業して何年も経つ寮生が逮捕されても、父の元へは警察から連絡が入った。他に身元の引受人がいない場合は、面会や裁判にも行った。

そんな父に、唄のプレゼントをしてくれた摩耶という子は、父がいなくなって寂しいと素直に唄にしていた。ゆきには、少し羨ましかった。父はどんなにかうれしかったろうか。

「お父さん、さっきはごめんね」

振り返ってそう言うと、父はすでに鼻唄交じりにエプロンをつけていて、シチューの鍋を火にかけている。

「何のことだ？　それより、じゃがいも、食ったな？」

目尻を垂らして、父は笑った。

春になって正式に採用された札幌市内の総合病院で、ゆきは理学療法士として働き始めている。

薄いピンクの上下に分かれた制服は、上衣はケーシー型で肩のところでボタンを三つ留めるようになっている。膨らんだ胸のところが、少しきつい。

病気や怪我で身体機能に障害を持った人に、医師たちの指示のもとで運動療法や物理療法を行わせる役だ。リハビリテーション専門職の一つ、国家試験にも一度で合格した。

父はその仕事に就いたことを喜んでくれて、送られてきた手紙の文面にはこんな文章があった。


〈ゆきらしい仕事を見つけたと、うれしく思っていますよ。

ゆきがまだ小学生になりたての頃、登校の途中で会ったおばあさんの足取りがおぼつかなくて、心配になって一緒にゆっくり歩いているうちに、通学路を見失ってしまったことがあったね。それで泣いて、どこかの店先から電話をしてきたんだったね。

今も時々、あのときのゆきのことを思い出します。お母さんがゆきを褒めてやるんだって言って、ポケットにキャンディを入れて迎えに行ったんだよね。

これからゆきが就く仕事もたぶん、気長に気長にと自分に言い聞かせることが少なからずあるでしょう。そういう面では、こちらと似ているのかなと思っています。そして、気持ちだけあってもだめで、専門的な学びが必要とされるのでしょうね。くじけずに、ゆきらしく、そしてひたむきに。

善きことのために、怖れは不要です。

遼平

追記　車の免許を取ったそうだから、運転はまあ、慎重に越したことなし〉

仕事はまだアシスタント的な要素が多いが、父の手紙にあった通り、声かけ一つで患者さんの気持ちは変わるのを目の当たりにする。それに今は、患者様と呼ばねばならないなど、患者さんは病院にとってのお客様でもあるのを講習会からは過分なほどに感じた。

「痛い、痛い、もうそれは嫌だって言ってるでしょ」

多くの人が必死でトレーニングをしているのに、一人大声をあげているのは、形成外科に入院し始めたばかりの患者さんで、六十代である。公営のバスに乗りかけたところで発車されてしまい、雪道で転倒して腰の骨を折ったそうだ。病院では自宅療養が可能と判断したが、家族は入院治療を強く希望した。そのために保険の申請が必要であるというので、今日も弁護士を伴ってやって来ている。

「そうよね、おばあちゃん、何をしたって痛いよね」

と、患者さんの娘らしき巻き髪の女性が、わざとらしい大きな声で言うのを、ゆきが呆然として見ていると、

「ああいう人、結構多いから。障害の度合いが重いほど保険はたくさんもらえるものだからね」

北村怜奈（きたむられな）という三つ上の先輩が、そう耳打ちしてきた。今のところ、病院内の仕組みについてや近くでランチのお店まで、何かと彼女が頼りだ。ただゆきの昼食は、大抵母が作ってくれる弁当をカフェテリアで食べているのだが。

お昼の交代時間が迫ってきており、壁際には次のシフトの三人がすでに待機している。

ケーシー型のボタンの反対の方に、一つに束ねた長い髪を垂らした怜奈が頷いて、

「では、藤城さんと休憩に入ります」

そうチーフに言って、リハビリ室を後にした。

怜奈は、今日は以前から楽しみにしていたパスタランチを食べに行くそうで、ロッカールームで別れた。ゆきは制服に紺色のカーディガンを羽織り、弁当の包みを手に、カフェテリアへと向かった。

お茶は、サーバーからなら自由。お弁当の中身は、今日は銀鱈とちくわの磯辺揚げだ。卵焼きは薄く焼かれ、ほうれん草と一緒に海苔で巻かれている。切り分けた面が、弁当箱の中で渦巻きに見える。

母は自分の分も同じに作って食べているそうだが、そんな丁寧な弁当を社会人になってもまだ作ってもらっているのは少し面映ゆい。

明るいカフェテリアの中で、好きな窓辺の席が確保できた。ここからは、大きなストローブ松が見下ろせるのだ。

厳寒の北海道の気候に適したストローブ松。この樹木は、成長に風を必要とした。不思議なことに自分に縁がある場所には、いつもこの松が植わっている。遠軽にもあったし、父が今いる駒ケ岳学院の敷地にも、大きいのが二本、院長室から見ると前後に立ち、互いに左右から顔を覗かせるように見える。

葉が細く柔らかく、遠くから見るとレースのように繊細に見えるが、大きな手榴弾みたいな

形の松ぼっくりをつけるから、すぐにわかる。アメリカでは平和の木と呼ばれるそうだ。

この病院の面接にきたときに、直感的にここがいいと決めたのは、その松のせいもあった。やはり二本が、風を受けてさわさわとした枝を、空からの光を迎えるように広げ立っていた。ゆきにはその風を感じることができた。

一人で食べるのは全然苦ではない。壁に備え付けのテレビを時々見上げながら食べているが、混んできて誰かが相席になっても、それも特に嫌ではない。医師たちが忙しそうに、少し伸びたそばを慌ててすすって仕事に戻っていくこともあるし、看護師同士が食べながらも、患者さん方の話をしているのを耳にすることもある。

「ここ、いいかな」

ただ、たった今向かい側の席についたずんぐりした体型のその人は、白衣から見て医師のようだが、少しざらざらした空気を運んできた。

「新人のPTさんでしょ？　ちょっと噂（うわさ）」

PTは、理学療法士の略だ。療法士は他に、作業療法士がOT、言語聴覚士がST、などと呼び分けられる。

首から下げている名札をゆきは少し隠すようにして、首を傾げる。

「どんな噂、なんですかね」

もしも噂などになっているとしたら、ホテルで開かれた病院全体の新人歓迎会のときに、壇上にあげられた際の出来事しかないはずだった。自分は福祉の仕事をしている父を尊敬していて、この仕事でもひたむきに人の役に立ちたいと言っただけなのだが、そのときなぜか、一部のテーブルから「いいね」とか、「かっわいい」とか、揶揄するような笑い声が聞こえた。酔ってもいたはずだ。

「うまそうな弁当だな。それ、独身男に千円で売らない？」

「キモい」と、ゆきは思い、他に席を移ろうとしたが、すでに昼食時の混雑が始まっていた。

「席、いいですか？」

よかった。トレイに天ぷらそばをのせた眼鏡をかけた事務の人が、ゆきの隣に座ってくれた。医師のほうは、急に丁寧な口調で斜め前の、その事務の人と話し始めた。

「あ、いた、いた」

怜奈もトレイを手にやってきて、ゆきの斜め前に座った。

「パスタの店、いっぱいだった。今日、レディース・サービスデイだったから。並んでるんだもん、さすがに諦めた」

怜奈の話に相槌だけ打つと、彼女はよりによって、隣にいるその医師のほうを向いて、満面の笑みを浮かべた。

「やだ、小柳先生だった。この間はどうも」

そう言ってえくぼを作って、ちょこんと頭を下げる。

「おう、楽しかったね。ＰＴさんたちは、みんなお酒が強いよね。また行こう。で、この子でしょ？新人さん」

怜奈は少しばつが悪そうに瞬きをして、ゆきを見る。

「あ、ええ」

噂というのは、怜奈が立てていたのかと唖然とする。

「じゃあ、近々やろうよ。また、メールするから」

そう言うと、小柳と呼ばれた医師は、白衣を翻して去っていった。食事はせずに、コーヒーの紙コップだけ手に持っている。怜奈のトレイは、定食のチキンのピカタのようだ。

「なんか、噂とか言われました。ちょっと嫌でした」

「あのね、誰がゆきちゃん落とすか、賭けてるみたいよ。洗礼、洗礼」

ゆきが怪訝な表情を向けると、怜奈はばつが悪そうにして笑った。

「そういうの、嫌な人か。まあ先生方もＰＴたちは遊び相手と思っているから、深入りしないほうが無難」

と、怜奈は、思い直したように言う。

「でもゆきちゃんも、遊びには行こうよ。ドクターたちは、おごってくれるよ」

「私、別におごってほしくないです」

「そうなの？」

と、怜奈は肩をすくめ、続けた。

「だけどね、結構一緒に遊ぶと勉強になるよ。それに、たまには息抜きも必要だって」

勉強になって息抜きって、そんなのあるかと思う。なんだか、ついていけない雰囲気だが、それでもいつか、こんな感じが当たり前に思えてくるのだろうか。

仕事を始めてからは、帰宅後は一旦、二階の自室でひと休みする。築十年を少し過ぎた、二階建ての家だ。一階に台所や風呂、ダイニングと隔てて、窓辺のリビングルームがある。二階には自分の部屋と母らの部屋が、互いに扉の開閉式で向かい合っている。もう長年、母と二人暮らしをしている。学生の頃までは、帰宅すると真っ先に母にお茶を淹れてもらって一日の報告をしていたが、母が夕飯用になのか、サヤインゲンのすじを取っていたのに安堵して、「お弁当美味しかったよ」の後に、「特に、海苔巻き」とつけ加え、自分で弁当箱を置くと、まっすぐ二階へと上がった。

ベッドに仰向けになると、ため息が出る。

なんとなく痛いのは、職場の人たちの心持ちが想像とはずいぶん違っていて、そのギャップがうまく埋められずにいることだ。そんなことは深く考える必要もないのだが、医療の場と福祉の環境は、似てはいない。ベッドに仰向けになっていたら不意に、天井の木目模様が渦を巻くように見え、もう一度深呼吸をしたとき、ふとあの唄声を思い出した。

大沼で聞いた、摩耶という子の声。とても高くて、それに澄んでいた。

明日も明後日も
またいつもの

ように
会えるかの
ように

そのフレーズは、もう覚えてしまっていた。

「ゆき、お風呂どうするの？」

階下から母の声が聞こえるが、

「ごめんね、ちょっと調べ物があるの」

ゆきはそう言い訳をして、机に向かってパソコンを開いた。学生時代から使っている勉強机は壁に面しているが、今は専門学校の同窓生たちとした寄せ書きが飾ってある。

もう一度YouTubeを開くとき、今度はもう緊張しなかった。

投稿は、消えずに残っていた。

再生回数は二十九回。ゆきがいつも見るタレントなどだと、何万回という回数がそこに書かれているから、あまりにも桁違い(けたちが)いだ。けれど、自分が聞いてちょうど三十回、おっと……と、つい声に出てしまう。

少ないから余計になのか、その曲は、つまり摩耶という人から父に贈られた曲は、ぽつんとそこに、宙ぶらりんの星になって存在しているようだった。ゆきは自分一人で、その唄声をもう一度再生させた。

パソコン画面の中の摩耶という子が蘇ってきて、例のあの、「パパリン　じゃあ、始めるよ」という掛け声とともに、ギターのリズムを刻み始めた。
この間より、ずっと落ち着いた気持ちで聴くことができた。

明日も明後日も
またいつもの
ように
会えるかの
ように
最後にサヨナラなんて
言わなかった

唄声は最後はかすれて、ブレスする。唄はそこで一旦切れる。そこから台詞のような言い回しになる。

院長室で初めて会った日は
「このクソジジィ」って思ってた
何も知らないくせに

何も分からないくせに
紙切れ一枚の書類見て
いかにも分かったかのような顔をして
みんなが口をそろえて言う「頑張っていこう」
そんな言葉が大っキライだった

ヒップホップのMCの部分のように早口で、リズムよく続く部分がある。ちょっと笑えた。そして、気持ちが少し楽になった。

「ゆきー」

下からまた母の声が聞こえてきて、「はーい、聞こえてる」と、返事をする。そう声を返しておきながら、You Tubeから、Googleへと検索を変えた。

DryIceと打ち込んでみると、真っ黒な一枚のホームページが出てきた。真っ黒な中に白抜きのDryIceという大きな文字と、ギターの写真が大きく載っていて、その後ろのシルエットは摩耶なのだろうか。真っ暗な中に、ギターを抱えた女の人がいる。

少し下までスクロールすると、そこに、〈Live 情報〉という白抜きの文字とともに、五月末、金曜の夜に行われるライブの日時が掲載されていた。

札幌のススキノ。PM8:30 start。

来週の金曜日なら、早番のシフトだし、八時半からなら遅番だって間に合うかもしれない。

そう思うと、少し胸が高鳴った。

ゆきは、急いでその情報を引き出しから取り出したノートの片隅に書き込む。そうしないとまた、そのページまでが消えてしまいそうな気がしてしまう。

「ごめん、うとうとしてた」

声を返して、煮物の匂いの立ち込めはじめたリビングへと向かって階段を駆け下りた。


五月の末といっても、札幌はまだ肌寒い。病院の近くの円山公園は桜が満開で、夕暮れから敷物を敷いて花見をする人たちで溢れていた。

ゆきが、ライブへ行くと決めていた日にぶつかってしまった。「準備はみんな新人ちゃんの役なんだから」と言ってきた、同じ早番シフトの怜奈と場所取りに出る。

敷物を広げ、ジンギスカン鍋の準備を始める。北海道では、桜の下でジンギスカンをもうもうと焼く。ゆきはそういう花見も、そもそも集団で酒を飲んで大騒ぎするのがあまり好きだと思ったことがない。

「すみません怜奈さん、この間も言った通りで、私、七時半にはここを出させてください」

「わかったわよ。だけどこういうのも、本当は親睦の一つなんだからね」

怜奈の言葉はいつも、それが社会人というものなのだと諭すように響く。響くたびに胸がかちっと痛み、同時にそうやって少しずつ、自分が嫌だと思っていたことに染まっていくようにも思える。

園内にはライトアップが始まり、薄暮の中で北海道の色の濃い八重桜が映し出されている。ジャンパーの袖の奥の腕時計を見ると、すでに六時を回っている。

今日は精一杯、あとで行くライブハウスを意識したつもりで、スキニージーンズにパーカ、その上にダウンベストを羽織ってきた。

三々五々集まってきた職員たちに、怜奈とゆきでクーラーボックスから缶ビールや缶チューハイを手渡していくと、その場でめいめい乾杯や、写真の撮り合いが始まる。

「あ、こちらでーす」

怜奈が手招きしたトレンチコート姿が、どこかで見た男だと思ったら、医師の小柳だった。仲間と連れ立ってやってきたようだ。来るなり中央の席にどっかり腰を下ろす。

「おう、ゆきちゃん、こっちに缶チューハイちょうだい」

親しげにちゃん付けなんかで呼ばれるのは嫌だったが、言われた通りに小柳たちにチューハイを手渡す。

「よかったら、ここに、座りなよ」

軽々しく手招きされた。

「私、今日、友達のライブがあるんで、もうじき失礼するんです」

「友達」は嘘だったが。

時間まで精一杯努めると、小さなグレーのリュックを肩にかけて、八重桜や人々の喧騒やもうもうと立ちのぼるジンギスカンの煙の向こうへと、会場をくぐり抜けた。

ススキノの雑居ビルを、エレベーターで五階まで上がる。並んだ一軒ずつを捜しながら廊下の一番奥まった場所まで進むと、その名の書かれた扉はあった。

「Studio bフラット」

黒い扉に、その文字が横向きに大きく書かれている。周囲の壁には、スプレーでたくさんの落書きがされている。

ゆきは、本格的なライブハウスという場所へ入るのははじめてだった。ましてや一人きりだ。扉の上のほうの小さな覗き窓から中を見る。ステージといってもそんなに大きくも見えない場所に、スポットライトがあたって、男だけのバンドが演奏している。扉越しにすでに、大きな音と振動が響いてきた。

腕時計を見ると、摩耶の演奏予定の時間まであと十分以上ある。どうしようかと躊躇していたら、

「廊下にいるくらいなら、入ったら」

急に内側から扉が開かれ、極太の皮のリストバンドをした髪の毛を逆立てた男が、そう言って、はい、入場料という具合に手を出した。

「あの、私」

DryIceを聴きにきたんです、と言いたかったのだが、

「演奏中だから、まず入って」

そう言って笑う。その表情は、ハードな服装の印象よりは柔らかい。

慌ててリュックから財布を取り出し二千五百円を払うと、極太リストバンドの男は、チケットの半券をゆきに手渡す。ワンドリンク引換券付きだ。

「大丈夫、DryIce今日やるから」

ステージに向かって左手にある、カウンターのほうを手で示して教えてくれる。

ゆきは、とりあえず薄暗い周囲を見渡した。

ステージ上のバンドは次の曲に入り、その正面にはフリーの踊り場のようなスペースがある。後ろのほうには丸テーブルが無造作にいくつか置かれていて、満員とはとても言い難い客席だったが、今演奏中のバンドのファンなのか、ふわふわした格好の女の子たちの三人組がそのフリースペースでリズムを取って踊っていた。

テーブルは立ち席で、瓶のままビールを飲む人や黙ってステージを見つめている人たちの様子が、暗がりからも見えてきた。

ゆきは、誰もいない後ろのほうのテーブルにとりあえず席を取ると、ようやく気持ちが少し落ち着いてきた。考えてみたら誰もゆきのことなんか気にも留めていないはずだった。藤城遼平の娘であることも、摩耶にはわかるはずもない。

「じゃあ、また来月、この場所で」

唄い終わったバンドのボーカルが、ステージ上でそう言って高く手をあげると、三人組はきゃあ、と声を出し手を振り返す。三人組がカウンターへ飲み物を買いに向かったので、ゆきもチケットの半券を手に並んだ。

そのときだった。ライブハウスの扉が開いて客がぞろぞろと入り始めた。

ステージ上には、色白で小柄な女性が黙って現れた。顔ははっきり見えないが、丈の長い黒いカーディガンにスキニーパンツ、編み上げのブーツを履いていた。たった一人で、ギターを手にチューニングを始めた。

ゆきは慌ててZIMAの瓶を手に席に戻る。

「そろそろ、始めていいかな?」

マイク越しに、その澄んだ声が響いた。まるで天井のほうから降り落ちてくるような声、あの声だ。顔の前に落ちている前髪を無造作に耳にかけると、金色のピアスが幾つも光り、黒い目が覗く。顎の先がとがり、想像していたよりずっと小柄な人がそこにいる。力強い声にのせられた問いかけは、あのYou Tubeを通ってきたときと同じように、ゆきの心の深くにいきなり届いた。

ざわついていたライブハウスが、一瞬静まり返る。

「いい? って、訊いてんだから、いいって言ってよ」と、言ったと同時に破顔すると、その場は得も言われぬ温もりに包まれた。

「いいよー」

客席からまばらに声が返ると、彼女は顔を少しくしゃっとさせて笑ってから、息をついた。指先でギターの腹を叩くようにリズムを取り始める。ブーツのつま先がそれに合わせて動き、ピッキングの音の混じる演奏が始まった。

頬を覆うようにして落ちてくる髪をまた耳にかける。
やがて演奏の音の波をくぐるように、唄が始まった。

七つの星が　煌(きら)めきを失う頃
湖面を蹴って飛び立つ鳥の群れから　取り残された哀れな一羽
失った翼　くちばしからこぼれる滴が悲しいよ
揺らめく波紋に押し戻されるあなた
心凍らせる真冬の湖　囁(ささや)くような　セバット・ソング
いつだって　あと少しで飛び立てるのに
誰も助けてはくれない
でも　あなたは粉雪に包まれている
求めることをあきらめないで

パパリンの唄とはまるで違う曲調の、優しいメロディだった。けれどそれは、摩耶の唄声で力強く響いた。

朝靄(あさもや)のベールが　幕を開けた頃
優しい風が五線譜にのって　あなたにもわたしにも届くといいなあ

あなたを誘う鳥たちの唄声　水面に揺れる白のレース
どれだけ　赦(ゆる)しを請(こ)わなければならないの
湖面を蹴って風に乗れ　すべてを解き放て　セバット・ソング
いつだって　あと少しで飛び立てるのに
誰も助けてはくれない
でも　あなたは粉雪に包まれている
決して消え去ることはない

湖沼(こしょう)を見下ろし　空が晴れ渡る頃
私は何物にも怯(おび)えない　あの時に引き戻す影から逃れるの
誰も追いつくことはできない　途切れることのない強いビート
こんなに嬉しいのに　声が出ない私
彼の地に向かって　私とあなたの唄　セバット・ソング

声はよく伸び、時折ギターの腹を叩きながらリズムを取る。その指が弦を弾き、擦(こす)れるような音を立てる。摩耶は、時折目を閉じながら唄った。自由な感じがした。

「鳥たちのセバット」

唄い終わってマイク越しにそう呟いたのは、きっと曲名だったのだろう。

やがて、フロアに伝わった口笛や拍手に、ゆきも飲み込まれていった。

摩耶がマイクを調整しながら、話す。

「セバットっていうのは、まあ方言っていうか、あるとき住んでいたところにあったひとつの場所の名前みたい。あ、変かな。いいよね。そこには幾つも湖があったんだ。冬で白鳥が飛んできた。ちょっと夢見たいな場所だった。その思い出で作った曲です」

湖。

七つの星が　煌めきを失う頃。

湖面を蹴って飛び立つ鳥。

そこで唄われた場所なら、自分も知っている気がする。

摩耶は続いて、次の曲を、そして次の曲をと唄った。

その声は、最後のほうは少し力なく枯れていき、高い声を唄うときに少し苦しそうに顔を歪めた。やがて、髪の毛を耳にかけたとき、摩耶の耳に光る無数のピアスは、今にもこぼれ落ちそうな水滴に見えた。

三曲唄い終わった摩耶は、アンコールの声には応えなかった。

「ごめん、声が出ないや。バイバイ、またっす」

そう言って小さく手を動かし、「DryIce でした」と、思い出したように付け加えて、ステージを降りていった。

You Tube のシルエットと違って、ステージに現れて去っていく姿は、生々しかった。ゆきの心がざわざわと泡立つように感じた。

ステージから降りた摩耶は、次のバンドが演奏を始めると、ライブハウスの客席に出てきて壁際に背をもたせかけて立っている。体を揺らして、長いカーディガンの裾を指に絡めて少し落ち着かないふうだ。ギターも一緒に、壁に立てかけてある。

ゆきにはステージの次の演奏があまり耳に入らない。幾人かが慣れた様子で摩耶に声をかけていく。

不意に、銀色の髪をした長身の男の人が、瓶に入ったZIMAを二本持ち摩耶の横に立った。黒のトレーナーの首には、銀の鎖。色の落ちたデニムには、ところどころにダメージがある。摩耶は彼に顔を向けて、二人で少し耳打ちしながら話している。

二人とも大人びた目つきだ。摩耶には恋人がいるんだな。そう思ってゆきは見つめた。二人が寄り添って笑っている姿は、近づきがたかった。

ゆきは、自分のZIMAに口をつける。

トリを務めるバンドは、革ジャンを着たリーゼントヘアの人たちだった。ギターをもったデュオだった。彼らの演奏も終わり、客席には、少し明るく照明がつけられた。音楽もBGMへと変わる。

入ったときに演奏していたバンドは、そのまま三人組のファンの女の子たちとテーブルを囲み酒を飲み始めたようだ。

摩耶は、受け付けをしていた極太リストバンドの男とカウンターに肘をついて、話し始めた。

挨拶くらいは交わしてみたくて、すぐそばまで近づいたはずなのに、やはり緊張してしまって、自ら一度ライブハウスの外に出た。

正面は非常階段になっていて、すぐ下の階にある洗面所へと向かった。

七つの星が　煌めきを失う頃
湖面を蹴って飛び立つ鳥の群れから　取り残された哀れな一羽

聴いたばかりの歌詞の一部がもう頭に染み付いているのに驚く。洗面所の鏡に映った自分の顔が、いつになく上気していた。

「あ、いたよ。ゆきちゃん。おーい、出てこーい」

廊下で、そう叫ぶ男の声があった気がした。

「やっぱ、ここでしたね」

慌てて洗面所の扉の外に出ると、階段の上のほうに、酔ったトレンチコート姿の男たちが立っていた。円山のジンギスカン会場から流れてきたのだ。ゆきちゃんと呼んだのは、医師の小柳に違いなかった。顔を真っ赤にして酔っていて、曲に酔ったライブハウスの客人たちとはいかにも異なる、だらしない雰囲気だった。

「なんなんですか？」

階段下から見上げる。

「怜奈さんから、ゆきちゃんはｂフラットとかいうライブハウスへ行ったって聞いたからさ。一緒に飲み直そうよ」

せっかくのライブの興奮がさめてしまう気がした。

「いえ、結構です」

「つれないけど、君はそこがいいんだよね」

よほど酔っているのか、体が少しぐらついている。

「キモいです、はっきり言って」

ゆきは率直にそう言って、彼らの脇を駆け上がろうとすると、小柳に腕と足で通せんぼをされた。

「キモいはないでしょ、新人のＰＴさん」

「ありえない。やめて」

そう言って思い切り小柳の腕をどけようとすると、その腕が今度はゆきの腕を強くつかんでもたれかかってきた。酒くさい息が顔にかかり、驚いて小さく声をあげる。

「ほら、飲み直そうって」

そう言って、近づいてきた顔をそむける。

「すごく、いや」

ライブハウスの扉の内側から出てきた人の気配があり、ゆきは思わず、「誰か、お願いします」と、声をあげた。

こちらを覗いたのは、なんと摩耶だった。

「お願いします」

ゆきがそう懇願（こんがん）しているのに、摩耶は口をへの字にして見せただけで、階段の脇をすり抜けて、自分は洗面所へと降りていく。その間もゆきがなんとか逃げだそうともがいていると、洗面所で用を足したらしい摩耶が戻ってきた。

今度はもうこちらを見もせずに、編み上げのブーツの足で二段跳びをして、もみ合っているその横を通り抜けていった。そして、ライブハウスの扉の中へとそのまま入ってしまった。

ゆきは、必死に身をよじったが、酔った小柳の体は重たくのしかかってくるようだ。ゆきを壁に押し付けている。

「小柳さん、まあまあ、もうやめときましょう」

仲間たちの一人がそう言うが、ゆきの中にはキモいなんていうよりもさらに、「怖い」という気持ちが膨らんだ。ゆきの中には、トラウマがあった。中学生の頃に、親友のつもりだった男の子の家で、乱暴されかけた。なんとか逃げ帰った。年頃なのに男子の家に行っていた自分が悪かったのはわかるが、翌日には学校で誰もがその事実を知っていた。本人がクラスで「藤城、あと少しだった」と、話したのだ。

「やめてください。誰か、助けてください」

ゆきが声をあげると、口元に手をあてられた。

「別に何もしないって。飲み直そうって言ってるだけじゃん」

そう言って、小柳はふざけているみたいに片方の手でゆきの口元を押さえたまま、もう片方で肩を抱き、階段を降りていこうとする。周囲はただ苦笑している。一段、二段と引きずられていく。

ゆきの中では、完全な恐怖に変わった。たった一人に押さえつけられていて身動きができない自分が情けなくて仕方がなかった。

「もうやめといたら」

踊り場の上から、静かな男の声が響いた。

小柳の足が止まったので、なんとか身をよじってそちらを見上げると、摩耶の恋人が立っていた。前髪で目が隠れていて表情までは見えないが、階段をゆっくり下りてくると、ゆきに手を伸ばしてきた。もう片方の手で小柳の体を押し返す。その隙にゆきが小柳の体から抜け出ると、勢いでバランスをくずし階段に転んだ小柳は、肘を抱えた。

「いってぇ。これ尺骨肘頭骨折（しゃっこつちゅうとうこっせつ）？　肘は折れやすいからね」

本当に痛いみたいで、顔を歪めている。

「警察呼ぶよ、君」

「呼べるなら、どうぞ」

その人の声も低くて、澄んでいて、優しかった。

摩耶の恋人の手につながれて、階段を駆け下りた。

「気をつけなよ。こういうところには、いろんな奴がいる」

エレベータの出口で、摩耶がギターやカバンを肩から下げて恋人を待っていた。

「すみません」と、ゆきは小声で言っていたが、先ほど握られた手は、まだ熱いままだ。

摩耶たち二人は、相変わらず楽しげに寄り添っていた。

駅までの道、その後ろをついていく形になったが、ゆきなど端からそこには存在しないかのように、二人は歩いている。けれど、ススキノの繁華街の雑踏を大通りに向かって二丁ほど進んだところで、突然摩耶が足を止めて言った。

「そこ駅。もう帰れんでしょ、一人で」

ちょっと呆れたような言い方だった。

もっともなのだが、なぜか食い下がっていた。

「あの、お腹空いてませんか？　私、お礼がしたくて」

「お礼って、なに大げさなこと言ってんの？」

苦笑する摩耶の横で、恋人のほうはただ黙って笑っている。少しだけ目が見えた。涼しげな目元だった。

「あの、よく行くお店があって、すぐそこのラーメン結構いけるんです。だめですか？　ラーメン」

ゆきは目に留まった黄色い看板を、慌てて指差した。

「チャーハンも美味しいですから」

本当は一度しか行ったことのない店だった。雪まつりの帰りに、専門学校の友人たちと立ち寄ったが、実は何を食べたかもよく覚えていない。

少し離れた場所に立っていた摩耶の恋人は言った。

「摩耶、どうすんの？　こんなとこ立ってても寒いっしょ」

三人の視線が、なんという理由もなくその中央に集まった気がした。今、手のひらに雪の結晶がのった。真冬になるとほんの時々だけ出合う、その感覚を思い出した。

「いきませんか？」

ゆきは自分の中からこんなエネルギーが湧いてくるのが、不思議だった。

「変わってんね、この子」

摩耶が苦笑いして、彼氏のほうを見る。

「そう言えば、腹減った」

彼氏のほうは、そう言って先ほどの大きな手で腹をさすった。

暖簾をくぐると、ラーメン店には湯気が立ち込めていて、豚骨の煮汁の匂いが充満している。

テレビはプロ野球のダイジェストを放送している。

三人で、それぞれ好みのラーメンを一杯ずつ頼んだ。

カウンターに、手前から摩耶、ゆき、摩耶の彼氏と並んで座った。摩耶は醤油で、ゆきはもやしラーメン、長い足をだらりと広げて麺を頬張っている彼氏は味噌だ。

「ライブのお礼も。すごくよかったです、あのセバットの曲」

そう言って覚えたてのメロディを少し鼻唄にすると、手を止めて摩耶がゆきのほうを見た。

「音痴(おんち)か」

と、摩耶は言って、もう一度ラーメンをすすった。

「あんた。なんて名前？」

「ゆきって言います」

摩耶は、黙ってラーメンスープの中を、箸でくるくるかき回した。

「なに　ゆき？　粉雪だったりしてな」

嫌味を言われているのだろうが、ゆきは思わず噴き出してしまう。

「摩耶さん、ですよね？」

「摩耶でいいよ。で、あっちはうちのニンちゃん。拓弥(たくや)っつーの」

ニンちゃんという呼び方は、はじめて聞いた。

「兄妹なのか？　恋人なんだとばっかり思ってた」

「やめてよ、こんな優柔不断男」

拓弥と呼ばれた兄のほうは、コップの水を飲み干し、サーバーから継ぎ足す。

「俺のどこが優柔不断なんですか？　そっちが気が強すぎなんだよ。あのね、竹を割るどころか粉々に砕くような性格だから、こいつ」

「すごい、怪力」

「何、勝手に波長合っちゃってんの？」

摩耶も水を飲み干すと、拓弥がカウンターの内側に言う。

「で、大将、お勘定お願いします」

「だめです。私のお礼なので」

ゆきはリュックから財布を取り出すが、

「いいよ、ニンちゃんぶりたいんだよ」

摩耶がそう言った。

拓弥がジーンズの後ろのポケットから二つ折りの財布を取り出す。お尻の形に皮がしなっている。そこからお札を取り出した長い指を、ゆきは見ていた。つい先ほど、つないでもらった手だ。

「それより、美味しかったけどさ、チャーハンなんて、ないじゃん、この店」

摩耶が壁を指差して、ゆきは素直に詫びる。

「あの、藤城って言います。藤城ゆき」

拓弥のほうが、少し訝(いぶか)しげに片目をつぶった。

「待って。もしかしてあんた、パパリンの娘なん？」

摩耶の声が低く放たれ、ゆきに降り注がれてきた。

# Ⅲ

## Maya, Takuya

摩耶と拓弥は、奈良県内の静かな農村部に生まれた。

母親は同じだが、父親は違っている。他にも全部で七人の兄弟姉妹がいるが、それぞれの父親がどこからどこまでが誰なのかは、兄妹の中でもはっきりしていない。

摩耶は、母が五番目に産んだ子どもで、そのすぐ一つ上の兄が拓弥だった。摩耶が生まれる前から、家族は奈良の児童相談所から養育環境に問題ありと見なされていた。拓弥は中学に入ってすぐに、児童相談所の一時保護所に入っている。

古い平屋建ての一軒家には物置小屋があって、拓弥はそこを離れとして入り浸っていた。いつも近所の不良仲間たちが集まっていた。

摩耶は小学校から帰ると、離れに紛れ込んで本や漫画を読んでいた。新しい本はなくて、誰かが置いていった本は万引きしてきた漫画だった。

離れには、拓弥たちが市内の粗大ゴミ置き場から引っ張ってきたテーブルやソファがあった。

拓弥は案外手先が器用で、穴の開いたソファに布をあてたり、取れてしまったテーブルの足をつけ直したりして、小屋の中を部屋らしくしていた。

「おかえり」

拓弥は摩耶にそう声をかけるが、目は虚ろだ。シンナーをやりはじめてからは顔色も青い。

母屋へ帰りたいが、新しい父親がいつ帰ってくるかわからない。

昨日は母屋のほうへ帰ったが、そのとたんに、摩耶は背中をつかまれ台所に立たされた。男は洗い物をしろと怒鳴りつけ、摩耶が洗って重ねたコップを一つ、叩き割った。

「ばかか、おまえは、まだこんなに汚れているべ」

そう言って、頭を思い切りぶたれた。小声で謝ると、「返事が小さくて聞こえねえって言ってるべや」と、髪の毛をつかんで、もっとぶたれた。男は北海道の出身だとかで、語尾に「だべ」とか「だべや」とつけて話す。摩耶にはじっとしているしかできない。母に救いの目を向けても、そんなときは摩耶の方を見てもくれない。

床では、もうじき一歳になる梨紅が、大きなおむつのお尻で這いずり回っていた。

摩耶は自分の母を、きれいな人だと思っている。もともとはすらりとして、髪の毛は柔らかく肩まである。高校も出ていて、昔は百貨店の化粧品売り場で働いていたと聞いている。

母の話が本当なのかどうかは、わからない。十九歳のときにはもう子どもがいたみたいだ。結婚したり離婚したりしながら子どもを産んだ。摩耶の本当の父親は、はじめは学校の事務員をしていたと聞いている。けれど、競馬に通って働かなくなったそうだ。摩耶が三歳くらいになってから父親は家からいなくなり、それからまた新しい父親がやってきた。家に入ってくる男は、みんなが揃って「クズ」だった。今の男がはじめて来た日にも、歩いているのを見ただけで「摩耶、今度のもクズやな」、と拓弥は摩耶の耳元に言った。

摩耶は母親のことが好きだから、どんな相手でもはじめは自分も気に入ってもらおうと思った。前のときだって、その前のときだって、そう思っていた。でもどの男も、拓弥にも摩耶にも暴力をふるった。

それに、今度の「クズ」は、摩耶の体を触ろうとする。夜になって母が寝ていると、布団に入ってくる。声をあげると、口を押さえられて息ができなくなる。昨日の夜は公園まで走り逃げて、タコの穴に隠れていた。家から学校へ向かう途中の道には公園があって、タコの形の大きな遊具がある。あちこちに穴が開いていて、大人じゃ入ってこられないような穴だ。拓弥が捜しに来てくれなければ、朝までそこで寝ているつもりだった。

母には、自分たちよりもその男が大切みたいだ。

なんでなん？　あんな男さえ追い出してくれてたら、兄妹で力を合わせて、きっとみんながんばるよ、と何べんも何べんも心の中で呼びかけてんのに。

「摩耶、お前、何年になったん？」

ジャージ姿で、頭を刈り上げた兄の友達が、体を揺らしながら訊いてきた。

「小六や」

と、ぶっきら棒に答えて、問い返した。

「なんで?」

あんまりいい予感はしなかった。

「ちょっと頼まれてくれんか?」

「なにするん?」

摩耶がそちらへ顔を向けると、制服の白シャツのままでいる拓弥も、ぼんやり友達のほうを見返した。

「お使い、頼みたい。届けてくるだけや」

「中身は、なに?」

摩耶が訊こうとすると、拓弥が首を横に振った。

「訊かんほうがええよ、摩耶。中を開くのもあかん。そのまんま行け」

不思議に思って拓弥のほうを見るが、兄の手の先にはシンナーの入ったリポビタンDの瓶が握られている。

摩耶は、黙ってその新聞紙の包みに手を伸ばした。ずっとこの部屋にいたって、楽しいわけではなかった。

「おう、摩耶、ええ子やな。ほんだらな、駅前にパチンコ屋さんがあるんよ。そこへ入っていって、お父さん捜すみたいにして、眼鏡のおっちゃん、捜して。髪の毛、大仏みたいにしてて、パチンコ台のとこに、ぜったいチョコレート、置いたるから、それ、もうて帰ってきて」

手にした新聞紙の包みはハガキくらいの大きさで、中身が空気みたいに軽かった。

「チョコは、いろんな種類があるしな」

摩耶が訊ねると、拓弥の友達は、摩耶の鼻先を小さくつまんだ。シンナーの臭いが鼻についた。

「お前、頭ええな。赤い板チョコやわ、きっと」

鼻先についたシンナーの臭いに、頭がくらくらするが、離れから外に出ると、風が吹き抜けた。畑のずっと向こうにタコ山のある公園があって、その向こうに学校がある。公園を右に曲がってしばらく行くと、スーパーがあって、駅がある。ちょうど養父の黒い車が、そっちのほうへ走っていくのが見えた。摩耶は、だったらとばかりに急いで母屋の開き戸に手をかけた。

「ママ、いるん?」

玄関先には、梨紅が大きなおむつをしたお尻で、しゃがみ込んで一人で遊んでいる。摩耶は梨紅を両腕で抱えて家の奥へと進んだが、母親はブラウスの胸元がはだけた状態で、窓のほうを向いて煙草を吸いながら、黙って外を見ている。

泣いていたみたいで、目は赤く濡れていた。

「どうしたん、大丈夫?」

そばに寄ると、化粧品の匂いがした。

「いつ帰ったん、あんた?」

摩耶のほうを見ると、瞬きする。

「ニンちゃんのとこにおったから」

指で額を触れられる。柔らかい指だ。

「摩耶、梨紅のおむつ替えといてくれるか？」

そばにいて抱きしめてほしかったが、そう言われて、押し入れから紙のおむつを出した。梨紅を立たせたまま、おむつを穿き替えさせてやる。やり方なら、もうわかっている。おむつの中にうんちをしていた。

「くっさいよー、梨紅」と、笑いながら口にして、ウエットティッシュでお尻の周りも拭ってやって、汚れたものをビニール袋に丸めて入れた。

「外に捨てといてな。あの人、煙草買いに行っただけやし。それ、嫌がるからな」

摩耶は唇を噛み締めてそのまま袋を手に外へ歩き出した。

そう言えば、お使いの包みをどこへやってしまっただろう。玄関まで戻ってみると、梨紅が新聞の包みをぐしゃぐしゃにして遊んでいる。摩耶は慌てて手を伸ばしそれをつかみ取ると、畑の道を走り出した。

パチンコ屋は、頭が割れそうに音がうるさい。ただ客はほとんどいなくて、台にチョコレートを置いた大仏みたいな頭の人は、捜そうにも一人しかいなかった。台にあるのはアーモンドチョコだったけれど、摩耶が包みを見せると、

「おう、チビ、名前なんちゅうねん？」

と、眼鏡の奥から覗かれた。ここにも、クズがいた。

「チビちゃうわ」

名前を答えなくたって、チョコの箱が渡される。

「帰ってから食べるんやで。チビ。わかってるんか?」

戻り道では、畑に夕暮れが広がっていた。とんぼがたくさん飛び交っている。あぜ道の向こうから黒い影が近づいてくる。大きな犬だとわかっても、別に怖くはない。誰のことだって怖いわけじゃない。けれど、夜に新しい父親が近づいてくるのだけは声もあげられないほどの恐れになっていた。

物置小屋に戻って、拓弥の友達にアーモンドチョコの箱を手渡す。二人はランプの灯りの下で、床に転がって笑っていた。友達が起き上がると、箱を開いて中身を確認し、抜き取った紙幣の一部を拓弥に手渡した。中身はチョコレートなんかじゃなかった。運んでいるときにカタカタとも言わなかったから、大体わかっていたけれど、摩耶は目を逸らす。

拓弥はその金をズボンのポケットにしまう。拓弥は、よく外で弁当や飲み物を買ってきて、摩耶にも食べさせてくれるからしまってくれていい。でも、ニンちゃんはその金でシンナーを買うことだってある。

そんなことを繰り返していたら、大仏みたいな頭の男はパチンコ屋で警察に捕まって、摩耶も補導されて、警察からの身柄付き通告によって、児童相談所へと引き渡された。

摩耶は、中身が何かを本当に知らなかった。小六の摩耶にも、それはたぶん「クスリ」と呼ばれるものだとわかっていた。だから、拓弥との約束を守って一度も包みを開かなかった。

母屋も、拓弥の離れも警察に徹底的に調べられた。

新しい父親は拓弥と摩耶を余計に殴ったが、あるとき兄が必死で抵抗してからは、主にぶたれるのは摩耶だけになった。そして夜になると、お仕置きだと言って触りはじめて、下着も脱がせようとするようになった。

児童相談所の吉田さんという母親よりも年上の女の人が、時々摩耶たちの家を訪ねてきていた。大抵グレーのスーツを着ていて、学校の校長先生みたいな人だ。庭先ですぐ下の彩友美と遊んでいるときなどは、摩耶にだけこっそりお守り袋をくれる。小さな赤い巾着に、飴玉と十円玉が何枚かと、電話番号や名前が書いてあるカードが入っている。小学生の間は、ランドセルの底に幾つしまっておいたろうか。


地元の中学に進むと、摩耶は体つきも大きくなった。駅前のショッピングモールを一緒にうろつく仲間たちもできた。同級生の男の家にも、入り浸るようになった。自分ではシンナーはあんまりやらなかったけれど、男とは寝るようになった。母の男に触られていたことなど、そのつど忘れていけるような気がした。拓弥はその頃どうしていたのか。上の兄たちのように、もう居場所はわからなかった。

摩耶は何度も補導された。小遣い稼ぎの運びは、生活の手段だったからだ。そのつど児童相談所へ連れて行かれて、吉田さんが会議室でお茶を出してくれながら摩耶に笑いかけてくる。

「シンナーばっかりやってるとな、歯かて脳みそかてすかすかになるし」

そんなの吉田さんよりよく知ってるよ、と思いながら、摩耶がほお、ほおと感心するふりをして頷くので、吉田さんは呆れてそのうち苦笑するようになった。

吉田さんは、ふっくらした手で大切そうにお茶を飲んだ。

「お母さんが来てくれはって、ようよう面接も終わったよってな、これで一時保護がまた解除になるけど、あんたとこの家族はいつまで奈良におれるんかわからないみたいやな」

「何なん？　どういうことなん？」

するとＳ、意外な返事があった。

「つい言うてしもたけどな、北海道に引っ越すかもしれへんのやて。あっちなら、お父さんの実家があるよって」

摩耶は驚いて、眉を寄せた。

「ほんだら、摩耶ちゃんは聞いてへんのやな？　お母さん、迷ってはったよ。摩耶ちゃんらも、一緒に北海道に連れて行けるんかなあって」

「行きたないわ、北海道なんか」

摩耶はそう言いながら、両手と両足を組んだ。養父がいなくなるのは清々するが、母親からは捨てられる気がした。北海道なんかに行かれたら、もう二度と母とも梨紅たちとも、会えなくなるのではないのか。

「環境変えんのも、ええと思うしな」

吉田さんは、まるで摩耶の心の中を見透かしているかのように、いつもと同じ朗らかな表情でそう言った。

「いっぺんきちんとお母さんと話さんと。今、ここにへ迎えに来てもらうことになってるからな」

このときも吉田さんは、お守り袋を手渡してくれた。小学生のときには気づいていなかったけれど、それは手縫い（てぬ）の袋だ。巾着の生地は昔は赤やオレンジだったが、中学生になってからは、ギンガムチェックや水玉だ。十円はみんな使ってしまったけれど、そういえば、あのランドセルの底に入れてあった袋は、どこへいったろう。ぼろぼろのランドセルは、そのまま彩友美が使っているはずだ。

母は丈の長いワンピースに、肩からスカーフを巻いて迎えに来た。梨紅の手を引いていた。母は男の気を引く派手な格好が好きだ。

「あんた、いっつもどこ、ほっつき歩いてるん？」

母の声がつかの間でも優しく向けられている気がして、もっと聞いていたくて、見つめていたくて、摩耶は返事をしない。けれどすぐに、そんなふうに期待する自分が嫌になる。

「母ちゃんは、ちゃんと食べてるん？」

「なんで家に帰らへんのって、訊いてんねん」

あんたの男に触られるし、ろくに食べる物もないからやん。だけど、言っても仕方ない。それに、母をこれ以上哀れにさせたくない。

「ここで確かめてみよ、摩耶ちゃん。北海道の話な」

吉田さんに促されて、摩耶は問い直す。

「そんな話、嘘（うそ）やな？　北海道みたいな誰も知らんとこ、行かへんよね？」

母親は、冷ややかな笑みを浮かべたまま、答えなかった。信じたいのに、それは母が嘘をつくときの、物事を見て見ないふりをするときのいつもの顔だった。薄笑いを浮かべたまま、心を閉ざしてしまう。


母と梨紅と外に出ると、摩耶は巾着を指先で回して、一人で先に歩き出した。家に帰るつもりはなかった。それでもまだ自分は、後ろにいる母や梨紅が恋しいのだと感じた。

しばらくして、街でようやく拓弥を捕まえた。パチンコ屋の前に、たむろしているグループの中にいた。拓弥は男でもう中三だし、自分は奈良に残ってアルバイトでもしながら、あの物置小屋で一人で暮らすと言い出すのはわかっていた。

「北海道には、じいさんやばあさんがおって、住むとこもええ家になるんやいうて、母ちゃん言うてたんやろ?」

兄は地面に座ったまま摩耶のほうを見上げて、そう言った。

「私は、行かへんよ。なんか一発かまして、こっちで少年院行くしかあらへんな」

「一発って、何すんの、お前?」

「売人でもなんでもやって捕まったら、今度は少年院やて言われてるし」

「お前さ、牢屋入って、やっていけんの?」

中二と中三の兄妹は、家路を急ぐ人々の流れの中で、そんな話をしていた。

摩耶が北海道行きを了承したのは、兄の拓弥が行くと決めたからだ。児童相談所の吉田さんにも勧められたように、二人ともが環境を変える必要は感じていた。

「お前のために行ってやんだぞ」と、兄は冗談めかして言った。

北海道の小樽という街の港の近くに、男の実家はあった。

古くから、漁業で栄えた港町だという。男の実家は土建屋で、家の玄関にはドーベルマンの置物が置いてあったが、家族に用意されたのは、その横にあるプレハブの小屋だった。

駅前の道にはまだ雪が残っていて、歩くと靴の裏がぴちゃぴちゃと音を立てた。どこもかしこも坂道で、路地がたくさんあって、夜になると店の提灯や電灯が光った。

摩耶にはもう、それなりの勘が働くようになっていて、奈良と同じように、自分が潜めそうな場所があるのがわかっていた。

拓弥は、男の実家で紹介された自動車修理の店でアルバイトをさせられた。

兄の腕にも摩耶の腕や手にも、いろいろな傷や遊びでつけた跡があって、二人は中学へ行くと、補導歴があるなんて話したわけでもないのに、すぐに怖がられた。

それでも小樽の子たちは、どこか人懐っこくて、摩耶に本州の話を聞きたがった。

「スキーとか、やったことある?」

「奈良だから、原宿は遠いか」

とかいうふうに。

中学からの帰り道、港へと降りていく坂道を一緒に自転車で走り降りる遊びも教わった。

港から向こうの海の色は、見たこともないほどきれいな青い色で、水面はさざ波をうって輝いていた。カモメが高い声をあげて白い羽を広げて自由に飛び交っていた。摩耶は、もしかしたらここでなら、ちゃんとやっていけるのかもしれないと、淡い思いを抱いたのは確かだった。

隣のじいさん、ばあさんは、梨紅を可愛がっていたし、母もしばらくはめかし込んで新しい街を養父と連れ立って歩いていた。

けれど、大人の体になった摩耶に、養父は余計に関心を抱いた。摩耶ももう、男の体は知っていたから、そばに寄った養父の性器が膨らんでいたり、そこに自分の手を当てられたりする意味はわかった。夜に帰ってくると説教だと言って、車の中へと乗せられた。

「こんな女の体になりやがって。どこで悪い遊びを覚えたんだ」と、顔を股間に埋められそうになったこともある。

北海道は寒くて、もう公園で寝るわけにもいかない。泊めてもらえるような友達はいないし、兄たちの物置小屋もない。消えていなくなりたいと、始終思った。

摩耶は結局また、繁華街に自分の居場所を求めるようになった。そこの大人たちと同じことをすれば仲間に入れてもらえたから、年を水増しして、煙草を吸ったり酒を飲んだりした。

まさかそこにも、「吉田さん」が現れるなんて、思ってもいなかった。吉田さん本人がやってきたわけではない。補導されて新しく連れて行かれた札幌の児童相談所で、こう言われたのだ。

「あなた方のことは、奈良の吉田さんから引き継いでいましたよ。何かあったら連絡できるように、これ、渡しておきますからね」

新しい男の職員がくれたのは、お守り袋ではなく「子ども110番」と印刷された一枚の紙切れだ。

摩耶は、それはすぐに財布の札入れにしまった。

「これ、食べてええんや」

相談室のテーブルにあった袋詰めのせんべいに手を伸ばす。北海道に来てからは、いつも腹が減っている。摩耶は成長期に入っていた。奈良にいた頃だって、適当に行き当たりばったり食べていたはずなのに、今は、いつも食べるものを捜している。

「それで、どう？　家には帰れるかい」

何も知らないくせに、家に帰れなんてよく言ってくれるよな、と摩耶は思う。誰より家に帰りたいのは自分なのだ。安心して眠って、なんでもいいからお腹いっぱい食べたい。

その夜、拓弥がバイトの帰りに、漁港でもらってきた魚のアラや傷物をさばいて、鍋を作ってくれた。

養父がいない間に、拓弥が急いで魚をさばく。拓弥の腕にもたくさん傷や跡があるが、細い指でまな板の上で魚を下ろしていく。水道の冷たい水で魚の身を洗う。漁港の人がさばき方を教えてくれた、と拓弥は言う。

「鍋に入れるの、バタージャないっしょ」

摩耶はうれしくて、覚えたての北海道の言葉で茶々を入れる。

「いいって。お前は、他の材料切って」

拓弥は大きな鍋で、白身魚の身がごろごろ浮かんだ味噌味の汁椀を作った。

妹も集まってきて、皆で食べ始めた。摩耶は、母親の分を別によそって手渡した。母親は、表情を輝かせていた。梨紅の口元にも運んでやっている。彩友美はもう自分でも食べられる。たぶん彩友美は、摩耶がいないときにはもう台所の手伝いだってやらされているだろう。

「おいちぃ」と、梨紅がはしゃぐと、「おいちいか？　たくさん、食べなしゃい」と、拓弥がその頭を撫でる。摩耶も拓弥も腹が膨らむほど食べた。なぜかそんなとき、母親が得意気な顔をするのを、摩耶は目に焼き付ける。

だが、つかの間だった。酔った養父が、どこかから肩を揺すって帰ってきた。はじめは上機嫌だったのに、皆の楽しそうにしていた表情がこわばったのを見て、いきなり摩耶を殴った。拓弥が父親に殴りかかったが、すぐに腕をつかんで捩じ上げられた。

梨紅たちは、母親の元へと駆けていき、母親は別の部屋へと入って扉を閉めてしまった。

また見ないふりをするのだ。摩耶は、扉の奥にいる母親に心の中で訴えかける。なあ、もうええやろ？　わかったやろ？　なんで、こんなクズがええん？　なんで、私らよりこっちを選ぶん？

拓弥と二人で着の身着のまま家を走り出た。夜の漁港をたどって、小樽駅を目指して歩き始めたが、すぐに寒さで震え手や足がかじかんできた。拓弥のバイト代は、みんな養父に巻き上げられている。繁華街へ行っても、まだ泊めてもらえるような知り合いはいない。

薬局の灯りを見つけて、待合の長椅子に座らせてもらいながら、なお震えている。

「ちょっと、休ませてもらえませんか？」

拓弥はそんなとき、頬にえくぼを浮かべ女を落とすような目をする。白衣姿の女性が快く返事をしてくれた。

給水ポットからはお湯も出る。紙コップも用意されてあり、二人とも湯で手を温めた。薬を買いに来る腰の曲がったおばあさんたちや、頭に熱取り用のシートを貼った顔の赤い子どもまでが、摩耶には幸せそうに見えた。

じきに薬局の外灯が消えて、白衣の人が、

「ここ、閉めちゃいますけど、どうしますか？」

そう遠慮がちに訊いてきた。

「いろいろな薬も置いてあるんで、このままっていうわけにはいかないんですよね」

調剤室の鍵を閉めながら、そう言った。

「電話貸してもらえますか？」

摩耶は、立ち上がってその人に頼んだ。

拓弥が、ん？　と顔を上げる。

摩耶は自分で、財布から取り出した紙に書かれてあった番号を押した。これからしようとしていることが心の半分では不安で仕方なくて、心臓が速く打ち始めた。

「あの、もうええんで、今までしたことをみな話すんで、少年院に入れてもらえますか？」

摩耶を見ていた拓弥が、天井を見上げて鼻で笑った。

「まじか」と、呟くと、

「せやったら、俺もやて、言うて」

と、まるで勢いに乗るようにそう続けた。摩耶は、自分のほうがしっかり考えて出した結論のような気がして、

「なんで、ニンちゃんまで？」

と言いかけたとき、札幌の「吉田さん」からは、こう返事があった。

「そうは言ってもさ、そう簡単には、少年院には入れないよ。今日は家に戻れるかい？　拓弥くんも、そばにいるの？」

つながった先は児童相談所だった。電話の向こうで、笑い声が響いている。摩耶は、みんなぶち壊してやりたくなった。ねえ、と声にしかけたとき、横から手が伸びてきて、拓弥が通話を替わった。

「すぐ迎えに来いって言ってんだよ。何するかしんねえぞ。誰でもいいから、小樽まで寄越せって言うてんねん」

先ほどの薬剤師は白衣を脱いで、帰り支度を済ませ、摩耶のほうを見ていた。信じられないほど、澄んだ目をしていた。

札幌の「吉田さん」は、電話の向こうで摩耶たちに小樽駅で待つように指示してきた。

薬剤師の女性が、駅まで二人を乗せてくれた。親切すぎるだろうと思ったが、彼女は朗らかに笑ってこう言った。

「私もね、ちょっとグレた時期あったから。あなたたち兄妹？」

摩耶が頷く。

「駆け落ちしちゃったのかと思ったよ。こんな狭い街で」

そう言いのこし、二人を降ろすと、その人の運転する白い車が、雪解けの泥を跳ね上げながら去っていった。

Maya, Fujishiro

楕円形(だえんけい)の食卓テーブルに、同じ寮に住む六人が座った。

「さっき紹介した、野々村摩耶さん。今日からここ、ひばり寮に入ります」

エプロンをつけ、背中に子どもをおぶった寮母の早苗(さなえ)がそう言って、摩耶を窓際の席へと案内してくれた。

古い建物だけれど、清潔だ。つまり毎日よく掃除させられるのが隅々からわかり、すぐに息苦しくなる。玄関には人数分の靴箱が並んでいて、それぞれに長靴とスニーカーが一足ずつだ。玄関と居住スペースの間は窓の張り出したサンルームになっていて、洗濯物がきちっと干してある。中へと進んでいけば食卓テーブル、その奥には食器棚や冷蔵庫、流し台もある。

摩耶は、駒ケ岳の麓(ふもと)にある児童自立支援施設、軍川学園に、今日の午後入所した。

中三の春を迎えようとしていた。

皆と同じブレザーとスカートの制服に着替えて、さっき体育館で挨拶した。その後、自分の入るひばり寮へと、たった今連れてこられたところだ。

施設の敷地内には五つの寮が、木立の間にぽつりぽつりと建っていた。その一番奥が、ひばり寮だった。

他の寮の名前を、道すがら寮長が順繰りに教えてくれた。きつつき、みみずく、むくどり、つばめと、みんな可愛らしい鳥の名前だった。

摩耶と拓弥が小樽駅で児童相談所に保護されたのは、まだ雪の残る時期だった。

そのときには、兄妹で少年院に入るつもりだった。わざわざ自分たちで電話をかけたくらいなのだから。けれども児童相談所と親が何度も話し合いをして、二人はそれぞれ児童自立支援施設というのに入ることになったのだ。

拓弥の入った男子の駒ケ岳学院は、この湖の反対側の山の裾野にあるらしい。母と養父と四人で面会をしたのが最後で、しばらくは連絡は取らせてもらえない。

札幌からここまでは、峠を幾つも越えて車で五時間くらいかかった。途中、空と山しか見えなくなったから、景色なんかまるで目に入らなかった。

行き着くところまで来た感じがした。少年院に入るつもりだったんだから覚悟はしたつもりだったし、児童養護施設なら奈良にもあったが、児童自立支援施設なんて中途半端なところがあるのは知らなかった。そんな施設は、想像がつかなかった。

ここにいる子らもきっと、みんな癖の一つや二つはあるはずなのに、寮母の呼びかけに、今、他の六人は「はい」と明るく声を返した。

寮生は思い思いの服を着ている。摩耶は持参した服のみすぼらしさに気恥ずかしくなったが、そんなことは顔には出さなかった。

さっきからいい匂いがしていて、冷蔵庫に貼られた献立表を見る。今日は、ちらし寿司に鯨の竜田揚げにサラダ、お吸い物にみかんゼリーだ。別に誰かのお祝いでもないらしくて、一週間毎日、献立表にはメニューがぎっしり埋まっている。

「じゃあ摩耶ちゃんも、食事を始めてね。きっとだんだん慣れると思うよ」

寮母の早苗はそう言って、ドアノブに手をかけ、扉一枚隔てた向こう側の部屋へと入っていった。同じ寮の半分に、寮長寮母と、その子どもたちが暮らしているそうだ。めんどくせーと思う。

「ジン、ばいばい」

古株らしいのが発したそのひと言で、寮内の空気は一変した。ショートカットでふっくらしている古株がそう言ったから、さっき寮母の背中におぶわれた赤ん坊はジンというらしい。

自分に向けて両手を伸ばしてくる梨紅の姿を一瞬だけ思い出し、摩耶は心を固く閉ざした。誰も信じてやるものかと思う。

「君は賢い子なんだから、ここで生活してよかったと思えるようにがんばっていこう」

何にもわかっていないくせに、さっきカーディガン姿の園長に、爽やかにそう言われたときは、死ね、って言いたくなるくらいムカついたが、

「そっすね」と、摩耶も明るく答えた。

皆の見よう見まねで、食事の列に皿を持って並ぶ。古株のショートカットが、ちらし寿司を皆によそっていった。

「どうぞ」

ちらし寿司なんて、食べたのはいつ以来だろう。かんぴょうや錦糸卵がのっていて、その味を想像しただけで口の中によだれが出てきた。

摩耶の番が来て皿を差し出した。ショートカットは、ヘラでちょっとだけをすくい摩耶の皿にのせた。これ見よがしに、皆より少なくよそわれていた。驚いていると、他の献立をよそう三人くらいが、顔を合わせてひそひそ笑っている。

摩耶は俯く。なんだ、こいつらもクズかよ、と思う。

唐揚げも、ショートカットの目配せで寮生の一人が、一人三つのところを摩耶には一つだけをのせた。なんでもちょっとずつしかよそわれなかったが、十分にお腹は満たされたし、酢がきついわけでもないのに、ちらし寿司の味に泣いてむせそうになる。

食器を片付けるのだって、小さい頃から殴られながらやってきた摩耶には、なんてことはない。風呂に入れば、最後は浴槽も洗う。布団は自分たちで敷いて、四人部屋で眠る。あのクズ男に手を伸ばされたり、殴られたりする心配のない場所に自分の寝床がある。窓にかかった薄いカーテンの向こうから月明かりが差し込み、一瞬だけその明かりの向こうの拓弥を思ったが、すぐに安堵の眠りに包まれていった。

施設での生活には塀があるわけではないが、自由もない。

決まった時間に起床して、朝食を摂る。身支度をして、施設内の分校で授業を受けて、昼食にはまた寮へと戻ってくる。午後の授業や清掃作業などを終えて、また寮に戻る。夕食、風呂、就寝とすべて決まっている。携帯電話も没収されているし、テレビも限られた時間しか見られない。

寮での嫌がらせは何かと続いていたけれど、みんな幼稚だった。同じ寮生同士の小競り合いもすぐにわかったが、寮母の、ただ規則で縛ろうとする几帳面さもすぐに鼻についた。「どうしてちゃんとできないの？」と、しつこく言われるたびに摩耶は思う。「教えてもうてへんもん。ちゃんとってなんや」。

それに、摩耶の二の腕には、奈良で入れた刺青がある。小さい子たちを怖がらせたくないから、暑くても長袖を着てようとしているのに、規則なのだから半袖を着るよう毎朝しつこく注意する。ある日、殴りそうになって腕を振り上げていた。寮母の怯えた目に、余計に腹が立ったとき、養父が自分を殴った姿が脳裏をよぎった。

ひと月も過ぎた頃に、新しい子が入ってきた。まだ小学生だった。体も痩せていて、今にも泣きそうな顔をしていた。親の虐待や貧困だけが理由なら児童養護施設のほうへ行くのだから、この子もなんかやったんだろうなと摩耶は黙って想像する。

寮母が彼女を紹介して、摩耶が入った日と同じように着席すると、ショートカットたちは明るく「ハイ」と返事をし、食事の給仕の時間になると、またその子にも摩耶のときと同じようにちょっとだけをよそって嫌がらせを始めた。クズたちがうれしそうに笑っている。

「どけ、あんたら、キモいんや」

摩耶はそう言うと、古株の手から木ベラを取って、その子の皿にきちんと食べられる分だけよそってやった。ごぼうや鶏肉が入った炊き込みご飯だ。それと味噌汁と茶碗蒸しとサーモンのフライ、デザートは杏仁豆腐だ。

「ちゃんと食べや」

そう言って隣に座らせる。味噌汁もフライも摩耶がよそってやった。これまで嫌がらせには加わらなかった大人しい子たちが急に皿をもって摩耶のそばに集まってきて、並んで座った。

学園長の藤城遼平に再会したのは、そんな時期だった。

同じ敷地にいるのだから毎日のようにすれ違っていたのかもしれないが、摩耶の目にはまるで映っていなかった。

毎日、ブレザーとスカートに着替えて通う分校での授業が、退屈でたまらなかった。授業は、敷地内の通称本館と呼ばれる校舎で開かれる。小さな教室で、学園の生徒たちのためだけに、学年ごとに分けて授業が行われる。

摩耶は教室の外に出て、廊下で寝転がっていた。天井の模様を数えて、自分なりに数学をしていた。

「あれ、何してんの？」

通りかかった藤城がそう言ったとき、こいつも殴るんだろうなと思った。大人は暴力をふるって子どもに言い聞かせようとするに決まっている。

黙って立ち上がろうとすると、学園長は腰に手を当ててこちらを見下ろす。

「つかれるよね」

ただ、そう言った。

親し気に声をかけてくるパターンか、と摩耶は思った。その後で説教を始めるのだ。

「だけど、ここ寒くない？　風邪引かないでね」

そう言うと、また廊下の向こうへと歩いていったのだ。

どこか、拍子抜け（ひょうしぬ）したような気持ちになった。

体育館でバスケットボールをしていると、小さな子どもたちが摩耶の周りに集まってくるようになった。ひばり寮の子だけでなく、きつつきやつばめの子たちもだ。

みんなにいろいろな不満がある。どの寮にもそれなりのクズがいて、洗濯や風呂や給仕のときに、くだらない嫌がらせをして弱い子を笑う。寮母たちが気づかないふりをするのと、自分の母はどこが違うというのか。

ある日、学園長の部屋のドアを勝手に開けて入っていった。

「学園長　藤城遼平」

机の上にネームプレートが置かれていて、部屋にはストーブが焚（た）かれていて、やかんの湯が沸いていた。コーヒーの香りが漂っていた。

「急に、どうしましたか？」

園長室の机の向こう側には窓が広がっている。見渡す限りがこの施設の敷地で、街なんかどこにあるかわからない。あるのは本館と、五つの寮と、職員たちの公宅だ。塀がなくたって、ここは自分には牢屋も同然だと摩耶は思う。一日も早くここから出たいが、自分には行き先もない。

「今の時間って、みんなで、巣箱作りしてなかったかい？」

穏やかな声で、園長のほうがそう問いかけてきた。そして、続けた。

「君ははじめてだったね。この学園じゃさ、五月になると巣箱を掛けて歩くんだよ。自分が掛けた巣箱に鳥が入ったりしたら、うれしいもんだよ。なかなか入らないけどね」

「巣箱なんか、面白くないよ」

「つまんないか？」

ずっとここにいるのなら、他の人間と話すより、この園長が少しましな気がしたのは自分でも意外だった。応接ソファを勧められる。

「どこを面白がれって言うんだよ？」

「今のは誤解だな。先生はそんなこと言ったかい？　面白がれなんて、言ってないよ。つまんないならそう言ってくれたらいいし、だけどなんだったら面白がってくれるか、先生方も考えないとだめだなと思ったんだ。巣箱を考えたの、僕だからさ」

また拍子抜けした。ぶつかりがいがなかった、というのもある。

寮の部屋に戻ると、毛布をかぶって窓の外を見ていた。

ジンを背負った早苗が、慌ててやってくる。

「え？　摩耶ちゃん、どうしたの？　まだみんな巣箱作ってるでしょう。どこか具合でも悪いの」

あまりに優しい声でそう聞いてくるから、振り返って、

「うぜえよ、ババア」

思わずそう言っていた。ただ放っておいてほしいだけだ。

「あのね、摩耶ちゃん、そういう言葉はよくないよ」

「うぜえはうぜえんや。お前なんか大嫌いや」

そう罵ると、寮母の目からはなんと涙が溢れ出た。

摩耶は部屋の扉を閉めてしまい、窓に頬を当てた。ひんやり冷たい窓に、慰めを覚えた。そんなとき、この一帯のどこかにいるはずの兄も同じ景色を見つめているのかと想像する。

今朝の職員会議では、ひばり寮より野々村摩耶の分校での授業態度の悪さが議題に上がった。

「ひばり寮は、あの子が入ってから荒れてるんです」

早苗からは、そう報告が上がった。

他の寮からも続く。発達障害の子たちへの心理療法担当主査からの報告、自傷行為を繰り返してきた子への支援協議、虐待の疑いのある親からそろそろ引き取りたいと申し出が来ているケースについてなど、いずれもいつもと変わらず、出口が見えないテーマばかりだ。

そんな中にあって、藤城には摩耶の心は健やかに思えた。

「荒れているといっても、暴力をふるったりしていますか?」

早苗と、その横にいる夫の寮長に訊ねる。寮長が返事をする。

「暴言の類ではあるので、経過観察で大丈夫だとは思うのですが」

「そうですね。僕はいつも言いますけど、ここでの生活であんまり押さえつけないであげてほしいんです。もっと言うなら僕は、親からもらえなかった栄養を、ここでできるだけ授けてほしい。暴言、親にだって吐きたかったのかもしれないでしょ？　それで怯えないでください。できるだけ受けとめて。子どもたちが嘘をついたら叱るんじゃなくて、ここでは嘘をつかなくてもいいよと教えてあげてほしいんですよ。寮長寮母にはご苦労をかけますが」

職員会議が終わり、藤城は改めて摩耶の入所照会を読み直した。札幌の児童相談所が支援策を迷い、事前に何度か照会を送ってきたケースだった。自分たちを少年院に入れろと訴えてきた兄妹であり、いずれも奈良での非行歴はそれなりに悪かった。特に半グレ集団との関わりの深かった兄は、小樽でも捕まっていれば少年院送致が妥当だったろう。

ただ奈良の児童相談所の吉田という児童福祉司が、この兄妹には更生の可能性があると、文書で訴えてきた。奈良から小樽へ行って、頼るべき何者もなく、まずは自立への術を学ばせてやってほしい、育て直しが必要なのだ、と。

摩耶たちの母は、奈良県に生まれている。十代で最初の子を妊娠したが、相手に収入はなく、親の反対を押し切って子どもだけは産んだ。産むのは決めていたが、産んだ子は引き取ってほしいと、臨月に入り自ら奈良県の行政に相談に行っている。その頃から、摩耶たちの母と児童相談所の関係は始まっている。

その子どもは養子縁組に出したものの、本人はその後も結婚、離婚を繰り返し、婚姻関係になるたびに妊娠、出産をしている。家族は長らく貧困状態にあり、現在の夫は、児童手当目当てなのか、これまでの子どもたちもすべて養子縁組し、体裁を整えた。

　摩耶は、自分が家を出たい理由は養父からの暴力だと訴えている。だが児童相談所からの呼び出しに、養父はすぐさま、「自分の行動は行き過ぎていた」と、反省の様子を見せている。反省をするので引き取りたいと言い、摩耶はそれでも帰ろうとはしていない。

　親たちが子どもを手元に残したい理由はさまざまだ。働き手や生活保護の頭数にして、食い扶持のために残したい親がいる。けれど、摩耶たちの養父は、生活保護の受給に関しては固辞している。

　こうした照会を読み進め、藤城は、「養父が」公的介入を拒む理由のひとつに摩耶への性的な虐待の恐れがあると疑った。兄の拓弥は、妹を必死に守ろうとしてきたのだろう。

　養子縁組の関係が結ばれているのは、厄介だった。この男が今後は何をしていても戸籍上の父となって絡みついてくる。この先、養父は摩耶たちの人生につきまとうことになる。

　湖の反対側の男子のための駒ケ岳学院に、摩耶の兄の様子を近々見に行ってみようと決めた。

　二人は奈良から小樽へ、すぐにこの施設へ。野々村摩耶は、この春に分校が行う修学旅行を頑なに拒否しているとの報告を受けて以来、藤城は、彼女が集団に馴染めずにおり、怒りの矛先が教員らに向いていることを感じていた。

　たった十四年間しか生きていない子どもたちには、一つ一つの事柄が歩みなのだ。ごく当たり前の子ども時代。殴られたり、補導されたり、そんなことばかりの十四年ではなくて、入学式や卒業式や、遠足や、なんだってその歩みに刻まれていってほしい。

藤城は、野々村摩耶を慎重に静観してみるつもりだった。

相変わらず、何かと理由をつけては分校の授業をサボっているようだが、やってきた頃痩せこけていた摩耶の頬は、少しふっくらしてきただろうか。色が白くて、日本人形のような顔をしている。入所のときに、学園と契約している町の美容院で肩で切り揃えた髪が、少し伸びて跳ねていた。十四歳なのに、摩耶の耳には幾つもピアスの穴が開いている。腕には、彫り物。自分を痛めつけながら虚勢を張って生きてきたのだと伝えてくる。

「君は修学旅行、行かないんだって？」

「知らんもん、そんなん」

大人はそうやって気を引こうとする。最初は善人づらして、結局最後には怒るんだ。そう思っているのが、摩耶の顔に書いてある。

「僕は、修学旅行って好きだったんだよな」

摩耶は、唇をとがらせ足をぶらぶらさせて聞いている。

「園長かて、ひとりじゃん。きっと部屋で退屈してんでしょ？」

藤城は、摩耶の発したひと言を反芻した。賢い子なのだ。

大沼と呼ばれるこの湖沼群の一帯が、春を迎えようとしている。藤城は道本庁に、修学旅行を経験していない園生のための「研修旅行」にかかる扶助費、旅費などの請求を行った。

年度既決予算以外の配当請求にはそれなりの根拠が必要だが、ここで諦めていたら何もできない。ここにいる子らの過去歴を思えば、何をしたって大して苦ではなかった。

修学旅行を経験していない園生は、寮長らからの報告で他にも二人いた。一人はひばり寮で、摩耶と対立関係にある子どもだ。江差の町で、母は水商売をしている。入り浸った男から幾度も性被害を受け、この子には妊娠歴もある。

他に、きつつき寮にいる、はるかという子どもだ。母親ははじめ会社勤めをしていたが、父親と離婚してうつ病になり、仕事を辞めた。母娘は貧困に陥った。電気、水道が止まる生活になる。帯広の町で育ったが、この子も怠学傾向となり、高校生らの非行グループに交じり何度か補導されていた。

そんな三人での修学旅行の案も、摩耶は固辞した。

けれど当日、藤城の運転する八人乗りの学園公用車が施設の玄関先に到着すると、摩耶も入所のときに持参した自分のカバンを手に、ブレザーとスカートの制服に着替えてやってきた。藤城は事務の職員に、至急行く先々の予約人数の変更を頼んだ。

五寮の、他の子たちが羨ましそうに玄関先に集まってきて、

「お土産買ってきてー」とか、「スイーツだよ」「三人だけ、ずるーい」とか、和気藹々と声をかけてきた。

空が深く青く、そして高く感じられる日だった。

ちゃっかり助手席に陣取った摩耶は独りごちる。

「なんだよ、スイーツって」

藤城は、笑った。

「函館へ出発するぞー。いいとこだぞ、朝はイカ釣りしてイカソーメン、お昼は塩ラーメン、夜はお寿司を食べて、温泉だ」

子どもたちはざわざわし始めるが、その声の奥にある雰囲気が明るい。

公用車は、大沼覆道の手前を左に曲がり、雪解けの始まった大沼湖畔に向かった。そのとき、ふわっと白鳥たちが一斉に深い蒼の空へと飛翔した。

摩耶は窓にしがみついて、その様子を見ていた。

「……はじめてだ」と、呟いたのは、すぐ後ろに座っているはるかのようだ。

「そろそろ春だからね、シベリアへ帰るんだよ。白鳥は渡り鳥だからね」

藤城がバックミラー越しに言う。保美もはるかも席を移って、大きく羽ばたく白鳥たちを見ていた。やがて小さな唄声が聞こえてきた。摩耶が、自分でも唄っているのに気づかないように、口元を動かしていた。それは、とても心地よく心に響く声で、藤城は驚く。

「雪の間は結氷していたけどね、この辺りは本当は湖なんだ。駒ケ岳の噴火でできた湖が、裾野には幾つもある。さあ、峠を越えて函館の街へ進むよ」

まるで神様からの祝福があるかのように、風が吹くたびに、空気中で凍った水蒸気がきらきらと浮遊してスターダストが舞っていた。それが車窓からも見えていた。

函館の街の朝市ではさっそくイカ釣りコーナーへと行くが、

「なんだ、もう終わっちゃったよ。先生、ちゃんと時間調べてこなきゃ、だめだべ」と、係員が手をバツにした。

その様子を見ていた摩耶が、また憎まれ口を叩いた。

「使えへんな、園長」

皆で活イカ定食だけは食べた。醤油をつけるとくるっと巻き上がるイカのゲソに、子どもたちは目を見張る。

元町の教会群を見て、外国人墓地から続く海辺の様子を眺めた。元町の公会堂は洋館で、かつての迎賓館（げいひんかん）だった。舞踏会の扮装用の衣装の貸し出しがある。

女性の職員の勧めで、三人三様に着込んで、広間を歩いた。

摩耶は、仕方なさそうに着替えたが、きっと誰より似合うのを自分で知っていたはずだった。

Takuya, Maya, Fujishiro

男子の駒ケ岳学院は、女子の軍川学園とは湖を挟んで対岸に位置する。冬は結氷して雪をかぶっていた湖も、春風と陽光に洗われていき、薄氷と温んだ水の輝きを見せはじめている。

白鳥たちの声が、今、湖の遠くからラッパの音のように高く聞こえてきた。

白鳥は、毎年時期がくると、約束を果たすかのようにシベリアから冷たい空を渡ってやってくる。ひと冬をここで過ごし、今はもうじき旅立ちのときだ。湖面がすっかり解ける頃には、白鳥はシベリアへと帰っていく。

早朝の湖畔でセバットに車を停めて眺めていると、この春、学院から送り出す子どもたちと白鳥たちが重なり、藤城は煙草に一本火をつけた。白い息に混じり、煙（けむり）が吐き出される。

今日は男子駒ヶ岳学院での卒業証書授与式が行われる。

藤城は、男子駒ヶ岳学院の学院長と女子軍川学園の学園長を兼任している。

女子は先に終わり、今日は男子のほうへ参列するための黒の礼服を着ているが、ネクタイはまだ緩めたままだ。

今期卒業証書を授与されるのは、学院の敷地内にある分校に通っていた小中学生のうち、それぞれ二名と五名である。摩耶の兄の拓弥もそのひとりだ。中学を卒業して高校へ進学する子どもたちは、基本的には施設を離れる。今回は四名の進学が決まったので、それぞれ高校の寮や近隣の児童養護施設へと、また一人は祖父母の家へと戻る措置になった。

学院の卒業生が高校へと進む割合は、分校の教員たちの努力もあって飛躍的に伸びてきた。けれど、せっかく進んだ高校を無事に卒業できる子たちは、半分にも満たない。高校中退の報告が届くたびに、無念さが募る。実家に戻った子たちには、特に思う。子どもたちは必死に自分を変えようとがんばってきたというのに、親たちは相も変わらぬ生活を続けて、また彼らを元に戻してしまう。そのジレンマを抱えつつ、こんな日は笑顔で送り出さねばならないのだ。

煙草を雪道でもみ消すとポータブルの灰皿に収めて、ふたたび車に乗り込んだ。バックミラーでネクタイを締め直すと、五十を過ぎた男が、今にも泣き出しそうな顔をしていた。

職員とのミーティングを済ませると、藤城は、式が始まる前には今年は地域からの参列者は、すべて院長室に通すように伝えた。

男子駒ケ岳学院は、百年以上の間、この湖畔の地で地域住民に温かく迎えられて存在してきた。かつては、貧困が理由のいわゆる不良少年たちが多かった。そんな子どもたちが「脱走」と呼ぶ無断外泊をして、住民の自動車やバイクを盗んだり、店の窓ガラスを割る盗難事件を起こしたりしても、この地の人たちは学院の子たちを見守ってきた。職員が迎えにいくまで、子を家に招いて握り飯を食べさせてくれたり家族の苦労話を聞いてくれたりと、心優しい人たちに恵まれてきた土地だ。彼らにも、自分たちは支えられてきた。学院の生徒と地元の学校が一緒に運動会をやってきた歴史もある。そうやって、全国的にもこんな珍しい施設運営ができてきた。

「院長先生の部屋に入るなんて、はじめてですよ」

院長室に入ってきた更生保護女性会や民生委員の人たちがそう言ってコートを脱ぐと、窓ガラスは湯気で白く曇り始めた。

「いつも、ありがとうございます。うちのカレンダーは、もうお持ちですか？」

寮ごとに制作する版画のカレンダーをテーブルに広げて、論評し合う。それぞれ寮の個性が出ていて、野生動物をダイナミックに彫らせる寮もあれば、自画像や好きな言葉を自由に彫らせるのが伝統の寮もある。

「あら、これもらっていいの？」

「毎年、よくできているものね」

来客たちが職員に運ばれるお茶を飲みながら、口々にそう言う。テーブルは一杯になり、知らぬ人同士は挨拶を交わし、めいめいに話を始めた。

やがて体育館へ移動して、授与式の開始が知らされる。

子どもたちは、すでに制服姿で着席している。

学院の授与式は独特で、敷地内の分校の教員たちだけではなく、子どもたちが住んでいた地元で通っていた学校の校長や教頭もやってくる。子どもたちは、卒業証書の学校名は施設の分校ではなく、地元の学校をと希望することが多いのにも本当は忸怩たる思いはある。ここで必死にがんばってきた君たちは、胸を張ってここを出て行っていいはずなのに、と。

卒業証書の授与のためだけにやってくる教員たち、他にも行政や児童相談所からも来賓があり、卒業生より大人のほうがずっと多く並ぶ式典だ。挨拶は、来賓、小中分校の校長、卒業生代表と続き、さらに送り出す児童たちからの送辞、寮長代表の挨拶、そして藤城も壇上で送辞を伝える。

ひとりひとりに卒業証書が授与されて、最後は子どもたちが一斉に後ろを向き、保護者たちの方を向いて合唱曲を唄う。

本当は、子どもたち同士の卒業式は前日に終わっている。同じ体育館で、卒業生激励会という名で、全員でお弁当やケーキを食べて、寮ごとの出し物を盛大にやった。

そのときは生き生きと笑っていた子どもたちが、今親たちのほうを振り返って、緊張しながら、けれど大きな声で唄っていた。声変わりを済ませた男子たちの合唱は太くたくましく響くのに、その表情にはまだ戸惑いが深い。今後どんなふうに生きていけるのか、それを考え始めると、きっと内心では心細くて仕方がないにちがいなかった。

藤城は、心の中で保護者たちに伝える。みんな、立派になったのがわかるでしょ。ここにいる間、寂しさによく耐えて過ごしていたんです。

泣いている親も、スマートフォンで写真を撮っている親も、ヤクザの素性丸出しで両足を組んで威張っている親もいる。子どもたちがまた帰っていく場を考え、そこからさらに進んでいく社会の難しさを考える。だけど、それが君たちの人生なんだ。胸を張って行ってこいと、思う。

式の後は、卒業生たちが退園していく。

玄関から、保護者と出ていく子たちは、誰も涙を見せない。皆、見送られて振り向くときに少しは笑うが、むしろ普段より硬い表情をしている。

小学校を卒業したレイジは玄関まで走ってきて、バイバイと手を振って、最後までじっと立っていた。

レイジの背中には、無数の傷がある。その幾つかは親に折檻（せっかん）と称してデレッキ（火搔き棒（ひかきぼう））でつけられた火傷（やけど）の跡だ。

はじめは教員が声をかけただけで、

「あっち、行け」と、強くはねつける子どもだった。誰に対しても、猛然と怒りをあらわにしているように見えた。

寮長寮母の優しさの中で少しずつ怒りを解かし、またレイジは同じ寮の一部の寮生にも心を開くようになった。その寮生たちが、去っていく。だから、兄を失うように立ちつくしている。寮長が、そっとその肩を抱いている。

子どもたち同士のここでの短い時間のつながりには、明日はないに等しい。施設を出た後に連絡を取り合うのを、勧めることはできない。ここで培った思いだけを胸に、それぞれが自立してくれるのを願う。だから、子どもたち同士の結びつきは、こうやって途切れ途切れのうちに終わり儚いのだ。

副院長の高瀬と院長室でジャケットを脱ぎ、向かい合って、インスタントコーヒーを飲む。卒院していく子どもたちの話をぽつりぽつりとし始める。

長身だった圭人は、道東の祖父母の元へと戻った。両親から育児放棄を受け、預けられた母の実家では祖父から暴力をふるわれ育った子だ。進学した高校へは児童養護施設からの通学を懸命に勧めたが、圭人は希望せず、また祖父とも同居となる。「ばあちゃんが待ってるから」と。

「ところで副院長、野々村拓弥の様子は、どうですか？」

野々村摩耶の兄の拓弥は、今年中学は卒業したものの高校への進学は断念している。学院に入って数カ月での卒業となるので、そのまま「実科生」と呼ばれる待遇となって、就労訓練を受けることになっている。

高瀬は拓弥について、こう伝えてきた。

「あの子は、別に問題は起こしませんが、なかなか心を開きませんね。まあ、ここではやり過ごそうとしていますね。比較的小さい子の面倒はみるようですが……、院長、久しぶりに会っていきますか？」

「そうですね、今一度面談しておこうと思います」

高瀬にも同席を促し、そう頼んだ。

拓弥はすでに寮に戻って休んでいたようで、ジャージ姿に着替えて院長室へと現れた。切れ長の目で少しうなだれ気味だった。色白なのは摩耶に似ているが、妹のようなエネルギッシュさはない。白く長い指を前に組んで、二人からの話の矛先を訝るように黙っていた。

「なかなか面談ができずにいて、ごめんなさいね。学院長の藤城です。もう、ここにはさすがに慣れたよね」

「いやあ」と、口ごもる。

「高校受験を希望しなかったんだってね」

そう言うと、握った手で膝をこすりながら、

「できたら早く自活したいんで」

そう口にした言葉遣いや声は、はっきりしていた。

「奈良の出身だもんな。北海道の冬は、寒いでしょ？」

「それは、はい、寒いですね」

兄のほうは奈良弁も口にしないが、今浮かべたような、ふっと解けたような表情には柔らかさがあり、藤城も破顔（はがん）する。

「副院長からも話があったと思うけれども、君は実科生になります。ここから準備が整い次第、町の自動車整備会社で就労訓練を開始します。説明は聞いたでしょ？」

高瀬も合いの手を入れる。

「就労訓練、決めるの、拓弥は早かったよな」

他にもクリーニング技師や幾つかの訓練があるが、入所照会によると、拓弥には小樽でもすでに整備工の経験があった。その稼ぎをすべて、養父が吸い上げていたのだが。

「車の仕事は、自分に向いてる気がしたかい？」

「まあ、はい、そうです」

そう言って藤城の目を見つめると、瞳の中の光彩の色が少しずつ強く変わっていった。

「大事なことだね。自分に向いている感じがするのが何かを見つけるのは」

大きな上背をして頷いた拓弥は、どこか大人びて見えた。

「摩耶も、元気にやっていますよ」

本来ならば、本人が口を開くまで家族についての話を積極的にしないのが暗黙のルールだ。けれど、拓弥はすぐに実科生になる。一日も早い自立を希望している。この兄と妹の二人は互いを支え合ってやってきたのだ。

「妹のほうも、見てもらっているんですね」

「はい。大丈夫、心配いりませんよ」

そう言葉を返すと、拓弥は妹のことを何か思い出したのか少し笑い、

「摩耶のことお願いします」

そう言って、落ち着いて頭をさげた。

公宅は女子の学園のほうに置いたままだが、この機会に男子の学院のほうでも過ごしてみよう

と、一週間、藤城はこちらのゲストハウスに足場を移した。

式典の翌日から、男子は花の苗作りが始まる。

外で作業をするにはまだ風も冷たいが、色とりどりのマリーゴールドやサルビアを植えたプランターを皆で作り、近隣地域に配る試みをはじめて五年になる。今では地元の郵便局や駅だけでなく、食堂などの玄関口にも、〈駒ヶ岳学院生徒一同〉と書いた木製のプランターがよく並べられるようになった。

敷地の中とはいえ、外に出て一列になって土いじりをしている寮生たちを、藤城は順に眺めていく。

親からの度重なる虐待を受け続け、発育に遅れが生じた子がいる。実の妹をレイプしてしまったという子は、今も不眠で自分の罪を問い続けている。盗癖のある子は、心理療法士のカウンセリングを定期的に受けている。母親の内縁の夫から、性行為を常習的に見せられてきた子もいる。

入所照会に書かれていたひとりひとりの過去歴は、職業病とも言えるほど明確に脳裏に刻まれているが、藤城は子どもたちと向かい合っている時間は、それらを記憶から一度引き剝がしてしまう。そうすると、目の前にある今の表情だけが飛び込んでくる。いつまで経っても笑わない子もいれば、重たい過去歴は決して拭い去れないにしても、表情がずいぶん和らいできた子もいる。

拓弥がどこにいるかと捜すと、長身の背を少し丸めて、土いじりの列の一番端で、長い指で苗を丁寧に扱っていた。顔をあげたら感じられるはずの湖の気配にも目を向けず、黙々と作業をしている。

「院長、軍川では研修旅行をやったんですって？」

高瀬が両手を背中に組んで、話しかけてくる。

高瀬とは、かつて中央児童相談所で机を並べた、大学同窓の盟友だ。藤城が転勤で課長職となって着任した年に、担当地域内で三歳の女児が虐待死するという、痛ましい事件が発生した。近隣からの通報で、高瀬と二人で訪問をしていた家族の中で生じた事件だった。

忘れもしない団地の三階の部屋だった。近隣からの通報を伝えても、親は、娘は昼寝していると言い張って、会わせようとしなかった。玄関から動物のケージやゴミがうず高く積まれていて、照明も落ちていたが、下の赤ん坊を大切そうに腕に抱いて玄関口に出てきた母親を、それ以上追及できずに児童相談所に戻り、臨検、つまり立ち入り調査を実施して、強制的に家庭に介入する準備に入った。警察官の同行のもと、この調査に応じなければ、臨検の実施のつもりだった。

事件が報告されたのは、それからわずか三日後だった。両親は三歳の子どもを常習的に虐待し、食事を与えずケージの中に軟禁していた。

後日、新聞などでも、当然〝児相〟の怠慢だと叩かれた。

メディアに叩かれたことよりも、二人にとって救えたはずの命だったと己を責めた。その頃もすでに児童相談所は膨大な児童虐待の対応に追われ、連日不夜城のごとき有様だった。子育て支援などという牧歌的な風景はそこには皆無なのだ。マスコミからの批判が始まると比例して士気は下がり、公務員の人事異動先としても拒否にあう。専門性をもった人材育成はおぼつかなくなり、その結果事故が起こるリスクはまた高くなる。若い日の藤城たちには、それは野戦病院のごとき惨状だった。

「研修旅行は、やってよかったですよ。拓弥の妹は小学校でも行っていなくて。拓弥もそうでしょう、きっと」

「あれ、院長。まさか、男子でもと言い出すつもりじゃやないですよね？」

藤城は、真顔で高瀬を見返す。

「意外だな、まさかとは」

遠くに空のボールを投げ込むふりをして肩を回し、続けた。

「元々、ここの子たちとはやってみたいことがあったんです。夏休みに入る前にでも、と。近々相談しますよ」

高瀬は冗談めかしてぶるっと身を震わせるふりをして、こう言う。

「院長はタフだ。私は年を取ったのかな。年中行事をこなすだけで、もう手一杯だと言いたいですけどね」

タフというよりも、摩耶が言ったことが真実をついているような気もした。「園長かて、ひとりじゃん。きっと部屋で退屈してんでしょ？」

苗の作業が終わり、この春まで小学生だった子が、「院長先生」と、駆け寄ってきた。特別藤城に懐いているというわけではなく、彼には発達障害があり、人との距離がうまくつかめない。だから誰にでも人懐こいが、親は家庭での養育に行き詰まって、ここへ託した。

「キャッチボール、やるかい？」

そう言うと、彼はうれしそうに頷いて寮へと駆けていき、グローブやボールを抱えて戻ってきた。背中を反らせて、エネルギーをとびちらせるように両腕を振りながら走り、戻ってきた。入った頃は、ボールもろくに投げられなかった子の放つ球が、今ではグローブで音を立てる。

「ずいぶんかっこいい投げ方になったじゃないか」

「だって僕、今度から野球チーム、入るから」

そう言って、さっそく額に汗を浮かべている。駒ケ岳学院の野球チームのユニフォームがもらえる年齢に達したのだ。真似してあちらこちらでキャッチボールが始まる。ちらっと拓弥を見ると、プランターの中で斜めになった苗を直したり、こぼれた土を中へ落としたりと一人で静かに続けていた。

「拓弥くん、ちょっと」

呼びかけると、顔をあげる。

「キャッチボール、代わってくれるかい？」

「俺、できないっすよ」

そう言いながらも、立ち上がると土に汚れた手を腰から下げたタオルで拭う。藤城がグローブを手渡すと、相手にめがけて放ったボールの軌道は力なく弓なりで、けれどそのボールを見上げている時間は、拓弥の向こうには山麓の青い空が広がっているのだと藤城には感じられた。

軍川学園に戻ると、園長室の前の廊下に摩耶が立っていた。

「なんだ、また苦情か」

そう言って、園長室に通す。摩耶には駒ケ岳学院の話も拓弥と会ったことも伝えていない。

「それで、今度の苦情はなんだろうな?」

いつもなら勝手に一人で話し出すのに、何も言わない。

藤城が机に向かって座り、カバンの中の資料を机に並べ、電話の横に無数に貼られたポストイットのメモ書きを見ていく。本当ならすぐにでもこちらの学園での用事を始めたかったが、ふてくされたまま今にも感情を爆発させそうな摩耶を見ていると、少しくらい急いで何になるという気持ちになる。

壁際に置いてあったギターに手をかけると、駒ケ岳学院の授与式で男子が合唱していた曲をうろ覚えで、コードだけをおさえてみた。藤城は知らない曲だったが、埼玉県の秩父にある中学校で作られた曲だという。

授与式では分校の教諭がピアノで伴奏をつけたが、ギター一本ではいかにもしんみりと音が響いた。

藤城は急に気分を変えて、いつも一人のときに弾いているイーグルスの曲を、弦をかき鳴らすようにして見せると、摩耶は少し瞳を輝かせた。

「うまいか?」

と、顔をあげて訊くと、

「うまいかどうかわからへん。おかえり、園長」

そう言うと気が済んだのか、園長室の扉を開いて風のように出ていった。

入れ代わりのように、黄色のパーカにデニム、丸眼鏡をかけた職員の小林が入ってくる。小林は本州の出身で、若い頃はバンドを組んでプロを目指していたそうだ。音楽では挫折したが、福祉の学校に入り直し、来道した。気骨のある男で、職員の中でも気が合う人間のひとりだ。

向かい合って座る。すぐに話し出さないから、何かしらの厄介な出来事があったろうか。

先延ばしにするように、こちらから駒ケ岳学院での授与式の話を伝え、新しく聴いた合唱曲の話をする。

「あの曲は、女子でもいいかもしれないと思いましたよ。それで、何か、ありましたか？」

藤城が問いかけると、不在中の報告があった。

「ひばり寮の野々村摩耶のことです。夕方、〈食缶〉の際に寮を抜け出したみたいで、寮長たちが施設内をずいぶん捜したんですよ。警察へ通報するかどうかを協議し始めたときに、ようやく見つかったからよかったんですが」

「食缶」とは、給食室に届いた食事を各寮の当番が運ぶことをいう。路面に雪の残っているこの時期は、プラスチックのそりにのせて運ぶ。雪道に慣れていない摩耶は、前の当番のときにすてんと転んで寮の仲間たちに笑われたのを悔しがった。

「どこにいました？　摩耶」

「それが、言いにくいのですが、園長の公宅の前にいました。帰ってくるのを待っていたみたいで」

同じ敷地内とはいえ、寮と公宅はそれなりに離れている。まだ残雪があり、夜の気温はマイナスとなる。そもそも公宅を見つけるには、それなりに歩き回ったはずだ。

「摩耶には、巣箱作りは退屈なんだそうですよ」

小林に笑ってほしくて言ったのだが、やけに真剣な目をしているから、敢えて続けた。

「あの子が、退屈しないように考えないと」

案の定、小林は生真面目に食ってかかってきた。

「藤城園長、寮長たちの考えは逆ですよ。この部屋への出入りを許すのもそうですが、園長が摩耶を特別扱いしているからこんなことが起きるのではないかと。研修旅行の件だって、妬む子も出ています。女子は一筋縄にはいきませんよ」

「なるほど」

そう言って、小林にマグカップの中のコーヒーの粉をかき回して手渡した。

「まあ、特別扱いかもしれないね。だけど、それじゃいけないのだろうか。課長、昔、音楽やってたんでしたね？」

「それが、何か？」

「摩耶に、唄を教えるのはどうでしょうか」

「彼女ひとりに教えるんですか？　唄を」

研修旅行の公用車の中で、摩耶は窓から外を眺めながら鼻唄を唄っていた。無意識になのだろうし、小さな声だったが、それがとてもいい声をしていた。

何を唄っているのか聞いたら、

「どうせ言ったって、知らないよ」

そう言われたのは、ちょっと悔しかった。

「少し前向きに考えてみてもらえませんか？　ああいう子を、押さえつけようとしてもだめなんだ。エネルギーの塊なんです」

「寮長たちは、そういう特別扱いは賛成しかねるとは思いますけどね」

「じゃあ、訊きます。小林さん自身はどう思うの？」

返事はすぐには戻らなかった。

「少し考えさせてください」

「お願いしますよ。やっていただけるようだったら、私も本人に話してみますから」

小林との他の伝達事項のやり取りも終えて、藤城は机の上のメモ書きにあった事務作業を一つ一つこなしていった。手紙やメールでの返信、本庁や児童相談所へ提出する資料の手直し、要保護児童対策地域協議会のためのレジュメに目を通すなど、やるべきことが山積していた。

もろもろ終えると、夜の九時を過ぎていた。今日も夜は、カップラーメンになりそうだ。

廊下には小さな夜間用の照明が一つきりだ。外には春だというのに今も雪あかりの道が続いており、それぞれの寮がこぼす光が窓から見えていた。

一人だけを特別扱いする。この施設で認められるはずがないのは、わかっていた。けれど本音を言うなら、どの一人ずつだって特別扱いをしてやりたかった。どんないい顔だってしてやりたかった。彼らがここをよい思い出の詰まった地にしてくれるのが、自分にとっての糧だった。

施設の扉の施錠をして、車へと乗り込む。

正面のストローブ松を覆う雪も、まだ解けていない。

シートベルトをしてエンジンをかけ、ここから公宅へ向かっても、冷えた部屋が待っているだけだ。ラーメンを食べて、ウィスキーを飲み、ギターを弾く。時々それがなかったら自分はここでの静かすぎる夜をどうやり過ごしていたろうかと思う。

摩耶に、自分の心の内側を唄わせてみたい。

「園長かて、退屈してんでしょ？」

摩耶が、そう言ってこちらを見返したときの、兄妹共によく似た、光彩の淡い瞳を思い出していた。

# Ⅳ

## Maya, Takuya, Yuki

三人で、どの駅から地下鉄に乗るとも言わずに歩いていた。気づけば、ススキノから大通まで進んでいた。ぶつかった大通公園は、東西に長く延びている。噴水はもう終わっていて、公園のシンボルのテレビ塔の時刻表示はコスト軽減のために十二時間制だ。１１１３と夜の十一時を回ったことを知らせていた。

ただのデジタル表示なのに、そのオレンジの光がこんなにきれいに見えたことはなかった。リラの花が公園を縁取っている。夜気のなかに、驚くほど芳香(ほうこう)を放っていた。摩耶が、鼻を近づけている。

「あんた、パパリンの娘なん？」

ラーメン屋を出たときに摩耶からそう訊ねられた問いかけに、ゆきは今頃になって答えた。

「私の父は、藤城遼平です」

摩耶は編み上げブーツの足を止めた。肩にかけたギターケースのストラップにはmayaの文字。

輪郭をくっきり描いた目で下から見上げるようにゆきの目を覗き込む。

「へえ、そうなんだ。パパリンのとこのお嬢って、こんな顔か」

どんな顔だって言うんだ。確かに、顔立ち以前の問題で、自分はいかにも薄い感じなのだが。

そう思うと、自分で可笑しくなる。

「で？」

摩耶は顔を斜めに向けて訊いてきた。

「なんでパパリンの娘が、ここにいるの？」

摩耶はストレートに問いかけてきた。

「父の誕生日に、私も大沼にいたんです。そしたら父は、あなたの、摩耶の唄だって言って聴いていました。職員の人と一緒に」

「おめでたいねぇ、そういう状況か」

摩耶がブーツで地面を蹴る。

「それに何？　雪の日に生まれたからゆきとかって、そういう感じ？」

「そう」と、ゆきが素直に頷くと、摩耶はそばにあったリラの花からひらりと手を離す。

「パパリンの名前のつけ方って、単純なんだな。雪の日に生まれてゆき〜って？」

と、からかうように唄う。

「摩耶、ゆきちゃんはせっかく来てくれたんでしょ」

拓弥はそう言うが、摩耶は急にゆきとは目も合わせなくなった。

代わりに拓弥が言った。

「藤城院長にならら、俺も世話になったよ。お元気かな？」

そう言って、ゆきに問いかけた。

「拓弥さんも、大沼の学院にいたんですか？」

銀色の髪を揺らすように俯き、拓弥が呟いた。

「いたよ」

リラがまた夜気の中で香った。

Maya, Fujishiro

ゆきの登場に、摩耶の中で動揺がなかったと言えば嘘になる。

パパリンとの思い出の中に、いきなり「ゆき」という生身の子どもが飛び込んできたように感じた。

空を覆い尽くすかのように、ひどく雪が降った日、摩耶には藤城との忘れられない思い出がある。

その日を境に、パパリンと呼ぶようになったのだ。

摩耶の唄の練習は、軍川学園に入所して半年もしないうちに始まった。それまでの、何をしていてもただ閉じ込められていて重苦しい気持ちが一変するような時間だった。

園長もギターを弾くが、摩耶には聴いたこともない外国の曲ばかりだ。だけど、夕食後に音楽室に待っていた児童自立支援専門員の小林は、どんな曲も弾きこなした。

長くて退屈な学園での一日の終わり、夕食後に特別な楽しみができた。小林は、自分の古いローズウッドのギターを一本摩耶に貸してくれた。ギターの持ち方やコードというものを教えてくれた。いつもはなんでも投げ出すのに、摩耶はギターには夢中になった。コードがたった三つ押さえられたら、弾ける曲があるのがわかった。

どんなにたどたどしく弾いても、園長も小林も褒めてくれるのが照れ臭かったが、ギターの音の響きには確かに慰めがあった。

「歌詞も自分で書くといいよ。きっと小林さんが素敵な曲をつけてくれるから」

歌詞なんか恥ずかしくて書けるかよ、と思っていたのに、ノートにはどこかで聞いたような短いフレーズがすぐに並び始めた。小林は、それに魔法をかけるように歌詞に変えてくれた。

毎日、食事と片付けを終えると、摩耶はノートを持って音楽室へと向かった。暗い廊下の先に、照明の灯った音楽室がある。日に一時間きりと決められていたが、その特別な時間が学園生活の救いになっていった。

小林に、摩耶は淡い憧れにも似た気持ちを抱いた。まだ三十歳にもなっていなくて、普段は物静かなのにギターの音色は力強かった。

曲が弾けるようになり、学園祭で演奏するように言われた。はじめは逃げていたが、

「じゃあ、摩耶が作った唄を小林先生と俺で唄うか」

藤城がそう言いだしたときに、

「わかったよ」と、観念した。私の気持ちを、あんたらに唄ってほしくはないよ、と。

そのときに、自分でつけた名前がDryIce。録音した音源は、You Tubeでも流されたが、映像はギターを弾く摩耶の手元だけ。あちこち傷のある手だ。ほとんどが奈良でつけた傷だ。録音された場所の背景もわからなく撮影されているし、名前だって誰も摩耶とはわからないはずだけれど、You Tubeを通じて自分の唄声が知らない場所を漂っている。家族や学校からも隔絶された場所で過ごしているというのに、わざわざ摩耶の唄声をYou Tubeで流してくれたのは藤城だった。

自分のことなんて、ずっと好きではなかった。まだ十四歳だというのに、もうすでに死んでいいと思うくらい疲れていて、どうせ何をしてもうまくいかないんだし、世の中に必要のない人間だと思っていた。自分はもう、嫌なことならなんでも知っているような気がしていたけれど、摩耶の世界が、そのときほんの少し開けた気がした。胸に新鮮な空気が入ってくるようだった。

そんなふうに心をかけてもらいながら、摩耶は幾度も藤城を裏切っている。

分校の中学を卒業し、これで退園できると思っていたら、藤城や児童相談所は摩耶を拓弥同様に実科生として、学園に残すことを決定した。このまま小樽の家に戻っては、養父から虐待の恐れがある。一人奈良へ帰れば、非行仲間が待っている。あとしばらくは、学園に残り就労訓練を受けて自立の道を模索すべきだという決定だった。

藤城はさらに高校進学を勧めたが、摩耶は早く自立したいと希望した。誰かに依存する人生の成れの果てである母が、生まれたときから目の前にいた。

クリーニング店に集められる衣類が次々送られてくる工場で、摩耶は就労訓練を始めた。単調だし楽しい仕事だとは思わなかったが、それでも学園の中にいるよりはずっと自由だった。働いているおばちゃんたちが何かと気遣ってくれるので、抱えるほどおやつをもらう。

毎日定時に訓練が終了したら、実科生は学園の寮に戻るのが約束だ。だが、バス停で待ち時間が少しでもあれば、摩耶は隠れて昔の楽しみを手繰り寄せていた。昼食代として持たされた五百円で、煙草を買って吸う。ときにはこっそり缶チューハイも飲んだ。藤城はたぶん、摩耶のそうした規律違反には気づいていたはずだ。寮にはいちいちチクる子たちがでてきた。摩耶の荷物に煙草を見つけたと言っては、寮母に相談事と称して告げ口する。告げ口して、気に入られようとする子もいる。

春から始めた就労訓練で夏が過ぎる頃になると、摩耶は何度も藤城に手紙を書いた。そのくらい、心が腐り始めていた。

〈もう実科生はしないでいいから、早く奈良に帰らせろ〉

〈働いているんだから、給料出せ。その金で奈良へ帰るんだ〉

〈なんで返事をしない、このクソジジイ！〉

就労訓練には朝出ていき、皆が夕食を始めた時刻に戻る。帰宅して慌てて園長室を訪ねても、そんなときに限って出張中で藤城の部屋の灯りが消えている。

一旦、外の世界に触れたことで、心の制御が利かなくなったのだ。就労訓練を受けて、また学園に戻って眠る生活に心が冷えていった。摩耶はふたたび自分が学園に閉じ込められているような息苦しさに、耐えられなくなっていった。

〈ジジイ、お前と話す必要がある、今日こそ待ってろ〉

そう書いた日は、すでに年の瀬が近づいていた。年末年始になれば、寮生たちの多くが家に帰る。残された寮生たちだけで、一寮に集められて過ごす。その時期になれば、藤城たちだって当たり前に家族の元へ帰っていくのだ。頭では理解していても、摩耶には自分も学園を出たいのだという衝動が抑えられなくなっていった。

その大雪の日、帰園してまっすぐに園長室へ行くと、藤城は机に向かってギターを弾きながら待っていてくれた。

部屋にはストーブが焚かれて、やかんから湯気が上がっていた。窓は白く曇っていて、外が見えなかった。藤城はカウチンセーターを着て、ぬくぬくと部屋の中で過ごしていたように見えた。

「お帰り。話はちゃんと聞くから、先に夕食を摂っておいで。今日は必ず待っていますよ」

ギターを弾く手を止めて、そう言った。

「食事なんていいから、奈良へ帰る金よこせよ」

「摩耶、実科生として過ごすっていうのは、一度自分で決めたはずだよね。違うかい？」

藤城が何か言うたびに、体の中に閉じ込められていたひどい言葉が、みんな押し出されてくるみたいだった。

「うるせえ、このクソジジイ、お前に何がわかるんだよ。わかったような口利くな。帰るったら、帰るんだよ。こんな学園にいて、何になるんだよ」

感情的に言い放っても、どんなにひどい言葉を使っても、藤城は決して怒らなかった。目を背けずに、ただじっとこちらを見ていた。

そのうち摩耶自身が、大声を出すのに、疲れ果てた。

園長室を出ると、コートも着ずに玄関に立った。外にはしんしんと綿毛のような雪が、夜空から舞い下りていた。冷え切った空気に、頬の熱が鎮められた。

摩耶はブーツを履くと、荷物も持たずに一歩飛び出すように玄関から歩き出した。玄関から門までは長い。門の向こうも、左右に長く延びた一本道だ。

「奈良に帰る」

摩耶は、門を出ると左に向かってやみくもに歩いていた。たぶん駅だと思う方向にひらすら歩いていた。道路灯はまばらで、光は降り落ちる雪だけを照らしている。何度も轍(わだち)に足を取られて、つんのめった。降りしきる雪に視界も遮（さえぎ）られた。自分はばかだと思った。就労訓練先へ向かうバス停ならもうとっくに過ぎたはずだけれど、駅への道はまるでわからないのだ。こっちでいいのか、違うのかもわからない。いや、違うのだろう。何の標識も見えてこないし、ますます車の通りも少ない道になった。

急に足を止めて振り向くと、通りかかった車のライトが一瞬眩（まぶ）しく目を射し、だがその向こうに小さく藤城が雪まみれになって立っているのが見えた。長靴を履いて藤城も、コートも着ずに黙って後ろをついてきていた。

摩耶はさらに進んだが息が上がり、振り返ると、まだ藤城はひたすら黙ってついてきていた。

「戻ろう」

足を止めた藤城が、大声で呼びかけてきた。

摩耶は、しばらく呆然と藤城を見ていた。気づくと踵（きびす）を返し、雪まみれのその体の横をすり抜けていた。

「寒い、寒い、まじ寒い」

ぶつぶつそう呟きながら両腕で自分の体を抱きしめていた。自分の頬を伝う涙がそんなに温かいのに驚いていた。

身体がかじかんで、足がもつれるように進んだ。

藤城はなお黙って後をついてきていた。摩耶が学園の駐車場まで戻ったときに、追いついた藤城に抱きすくめられた。どちらも雪まみれで冷たくて、それでも震える体に藤城の体温が伝わってきた。

「戻ろう」と、藤城はもう一度言った。

玄関先では、年をとった事務の職員が、心配そうにお盆に温かいココアを二つのせて待ってくれていた。湯気が出ていて思わず手を伸ばす。

「早く飲みなさい、摩耶。こんなことは何度もはだめだぞ。こんな先生はいないんだぞ」

事務員は嗄れた声でそう言った。

藤城はカップには、すぐには口をつけなかった。

「ありがとうございます」

職員に丁寧にそう言って頭をさげていた。まるで摩耶の分も言うみたいに、何度もそう言っていた。

「パパリン」と摩耶が藤城を呼ぶようになったのは、その時だ。

Takuya, Fujishiro

拓弥の中にも藤城の印象は鮮烈に残っていた。在院期間をなんとかやり過ごそうと考えていた拓弥にとっては、幾分風変わりな院長だった。思えば摩耶に話したこともなかったから、二人になった帰り道に、拓弥はぽつぽつと話し始めた。

大沼が夏を迎えた頃、分校の夏休みに合わせて夏季一時帰省がある。

寮から家へ戻る子たちが多い中で、寮に残る子どもたちは例年キャンプに連れ出されるという話は伝わっていた。

けれどその年は、院長の藤城から特別な計画が発表された。

ある日、寮の前に突然、ぴかぴかの自転車が十台も並んでいた。函館で設計事務所を経営している篤志家から寄贈があったのだ。

サイクリング・ツアーの計画を聞かされた。皆で自転車で大沼を出発し、キャンプをしながら長万部、ルスツ、洞爺湖と道南エリアを中心にダイナミックに回って帰ってくるという。

「行きたい人」

藤城がそう声をかけたときに、手を挙げたのは発達障害で入所している小学生の理樹ひとりだった。真新しい自転車には惹かれたが、拓弥は奈良ではすでに車やバイクを盗んで乗っていたし、真夏に長距離をチャリを漕ぐなんて、はっきり言うなら避けたかった。

だが藤城はいかにも楽しそうに、理樹の肩を抱き、

「ようし、だけど二人だけじゃ寂しいよな」

と、皆を見渡している。地面に北海道の大きな地図を広げて、マーカーで線を入れた。

「ここではかにめしを食べてさ、ここではメロンソフトだ。三日目には温泉入ってさ、最後は湖畔でジンギスカンやるんだぞ」

そのうち、一人二人と半分しぶしぶという感じで折れて、参加の名乗りを挙げた。

最後まで手を挙げなかったのは拓弥ともう一人、中学三年の佑磨だった。

「俺は受験するんで、行かなくてもいいですか?」

佑磨は洞穴みたいな暗い目をしていた。風呂に入ると、背中に大きな火傷の痕があある。風呂に入りたがらないのを、いつも寮長に叱られている。

夏休みにも寮から家に帰らない院生には、親から再度虐待をされ受傷するおそれや再非行の心配などの理由が多い。学院は、親にも面会を重ねる。家に帰す措置を採るときには、子どもたちに虐待から逃れるこつを教える。拓弥も小樽への帰省は望まず、残留することを選んでいた。中途半端に戻ったところで、養父に働かされるのがおちだし、もう一度学院の生活に復帰するのがしんどくなるだけだ。かといって、真夏にこんなガキたちとサイクリングをする気はさらさらない。

藤城が佑磨に何と答えるのか見ていると、

「だけどさ、勉強だったらキャンプ先でもできるんじゃないのか」

けっこう普通の友達同士みたいな誘い方をしたのが、変な大人だと拓弥が最初に抱いた藤城への印象だった。

「先生は勉強の邪魔するんですか？　俺は、絶対に高校へ行きたいからさ」

佑磨は弱々しく泣きべそをかいていたかと思うと、突如豹変して藤城に食ってかかった。

そんなとき、ごたごたはもうたくさんだと拓弥は思ってしまう。思わず手を挙げた。

「俺も、行こうかな。自転車の修理なら少しはできるし」

「拓弥くん、いいのかい？」

拓弥は藤城に頷いて、佑磨の肩をこつんと叩いた。

「こうなったらお前も行くべ。一人で残ると、熊が出るぞ」

佑磨は泣きべそをかきながら、しぶしぶ頷いたのだ。

サイクリング・ツアーは珍道中だった。小学生から実科生までが、自転車を並べて一週間、山坂のある道を走破したのだ。毎日誰かが悲鳴をあげていたし、誰もが、途中弱音を吐いた。転んで怪我をする人間も出た。けれど藤城が、あまりに元気だった。まるで彼の体の中には大きな太陽が燃えているようだった。

朝は甘いミルクティを沸かして皆を起こしてくれた。夜は焚き火が消えるまで、火の番をしていた。

ルスツのキャンプ場にテントを張っていた日、夜は皆で摘んだ名前のわからない雑草みたいなのを順番にてんぷらにして食べた。夜空には星がきらめいていた。虫の声もうるさいほどで、なかなか寝つけなくて、焚き火のそばへ近寄った。藤城は火の番をしながら、うたた寝しかけていたところだった。

目を覚ますと、藤城が拓弥にもコーヒーを入れてくれた。

「拓弥と俺は少し似ているところがある気がするんだよな。自分がどう思うかより、みんながどう思うか、まず考えるんだよな。拓弥は極道みたいなところ、間違っても行ったらだめだよ。すぐに鉄砲玉にさせられるぞ」

見てたんだなと思った。少年院に入るという摩耶に、だったら俺もと言ったのは自分だ。

「院長先生に、そんなところあるんですか?」

訊き返すと、

「俺がこの仕事をするようになった理由があるんだよ。いつか話すな。そうだな、拓弥、卒院したら、また遊びにおいで。そのとき話すよ」

誰とでもこんなふうに真剣に付き合って、この人は一体、何がうれしくてこうしているんだろうと、ある意味ではじめて不思議に思った大人だ。

藤城がどんなに素晴らしい人かしれないが、腹を割って話そうと思ったわけではない。むしろこんないい人に、自分たちの家族や、そんな家族の中に生まれ育った俺たちの気持ちがわかるはずがないと感じていたかもしれない。

中日のひと休みで泊まった民宿の女主人は、施設の子たちかと、夕食後に足のもげたカニをたくさん出してくれた。

最終日は、ジンギスカン。あれは、なぜあんなにうまかったんだろうな。日没のキャンプサイトで、皆で割り箸を持って、藤城の「よし」の合図を待った。犬じゃねえんだしと、どこか鼻白むような気持ちだったのに、肉が焼ける音や煙の匂いに負けた。まだか、まだかと待っていて、いよいよそのときがくると、歓声があがった。

だが「うまいなあ」と、誰より先に声をあげたのは藤城だった。この人のもしかして今、本当にうれしいのかな、と思わせてくれる笑顔には敵わない気がした。

キャンプから戻ると、拓弥は就労訓練先の人たちに、途中で買った「わかさいも」という土産を渡した。藤城が、「お世話になっている職場の皆さんには、これがいいよ」と選んでくれた、ちょっと甘じょっぱいまんじゅうみたいなお菓子だ。

「これ、懐かしいもね」

「拓弥も食べれ」

訓練先の人たちまでがそんなふうに喜んでくれた。

拓弥がそんな話をすると摩耶は、ぽつりと言った。

「パパリンの娘には、もう会いたくないよ」

Yuki, Takuya, Maya

窓辺の席で弁当の紺色の包みを開き、ゆきは少しため息をつく。病院のエントランスのそばで咲いていた桜の花が散り始めたようで、花びらが窓の向こうを風に舞っていた。

昨夜のライブの余韻が、まだ抜けていなかった。

いつだって　あと少しで飛び立てるのに
誰も助けてはくれない
でも　あなたは粉雪に包まれている
求めることをあきらめないで

「ゆきちゃん」

顔をあげると、ラージサイズのカップに入ったコーヒーを手に、オペ着の上に白衣を羽織った眼鏡の男が立っていた。

「ここ、いい?」

男がカップに口をつけながら、空いていた向かい側の席を指差したので、首を横に振る。

「私はもう仕事に戻ります」

医師の小柳は、苦笑を浮かべる。

「昨日はすいませんでした。怒って当然だわ。私ね、正直に言うけど、酒癖があんまりよくない」

そう言うと、急にコーヒーをテーブルに置いた。

弁当を閉じかけ、驚いて見返すと、

「一緒にいた先生方からも、あれはやりすぎですよ、と言われましたわ。パワハラで訴えないでね」

と、小柳はついには頭をさげた。

どっちかと言うなら、完全にセクハラだと思ったが、もうあまり関わり合いたくなかった。ライブハウスの階段で強引に手を引かれ、目の前に男の酒臭い息を浴びた。真剣に怖かった。ただ正直なところ、ゆきもつい今しがたまで小柳とのことなんか忘れていた。だから、その後に続いた小柳のこんな余計なひと言のほうが耳障りだった。

「だけど、ゆきちゃんって、ひとりでライブに行ったりするんだね」

賑わい始めたカフェテリアで、結局、正面の椅子に腰を下ろす。

「うまそうだな、今日はお魚か。それ、最強の西京(さいきょう)焼きでしょ。私なんかはね、十五で親元離れちゃったからね、そういうの、もう久しく食べていないない」

「最強の西京焼きって。それダジャレですか？」

「私はおじさんだからね。関東に行くと、最強の埼京線っていうのもある」

ゆきは小柳の眼鏡の奥の細い目を見た。ライブハウスで近づいてきた小柳の目はガラス玉のようで表情もなくて、怖かった。今はただの垂れ目だ。垂れ目の目尻に皺を寄せながら、勝手に話している。

「どうして親元、離れたんですか？」

思わず問い返したのは、小柳に対してというよりは、中学生で園生だった摩耶を思い出していたからだ。

「全寮制の学校だったからね。男ばかりで、蚕棚みたいなベッドでさ」

摩耶や拓弥たちも、施設では大勢での共同暮らしをしたはずだった。その頃は、どんな環境だったのだろう。

「もう、しないでくださいね。あんなこと」

ゆきは、小柳の垂れ目に向かって言った。

「了解」

と、額の辺りに手をやると、オペ着の胸の「Dr.小柳」の名札がズレた。

ゆきの弁当のうずらの卵を一つ、勝手に取る。

「それで、今度ライブに行くときは誘ってよ。ゆきちゃんが好きなバンド、私も聴いてみたい」

「結構ですから」

ゆきは、抱えるようにして弁当の中の銀鱈の西京焼きの身を口に運んだ。

カフェテリアは人の出入りが激しくなり、やがていつものように怜奈も、トレイを手にやってきた。

今日は午後から、ガンの闘病で入院中に脳梗塞(のうこうそく)を起こした七十代の患者のリハビリが入っている。女性の患者さんだ。三日で峠を越して目は開いたものの、右半身に麻痺(まひ)が残って言語にも障害が残っている。リハビリをしても、彼女はすでに末期ガンで、余命三カ月という宣告を受けている。それでもリハビリを受ける、と決めたのは患者自身だと伝えられている。頻繁に見舞いにくる子どもや孫たちと、もう一度食事がしたいと目標を立てたのだ、と。


帰宅途中で、ゆきは地下鉄の乗り換えの駅ビルにある、ジーンズショップに立ち寄った。いつも洋服は、ほとんど街にある、母と同じ百貨店のヤングフロアで買う。

摩耶たちのようなダメージのある細身のパンツを眺めていたのだが、ふと目に留まったのは、拓弥が着ていたのに似た黒の大きなトレーナーだった。彼の胸元には、銀の長い鎖と錨のようなデザインのペンダント・ヘッドが揺れていた。

「これ、ください」

ゆきは試着もせずに、思わず店員に向かって急いで言う。裏側が起毛になっていて冬物だからなのか、札の値はすでに半額になっている。

真似している、と思うと鼓動がした。

「プレゼント、かな?」

「いえ、自分で」

店員は、身長一五七センチのゆきの全身を改めて眺め、

「まあ、オーバーサイズでスパッツとかで合わせると、いいかもね」

「スパッツか。持ってないな」

「まあ、なんでもいいよね。デニムでも」

そう言ってゆきの手からトレーナーを受け取ると、迷われても困るというように、そそくさとキャッシャーのところまで運んだ。キャッシャーの横にはミシンが置いてあって、ジーンズはその場で裾を直せるようだった。

ミシンを踏んでいた、肩までの長髪のデニムシャツの店員の手の甲には、派手なタトゥが入っている。

ゆきはピンクのエナメルの財布を開き、二つに折りたたんであった一万円札で二千三百円の代金を支払った。


スマフォへの返信は、まだ来ていなかった。

〈先日はライブ、ありがとうございました〉

ライブがあった最初の週末に、送ろうとしたメールは何度か書き直した末に、

〈DryIce のライブは素敵でした。ラーメンもごちそうになって、すみません。次のライブ、楽しみに待っています。藤城ゆきより〉

ウェブサイトのメールボックスは、誰が開くのだろう。

ひとたびメールを送ってしまうと、心の片隅で返信を待ち始めた。職場でも休憩時間になるとスマフォを確認してしまう。だが一向に返事はなくさすがに忘れかけていたころ、ひと月近く経って、毎日チェックしていた自宅のパソコン画面のウェブサイトに、ようやく〈new〉という文字が点滅し、次のライブ情報が更新された。

新しく更新されたDryIce の情報では、前回と同じライブハウスで、ひと月後の日時が記されている。スタート時間も二〇時三〇分と、変わっていない。真っ黒なサイト上に頼りなく、文字が浮かんでいる。こんな気持ちで待っていたファンは、他にどれくらいいたのだろう。そもそも、これを更新したのは摩耶本人なのだろうか。

ゆきは急に胸の高鳴りを感じて、手帳の翌月のページに〈bフラット／20時30分〉と、書き込んだ。

クローゼットにかけてあった黒のトレーナーを見上げる。

会えるんだ、と思った。摩耶の唄が聴ける。そしてあの狭いライブハウスでほんのつかの間でも時間を共有できる。

おもむろに胸に当てて、壁にかけた鏡に映してみた。

その向こうにふと、銀色の髪の人の顔が重なった。あなたが会いたいのは、摩耶なの？　それとも……思わず、その人の切れ長の目を思い浮かべる。

ラーメン屋から大通公園へと進んだ夜道が、あんなに楽しかったのはなぜなのだろう。

拓弥と摩耶は兄と妹。

駅前の道がずっと続いていたらいいのにと思った。

自分が勝手に感じていた甘酸（あまず）っぱい感情に、名前が見当たらない。

脳梗塞からのリハビリの患者さんの名前は、小泉瓔子（ようこ）と言った。

「小泉さん、今日は背中、痛くないですか？」

そんなふうに声がけしながら、心の中では瓔子さん、痛いのにがんばっていますね、とゆきはいつも呼びかける。

利き腕の右手に麻痺が残り、左手でもスプーンを持って口まで運ぶ練習をする。STと一緒に発声の練習もして、うまく嚥下（えんげ）ができるようにする。

この患者さんのリハビリは全治のためのものではなくて、残された日々の中で孫たちと食事をすることが目標だ。

毎日、いろいろな話を訊く。

「だんな様とは、どこで知り合ったんですか?」

「ご出身は札幌ですか?」

「お孫さんは、全部で何人いらっしゃるんですか? 男の子たち、先日お見かけしましたけれど、みんな背が大きいんですね」

この患者さんは、生まれてすぐに、両親と満州に渡ったそうだ。第二次世界大戦が終結する間もなく、満州にはソ連軍の侵攻が始まり、船で函館に帰ってきた。高校までは函館で過ごし、その後札幌で就職し、結婚した。娘が二人、長女は東京にいるが、女の子の孫が一人いる。次女は札幌で教職についていて、男の子が三人、女の子が一人いる。

「ではお孫さんは、全部でえーっと」

試すつもりもなくそう話しかけると、患者さんはあがるほうの左手を開き、

「五」と、ゆっくり答え、「男の子は、みんなバスケット」と、たどたどしく返事をしてくれる。

そんなやり取りの中で、この患者さんの命の時間は砂時計の砂が落ちるように減っていくのかもしれないが、ゆきはその人のこれまでの時間を少しずつ知っていく。

笑いかけると笑い返してくれて、ゆきのまだうまくできない介助にも我慢強く接してくれる。

ある日、ゆきが思わず摩耶の曲を鼻唄で口ずさんでいたらしくて、問いかけられた。

「うた?」

「はい、『鳥たちのセバット』っていうんです。この間ライブで聴いて」

小さく頷き返される。

「えいご、わからない」

「それが、セバットって何語なんだろう。英語ではなくて、地名みたいなんです」

少し照れながら答えると、患者さんに笑みが浮かんだ。

「うちのまご、知ってるかな？」

「どうでしょう、私もまだファンになったばかりなんですよ」

細かく皺の寄った色の白い手で、ゆきの手がぽんぽんと叩かれる。

「あ、右手です、小泉さん」

ゆきが目を見張ると、

「うん、そう。がんばるの」

「この曲を唄う人のライブがあるので、またお話ししますね」

またぽんぽんと、手で温もりが返された。


待望のライブだ。

Studio bフラットの重たい扉を開くと、いきなりドラムを打ちつける大音量が響く。

もう前回のときのような、緊張はない。ただ、上ずっていたのは確かだ。すぐに会場を見渡すと、壁際の背の高い人が、今日は白いパーカの襟元に黒いTシャツを覗かせ、黒いパンツを履いている。入っていったゆきを見て笑ってくれた。

そっと近づき、いいのかなと思いながら横に並ぶ。

「飲み物は？」

と、白くて大きな手にビール瓶を振って見せる。

「あ、自分で行きます」

前のライブで覚えたばかりのZIMAを持って戻る。

今日は髪はほどいてきた。デニムに、ノースリーブの黒のブラウスを着てきた。自分なりには少しおしゃれをしてきたつもりだ。

「この次、摩耶だよ」

片方の手をポケットに入れた拓弥にそう言われて、ゆきは頷き、一緒に並んで壁に背をつけて立ったまま同じステージのほうを見ていた。

ステージの中央に椅子とマイクが運ばれ、スポットライトがそこに当たる。

「Ice、Ice」

と、掛け声がかかる。

摩耶は、ステージ脇からギターを抱え、少し気だるそうに出てきた。椅子に座り、反射する光を少し嫌がるようにライトの方向を見つめた。

「あ、あ」と、マイクを試した摩耶の掠（かす）れた声に、会場の空気は密になっていく。

「どうも、DryIceです。ここ、前はたぶん五月だったね。帰り道に、大通公園でリラが咲いてた。知ってんよ、私だってリラ」

そう言ってギターの弦を調律し、ふふっと鼻から抜けるように笑うと、

「月日が経つのは早いね。みんなも、うかうかせんようにね」

摩耶がなぜか、客席をそう叱咤激励している。拓弥も、緑色のビールのボトルを手に笑っている。

「今日も、DryIce はこの曲から」

あの曲が始まる。前のライブから今日まで、何度も口ずさんできた曲だ。あの後 You Tube で見つけて繰り返し聴いて、患者さんの前でまで、知らないうちに唄っていた、

七つの星が　煌めきを失う頃
湖面を蹴って飛び立つ鳥の群れから　取り残された哀れな一羽
心凍らせる真冬の湖　囁くような　セバット・ソング

摩耶は白い手でギターを奏でながら、弾き語りを始める。客席はその声に引き寄せられて静まっている。

指先が時折ギターの腹を叩き、ブーツを履いた足と共にリズムを刻む。声はだんだん高く伸びていく。少し伸びたように見える前髪の隙間から、摩耶の切れ長の目が見える。目をつぶり、暗がりの中を音を捜すように、手が高く伸びる瞬間がある。

一瞬沈黙した後、客席から拍手が送られる。口笛や歓声も上がる。「Ice」という声に混じり、「マヤー」と呼んでいる人もいる。ファンの間では知られた名前みたいだ。

摩耶の輝きは小さなスタジオの中に満ちていく。ゆきが夢中になって拍手をしていると、隣にいる拓弥は、ゆきの頭をぽんと叩いた。

その日のライブの後は、bフラットで演奏した人たちと観客が残って、それぞれのテーブルを行き来するようにして過ごした。今日は前より混雑したライブハウスで、摩耶の周囲をすぐに人が囲んだ。

上機嫌だった摩耶だが、ゆきがその取り巻きの少し外に立って見つめているのに気づくと、不意に表情を曇らせた。

「来てたんだ、パパリンのお嬢」

「素敵だったよ」と、ゆきが声をかけると、摩耶は言った。

「もう、来んな」

ゆきが衝撃を受けて見返すと、摩耶は続けた。

「来んでもええから、パパリンのお嬢は。わかった?」

そう言うと、にっと笑いかけ、客の賑わいの中へと戻っていった。ゆきはつかの間、ショックで呆然としてしまった。こんなにはっきり言われたのだから、歓迎されていないのは明らかだった。なのに、今感じた温もりはなんだったのだろう。自分がどこまでもおめでたいだけなのか。

「ゆきちゃんはこのあと、どうするの?」

背後から拓弥にそう呼びかけられて、思わず振り向く。

「もう帰ります。明日も仕事だから」

「よかったら、駅まで送るけど」

腕時計のデジタル表示は、10時32分。ススキノから地下鉄で札幌駅で乗り換えれば、手稲という自宅の最寄駅までの最終便にはまだ十分に時間がある。

遠慮すべきなのかと思ったが、摩耶のストレートさが自分にも乗り移ったみたいだった。

「甘えます。ススキノまで」

拓弥は返事も待たずに、白いパーカのフードをゆっくり頭にかぶって、Studio bフラットの扉を先に開けた。

急に廊下の蛍光灯の明かりが目を射してくる。拓弥が先に階段を小気味よく下りていき、ゆきもついていく。

ススキノの駅へと向かう人混みをかき分けていくと、正面にまるで夜空から宙ぶらりんに釣り下がったような大きな月が見えた。

「すごい月。来るときは、気づかなかった」

ゆきは思わず、足を停める。空からぶら下がってきて、夜の闇の中に人々を吸い込むかのような光を放っていた。だがススキノの街だって、そんな月明かりをものともせずに、きらびやかだ。

「ほんとだ、すごいね」

同じように夜空を見上げる拓弥の胸の下辺りに、今日も長い鎖が輝いていた。

「あ、ここに、月が映った」

拓弥のペンダント・ヘッドに映り込んだ月に、ゆきは思わず手をかける。驚いて、拓弥が胸元のペンダント・ヘッドを手ですくい上げると、月は消えてしまった。

「きれいですね、これも」

「そう？　これ、自分で作ったんだよ。学院にいた頃にいろいろ習ったから」

「すごいなぁ」

ゆきが素直に感心していると、拓弥がふっと、

「摩耶よりも小さいんだな、ゆきちゃんは」と、口にした。

「さっき、頭の高さでわかった」

と、手でぽんと叩いたしぐさをして見せた。

「あの、少しだけ、座って話していいですか？」

ゆきはガードレールに座る。

行き交う車のライトやイルミネーションが輝いて見えた。

「あの、話したかったのは、っていうか訊きたかったのは、私がライブに来るのは、やっぱり迷惑なのかなってことで」

拓弥は、その長い指で煙草に火をつけた。煙が闇の中にもやっと流れ出ていく。

「摩耶がどう答えるのかは、わかんないけどね」

拓弥は一つ頷いて、続けた。

「でも、本当はどうなのかな。俺は、うれしかったけど」

ゆきは、拓弥の顎のとがった横顔を見つめる。横顔は摩耶とよく似ている。兄妹揃って驚くほ

どきれいな横顔だ。

「藤城先生の娘さんが摩耶のライブに来てくれるなんて、うれしいっしょ。ゆきちゃんは、どこか先生に似た雰囲気あるしね」

そう言って拓弥が表情を崩すと、ゆきも自然と笑ってしまう。

「それはないと思うけど」

「似てるよ。やっぱりさ、にじみ出ているものがあるよ」

「やだ、何が出ちゃってるんだろう」

隣にいるだけで、心が弾むのを覚えた。

「そういえば私、訊きたいことがあったんです。DryIceのウェブサイトって、誰が更新しているの？」

「ああ、それだったら俺」と少し照れ臭そうに小さく手をあげて、「全然だめだよね？」と、訊ねてきた。

長い足を開いて、拓弥は座っている。通りすがりの人がその足先にぶつかりそうになり、ふっと見上げる。ゆきが拓弥のほうを心配になって見つめると、その足を少しガードレールのほうに引いてくれた。

「なかなか更新されないから、確かにだめ、かな」

思わず、正直にそう伝える。

「だから誰かに、頼みたい、はず」

拓弥は、ん？　という具合にゆきのほうを見た。

「私にやらせてくれないかな。更新くらいなら、できると思うんです」

　ゆきは、今は毎晩DryIceのウェブサイトを見てから眠る。あまりに更新されないので、時々〈new〉というお知らせのランプが点灯すると、夜空に星が光ったみたいな気になる。その役を自分ができるなら、すごく幸せだと思った。

「実は俺ら、パソコンを持っていなくてさ。ネットカフェとかでやってて」

「私は家に簡単なのだけど、あるから」

「いいのかな？」

　拓弥は吸い殻を足で踏みつぶすと、拾い上げて煙草の箱にもう一度しまった。

「ゆきちゃん、知ってる？　摩耶に唄を教えてくれたの、ゆきちゃんのお父さんなんだよ。摩耶は、荒れてたんだけど、唄で救われたんだ。こんなこと、俺なんで話してるんだろうね、まだ会ったばっかなのに」

　学園の光景を思い浮かべた。放課後だろうか、施設のどこか一角で、ギターを鳴らす摩耶と父を想像した。

　大沼でYou Tubeの中の摩耶が、父に向かってパパリンと呼びかけたときのあの嫉妬（しっと）にも似た思いは今は消えていた。

　その場で、二人でスマフォを取り出してアドレスの交換をした。

「じゃあ、今日は帰るね。摩耶に、また来るのを許してもらえるように願っています」

を熱く感じた。一度だけ振り返ると、拓弥がまだそこにいて手を振ってくれていた。あの大きな手だ。


「したっけね」

拓弥はそれには返事はせず、少し下手くそな方言を使って手を振る。

「したっけの二乗」

ゆきは笑い、はじめてそんな言葉を口にして地下鉄の改札へと降りていった。背中のリュック

翌週になり、拓弥から受け取ったメールで、摩耶のライブは、週に一度のペースで行われていることがわかった。〈ライブ居酒屋　悠（ゆう）〉というススキノより少し外れの店で、毎週末、土曜日の夜に唄っているみたいだ。いつも摩耶は、そこで店員としてアルバイトをしている。

ウェブサイトにその情報を載せないのは、摩耶本人の希望だと拓弥はメールに書いてきた。

ライブハウスでのアーチスト名は、DryIce。でも、〈ライブ居酒屋　悠〉では、摩耶のままだ。だから、ライブハウスで「マヤ」と、名前で呼ぶ観客がいたのもわかった。

ウェブサイトの更新の方法も探せたが、相変わらず書き込めるニュースは、月に一度のStudio　bフラットのライブ情報くらいだ。それだって、実はライブの終わりには次のライブの日程がわかっていたことが判明して、ゆきはすぐに〈new〉の文字を点灯させた。

それはファンの人たちにとっては、夜空に輝く星なのだと信じて。

病院では、小泉瓔子のリハビリが続いていた。やせ細った腕の上げ下ろし、足の曲げ伸ばし、

そして一日の最後には着座して、リハビリ用のスプーンを持つ。口まで運びあげる訓練。ただそれだけを、何度もくじけずにやってくれる。

「だめね、むずかしい」

「そんなことないですよ、先週よりずっと腕が上まであがっていますよ」

ゆきは患者さんの小さな背中をさする。彼女の利き腕は右。その右半身に麻痺が生じた場合、一般的には本格的なリハビリには何年もの期間を要する。なんとか杖をついて歩行ができるまでの目標が半年、麻痺してしまった右半身に、元々していたはずの運動を思い出させて、脳にもう一度記憶させる。それにはつり輪のような器具を使ったり、ＰＴが自分の手を用いたりを繰り返す。言葉かけも重要だ。言葉でも脳に働きかける。

「あなたがいてくれて、がんばってる」

よく開かない口で、そう言ってくれて、励まされているのは、ゆきのほうだ。目標設定が半年なのに、この患者さんに宣告されている時間を信じるなら、それはどんどん減ってしまい、二カ月と少しになった。

「そうだ、小泉さん。私、前にお話ししたアーチストのライブへ行ってきたんですよ」

リハビリ後のレポートを書きながら、ゆきは患者さんの前にしゃがんでそう話す。

「私が行くことは歓迎されていないかもしれないんですけどね」

「あなた、が？」

「ええ、でもきっとまた、行くつもりです」

「きき　たい」

はっきりと、そう口にする。

「ほりでぃ　こんさーと」

「ああ、毎週日曜日にここでやっている、ピアノコンサートですよね？　小泉さん、行ってるんですか？　ＰＴは日曜日はお休みが多くて、私は聴いたことがないんですよね」

「つまらない　ちょっと」

「え？　つまらないんですか？」

ゆきがその意外なほど率直な感想に驚くと、患者さんは唇を斜めにして、少し悪戯っぽく笑った。

日を空けずに見舞いに訪れる小泉瓔子の次女が意外なことを言っていた。

「母はこうやって穏やかに見えて、熱狂的な広島カープファンなんですよ。応援のときには熱くて、そういうところもある母なので、リハビリもがんばってくれると思います」

年配の上品な人だからといって、勝手にクラシックが好きだなんて決めてはいけないのだ。内側にある情熱のベクトルはみんなそれぞれ違っているのだ。瓔子さんは、その情熱を持って、諦めずにリハビリに励んでいる。

ＰＴの控え室に入り調べてみると、〈土岐丸（ときまる）　ホリディ・コンサート〉という名前だった。土岐丸というのは、院長の土岐から取っているようで、毎週日曜日のその時間には院長自ら一階のホールで患者さん方と耳を傾けているようだ。車椅子の患者さんたちは、看護師か見舞いの家族によってホールまで運ばれるのだろう。クラシックのピアニストが弾く場合もあるが、地元の音大生がやってきて演奏することが多いのがわかる。

　事務長と話せる機会が案外早くに訪れた。

　昼食のカフェテリアで姿を見かけて、ゆきは弁当をのせたトレイを持って、自己紹介を兼ねて挨拶した。

「えーっと、新人PTさんだったね。どうぞ、座って」

「ありがとうございます」

「ほう、弁当かい。自分で作るの？」

「いいえ、恥ずかしながら母なんです」

　事務長はどんぶりの中で月見そばの玉子を崩し、その中央に一味唐辛子をかける。

「いいんじゃないの」と、口にして、続けた。

「それで、ご用件はなんだろう」

「お食事中に、すみません」

　そう前置きだけして、ゆきはホリディ・コンサートのことを切り出した。弾き語りのミュージシャンを起用することはできないか。DryIceというアーチストで、いつもはギター一本でライブハウスで演奏していることなどを話した。

「しかし、予算はそうないよ。微々たるお車代でさ、まあ、練習がてら来てもらってるっていうか、中にはボランティアで来てくれている人もいるしね」

　だめではないんだ、とゆきは希望を持つ。

「では、どうしたらいいでしょうか？　You Tubeとかで聴いてもらうこともできるんですが」

「いや、悪いけど私はそういうのは苦手だしね。看護師長に、相談してみてもらえますか？　それでよければ、いいんじゃないのかな。あなた、ずいぶん、張り切ってますね」

トントン拍子に話が進んでいく印象が、ゆきにはあった。

その週末、ゆきは仕事上がりで、調べてあった〈ライブ居酒屋　悠〉へと向かった。

地下鉄を乗り継ぎ、スマフォの地図を見ながら道を進む。

あった、ここだ。

店の正面に、大きな樽がディスプレイで置いてある。曇ったガラスの窓越しに中を覗くと、摩耶が店員の揃いの黒のポロシャツを着てテーブルの表面を拭いているのが見えた。

ポロシャツの中に、白のロンTを合わせて腕まくりしている。髪は両サイドをあちらこちらピンで留めている。摩耶はそこでは、華奢(きゃしゃ)な体で必死に働いていた。


公園のブランコに座り、生温かい夜気に包まれる。摩耶と並んで座っている。

摩耶はたった今、仕事が終わり、丈の長いカーディガンに黒のスキニージーンズ、ショートブーツというういつもの格好で、髪のピンはほどかれている。

「それで、ここまで来る用って一体何なん？　パパリンのお嬢」

摩耶は両腕でブランコの鎖を抱いて、からっとそう言う。

目を合わせてくれようともしないから、その横顔の細くとがった顎を見つめてしまう。

少ししてゆきが、自分が働いている病院のことと、そこで行われているホリディ・コンサートのことを告げると、摩耶は大きなため息をついた。

「雪の日に生まれたゆき〜あほだな、お前」

あっけらかんと、そう言った。

「私なんかの唄が病院の患者の前で唄えるはずないじゃん。わかってんじゃん」

「そうかな。居酒屋ではよくて、病院ではだめな理由なんてあるのかな」

ゆきも素直に訊き返す。

「いつ死ぬとも知れない患者がいるんでしょう？　死に損ないの私みたいなのの暗い唄、聴いてどうすんだよ」

そう言って、ブランコを漕ぎ出した。


摩耶は、ゆきにまた会いたいなどとはまるで思っていなかった。

ゆきは白い世界に住んでいる。ゆきはその外の世界を知らない。ずっとそこにいたらいい。パパリンとは違う。パパリンは、黒い世界を知っても染まらない。わざわざ黒い世界へと入ってきて、そこから全力で自分たちを救い出そうとしている人だ。

摩耶はゆきにはっきり告げる。

「拓弥からウェブサイトのことも聞いたけどさ、断るよう言ったつもりだけど」

「そうだったんだ」

「なんだよ、あいつ言ってないんじゃん」

ブランコを漕ぎながら摩耶は拓弥に電話をかける。

向こうも仕事が終わったようで、すぐに出た。

「そうだよ、公園。ゆき、来てるからさ、自分でなんとかしろ」

二人の通話を横で聞いていたはずだが、ゆきはなんのわだかまりもないように輝く目で夜空を見渡している。

摩耶は、パパリンとの信頼の糸だけは切ってしまいたくないと感じている。ゆきには放っておいてほしい。それが掛け値なしの気持ちだ。

公園の丸い街灯が、空には見えていない月のようだった。

「私が藤城遼平の娘だから？」

ゆきのほうから不意にそう訊いてきたが、返事の代わりに摩耶はブランコを強引に漕いだ。

「だけど、だったらそれは生まれつき決まっていたことで、生まれたときから決まっていたことが理由で、お前はもうここには来るなって言われるのは寂しい」

摩耶は、ブランコを漕ぐのをやめた。

ゆきの言う通りだった。だが、生まれつき決まっていることは、たくさんあるに決まっているのだった。ゆきにはわかるはずがないとも思った。

「もし付き合ってみて、私が嫌だったら言ってくれないかな。そのときは、諦めるから。でも、藤城ゆきだからだめだなんて言わないでほしい」

もう一度遠くまで、摩耶はブランコを漕ぎ始めた。

公園の入り口に、自転車が停まる。

「はい、土産」

拓弥が胸のところを膨らませてやってきて、摩耶とゆきに新聞紙にくるんだ焼き芋をくれる。

「うわ、まだあつあつだ」

ゆきは歓声をあげている。

「ニンちゃんさ、焼き芋にはお茶って決まってんじゃん」

摩耶がそう言い放つのを聞き、ゆきはまた屈託なく笑った。

拓弥が、公園の入り口の自販機でウーロン茶を三本買ってきた。

夜の公園に三人でいるのが、摩耶には不思議だった。

昔、まだ奈良にいた頃に、家に戻れず夜の公園で過ごしたことが数え切れないほどある。一人きりのときもあったし、拓弥が夜になって捜しにきてくれることもあった。兄妹二人ではやるせなくて、友達が来ると、うれしくて仕方がなかった。だが、やがてその友達も帰っていくときに、浮き輪の空気が抜けていくように二人共が寂しさを覚えていたはずだ。

ゆきは今ベンチで拓弥と並んで、焼き芋を頬張りながら何かを笑いながら話している。この二人、なんかおかしくないか、と摩耶は思う。

「雪の日に生まれたゆき～」

摩耶は鎖が音を立てるほど遠くまで漕ぎ、ブレーキをかける。

「拓弥、そういえば私の自転車ちょっと見てよ」

まるで恋人のように名前を呼ばれるが、兄は慣れた風に立ち上がると、ポケットから工具を出して直しはじめる。

「そんなのずっと持ってんのかよ」

顔をあげた兄に、

「もう、いいや帰ろう、拓弥」

「今、直してんだろ」

「今日はもう、疲れた」

摩耶は拓弥の自転車に自分がまたがって、先に進んだ。

Maya, Fujishiro, Takuya

摩耶がパパリンの唄を作ったのは、本当はずいぶん前のことだ。

軍川学園を退園する春に作った曲、それを何度も唄い直しているうちに『パパリンに贈る〝愛羅武勇〟』になった。

過去の記憶ならほとんど空っぽにしたいと思っているのに、パパリンとの思い出だけは、いつも心の中に温かい春風みたいな空気を運んでくる。

摩耶より先に軍川学園を出ていったのは、実はパパリンのほうだった。公務員としての転勤というつまらない理由だった。突然、らしくもないありきたりの挨拶の言葉をみんなの前でして、去っていった。驚いた。園長が交代してできた胸の空洞。いつも車が停まっていた場所にパパリンの赤い四輪駆動車はもう停まっていなくて、外の窓から見えていた園長室の机にも違う人が座るようになった。施設から出してくれとあんなに暴れていた摩耶が、ぴたっと暴れなくなったのはそれからだ。そこから退園までの一年のことは、あまり記憶にない。

拓弥のほうは、駒ケ岳学院での暮らしからこぼれ落ちた。

新しい、おとなしそうな学園長から、その報告を受けた。

「お兄さんの拓弥くんは、千歳の少年院にいます。収容期間は十カ月ほどだと思います。君には酷だと思いますが、実科生で、ここから出たあとのことを考える時期にも来ているでしょうから」

拓弥は、就労訓練先の大沼自動車工場で整備中だった車にエンジンをかけて、無免許運転で小樽へと向かった。整備工場に、母から電話を受けると急に。その電話口で母が泣きながら助けを求めた様子は、容易に想像がついた。兄は大沼自工の金を断りもなくつかんで、小樽へ向かったそうだ。

警察は、家庭裁判所に送致した。家庭裁判所の審判書には幾つもの非行事実が列挙され、法令の適用や処置の理由が告知されていた。児童自立支援施設から無断外出し、自動車と金の窃盗罪、無免許運転による道路交通法違反などの触法行為の数々。大沼自工の社長は兄を気に入ってくれていたから、告訴はせずにむしろ情状酌量をと直訴してくれたが、少年院送致の保護処分が下された。駒ケ岳学院は兄を事故退院とするしかなくなった。もちろん、そこまで詳しい経緯を聞かされたのは、摩耶も退園した後のことだったが。

摩耶は、一年間萎れていたのが幸いして、軍川学園から札幌にある社会福祉法人が運営するクリーニング部への就労が認められた。その際に学園が、いろいろ動いてくれたはずだった。もちろん陰では、当時、札幌の児童相談所にいた藤城逵平が。

小樽に帰れば、まだ養父がいる。虐待の再燃を危惧し家庭復帰とせず、摩耶には自立援助ホームが用意された。半年間の短期処遇で少年院を出院した拓弥も同様で、保護司のもとで、札幌の自立支援ホームで生活しながら、もう一回整備工の見習いを始めた。その就職先を紹介してくれたのも、大沼自工の社長だった。

摩耶の新しい春はそんなわけで、自由といっても翼は半分折れているに等しく、札幌の街に拓弥しか知人がいない。拓弥は保護観察中で基本的には札幌の外に出ることができず、一緒に奈良へ帰ることもできない。

母を信じる気持ちを摩耶は、ばっさり断ち切ったつもりだ。母だって、あの養父と同じようにクズなのだ。母ごと断ち切るしか、自分らに生きる術はない。それを思い知るために、施設での暮らしはあったと思うようになった。

「摩耶、明後日、藤城園長が来るのが決まったぞ。よかったな」

摩耶らの退園式に、パパリンが来賓でやってくるのがわかった。ギターを教えてくれた、小林が淡々とそう言った。

「もう園長じゃないじゃん」

そう強がってみたところで、うれしさは募った。教務室で小林を捕まえて、頼み込んで一緒に曲を練習してもらった。退園式がすべて終わって、会場の体育館から施設の子たちが皆退場していった後に、ひとり残った摩耶がギターを弾いて唄い始めると、人がまたばらばらと集まってきた。あのすぐ泣く寮母やひばり寮のちくり魔たちも聴いていた。

明日も明後日も
またいつもの
ように
会えるかの
ように
最後にサヨナラなんて
言わなかった

その頃はもっとのっぺりしたリズムの曲だった。
パパリンは懐かしい笑顔で、ずっと体育館の壁際に立って聴いていてくれた。アンパンマンみたいに、にこにこ笑っていて、どうしてだか新しい園長が代わりに目頭を押さえていた。それが摩耶の退園の春のことだった。

# V

fujishiro, Takuya, Maya

〈パパリン
元気にしていますか？

もう聞いているかもしれないけど、パパリンのお嬢がライブに来たよ。

同じ苗字だし、なんかすぐにわかった。あんまりライブハウスにはいない子って感じがしたし。

ライブでは、ニンちゃんも会っています。

もし心配だったら、パパリンから言ってください。私らについても話してください。私のファンクラブなら、もう定員一杯やし。

愛羅武勇

摩耶〉

朝早くに院長室でパソコンを起動させると、メールボックスの受信欄に摩耶の名があった。メールに書かれているお嬢とは、本当にゆきなのだろうか？　ゆきが自分にも言わずにそんな行動に出たのだとしたら意外でしかなかったが、確か誕生日にやってきたときにYouTubeの画像を見せた覚えがある。

まだ朝の七時を少し回ったばかりだ。いつもこの時刻には、院長室の机の前に座っているようにしている。寮長寮母たちはとっくに起床して、子どもたちの朝食に付き合っている時間だ。

こちらでコーヒーを飲みながら、その日の施設ミーティングで話すことをまとめたり、各寮からの報告を苛立ちを溜めないように待つようにしている。

時間があれば、車やオートバイで大沼の湖畔を回ればてきめんに気分は落ち着くのだが、重い腰をあげられないくらい、この頃は疲れを感じる。

ここでの勤務をもう一度希望したのは、子どもたちとできるだけ個別に相対して先のことを見つめていきたかったからだ。大沼の地の、人の心を再生させる力も借りたいのだ。無為の感化。自分たち人間だけでは敵わなくとも、地中のマグマが噴出してできた太古からの土地の力が、共に助けてくれるはずだ。

窓の外には朝の光が舞い始めている。こんな日はじきに素晴らしく湖面がきらめくはずなのだが、翡翠寮からの報告がまだ届かない。

ここ一週間、実は男子の駒ヶ岳学院には緊張が続いていた。

来春、高校生になる浩太が今、気がかりの筆頭だった。先週、浩太の父がやってきて、本人と三人で面談をしたばかりだった。しつけと称して、酔うと浩太を殴っていた父は、酒浸りの生活はやめたとかで、こざっぱりとしたシャツを着て別人のようだった。うなだれて浩太に向かって詫びて、こう言った。「児相に週一で通っているんだ。親子再統合うんたらとか言われるけどさ。俺にとってはお前に辛く当たったことばかりが頭をよぎってさ」。父親は、泣いていた。

藤城はその様子に、自分と同年代の父親は心から悔いているのを感じた。

そこで父親が帰った後に、浩太にどう感じたかを率直に訊いたのだ。はじめ他者に心を開かず、体も痩せていた浩太だったが、学院での生活の中で、まず体がしっかりした。野球部でも一番を打つようになり、よく笑うようになった。

「まあ、本当にやめてくれたらいいけど」

浩太は案外冷淡な反応だった。特別感情が高ぶっているようにも見えなかった。ところがその晩のことだった。浩太は、枕の下に書き置きをして、無断外出した。森を分け入り、獣道をたどる。夜は線路下で夜露を凌（しの）いだ。早朝の湖畔を丘から望み、国道に出た。たまたま通りかかったタクシーに乗り、あろうことか日高町（ひだかちょう）まで車を行かせた。タクシーの運転手だって、十五歳の子がそんなに遠くまでおかしいと思ったに違いないのだが、結果、乗車賃が支払えずに日高町の警察署に連れて行かれた。浩太は児童相談所に一時保護される。タクシー乗車賃は七万円を超えた。

藤城は、警察からの連絡に、すぐにタクシー会社には被害届を出してくれるよう頼んだ。

「なんだって？　あんたたちね、この子を犯罪者にしていいってかい？　事件化になるんですよ。お宅の施設にだって責任があるんじゃないの」

警察のほうが驚いていた。

「無賃乗車は事実ですから、被害届が出たらご連絡をいただけますか」と、藤城が電話口で意固地なほど意見を曲げずに答えたときに、施設のスタッフも皆、唖然としていた。

学院が即座に乗車賃を支払って浩太をかばうことはできたが、それでは常日頃ここで、彼にも皆にも言ってきたこととは違ってしまうではないか。ここでは、生き直す術を覚えなくてはいけないのだ。ここから出たあとは、自分の金で社会で生きていかねばならないのだ。

それに、藤城にはしたたかな読みもあった。たぶんタクシー会社も、社員教育の責任を問われることから、示談に終わるはずだろうと。冷や汗の連続だ。自分の判断だけが正しいわけじゃないのは知っている。だが、返事を先延ばしにするわけにはいかない。ブレるわけにはいかないのだ。

帰ってきた浩太には言いたいことが山ほどあった。だが、浩太にだってあったに違いない。彼はその日、日高町で、自分を産んで捨てた母の実家を目指していたのだから。

だが、記憶にあった住所にも所番地にも、すでに家はなかった。祖母は他界して、母はすでに別の男と所帯を持っているのを知らされてはいなかった。

「もう気が済んだかい?」

藤城は、浩太の遠い目を覗き込みながらそう訊ねた。泣きたいような気持ちをこちらが堪える。

なんでだ、浩太。なぜ話してくれなかった?

「いいかい? 僕は真実だけを言います。まず、僕らがどんなに心配したかわかるかい? みんなで手分けして、裏山も湖畔も捜したよ。警察犬だって出動したんだ。みんなで深夜まで浩太の名前を呼んで、必死に捜した。生きていてくれたから今、こうして話ができるけどね、命の心配もしたよ」

　浩太が外出前に枕に挟んだ書き置きには、こうあった。

〈ごめんなさい。嫌になりました。生まれる前からやり直したい。みんなにお世話になったのに、この先どうしていいかわかりません〉


「死ぬ気はなかったです」

　浩太は、表情を一層翳(かげ)らせてそう言った。それは半分は本当で半分は嘘だった。ここにいる子の多くに、母恋いがあるように希死念慮(きしねんりょ)もある。具体的な理由もなく漠然と死を願う「消えたい」心理状態もある。それは具体的な問題から逃れるための自殺願望とは分けて考えられる。

「ここで暮らし始めたときに言ったようにね、浩太、ここでは新しい生き方を覚えねばならないんだ。君は孤独だよな。たった独りだ。それは、わかってる。だけど、孤独なら何をしてもいいわけじゃない。タクシー代は、君が受けている児童手当が今十万円と少しある。そこから払います。払わなければ、君は無賃乗車で家庭裁判所に送られるかもしれない。春に予定していた受験も、みんな途切れてしまう。その金は、君の将来のための大切な金なんだ。受験だとか、ここから社会へ出ていくときにだって、大切に使う金だったんだ。その金を使う」

「わかってます」

そう答えざるを得ない浩太の辛苦に心が破れそうになる。彼を説く前に、ここで過ごす浩太の表情から、自分が多くを読み取れていなかったことは慚愧に堪えない。

職員たちの中には、自分の元へやってきて、

「院長の考えていることを、はっきり言って僕らには二割もわかっていない気がします。それでいいんでしょうかね」

はっきり申し立ててきた、代田寮長をはじめとした部下たちがいた。警察への連絡のことを含めてだったのだろう。

それでいいかとは、誰のための疑問なのか。彼らの心情のほうが自分にはわからない。だから、職員たちにはたった一つのことを頼み続けるしかない。

「しばらくの間、浩太の体に触れてやってほしいんです。何か言うときには、必ず体に触れてください。彼らにおめでたい将来への希望を伝えて励ましても仕方ないんです。ただ、ここでの思い出はふんだんに与えてやってほしいんです。いつか彼らが何か道を踏み外しそうなときに、もしも踏みとどまれるとするなら、ここで過ごした時間の思い出が力になるかもしれないんです」

摩耶がメールを送信してきた時刻が未明なのが少し気になった。ゆきからも、ライブへ行ったたなど何も聞いていない。

〈摩耶へ
私の娘なら、ゆきといいます。一人娘なので、bフラットのライブへうかがったのは、お

そらくゆきのことですね。少し驚いているけれど、彼女は札幌の病院の理学療法士として働き始めたばかりです。まだ何をするにも慣れなくて心細いはずですが、きっと摩耶の唄のファンになったのでしょう。

ニンちゃんも、元気にしているかい？　大沼自工の社長とは、月に一度は新しい生徒たちの相談があって会いますが、この間もまた拓弥くんのことを訊ねられました。あの子は筋がよかった、がんばってほしい、と言っていましたよ。彼にそう伝えてください。

藤城〉

そう書きながら、ニンちゃんも会いました、と、わざわざ書いてきた摩耶が少し気になってい
た。摩耶は賢い子だ。そこには摩耶のどんな気持ちが含まれているのだろう。拓弥くんも一緒に会ったということのようだが、それ以上何がある。

駒ケ岳学院で共に過ごしたのはつかの間だったが、拓弥には、ことさら手先が器用だった印象がある。大沼自工の社長が言うのも、よくわかる。施設内で彫刻をする際にも、見ている側を惹きつけるような静けさや集中力があった。たぶん、手先の仕事が好きなのだろう。プランターの花を整えるのも、いつも丁寧だった。

その分、儚さと魅力が裏腹に同居する大人びた少年だった。

支え合ってきた二人の間には共通して母恋いがあるが、兄は妹の大らかさを、妹は兄の優しさをたぐり寄せながら成長した。奈良の児童相談所が、幾度も迷った末に二人を家庭裁判所送致に

はしなかったのも、二人を離れ離れにさせないほうがよいという判断があったからだ。

兄妹の母親は、一見服装に乱れもなく話し方もまともだ。子どもたちへの愛着も口にするが、男への依存度が高い。奈良の児童相談所時代から児童票の家族構成には、複数の内夫が出てくる。拓弥も摩耶もまだ小学生だった頃には、二人とも給食費は滞納、学校行事は概ね不参加、親の育児放棄の傾向が見られ、拓弥は当初はいじめのターゲットとなる可能性を指摘されている。中学に入ると、悪い仲間たちとゲームセンターなどの居場所を見つける。摩耶もはじめから兄の影響もあり、年長の不良たちとたむろする。二人とも、怠学の傾向はあるのに学力に極端な遅れはなく、知的発達も正常以上だった。ただ、反抗挑戦性障害が兄妹に共通する。怒りにもとづいた不服従や挑戦的な行動を、繰り返し起こしてきた。

奈良の児童相談所は、母親が面談の際に見せる、泣いたりわめいたりの不安定な感情の乱れと、外で待つ当時の内夫が、小学生の拓弥を平気で殴るのを幾度も見ている。拓弥が、煙草の吸殻を内夫が廊下に捨てたのを見とがめただけで、内夫はその場で拓弥を蹴りあげた。止めに入った母親も平手打ちで廊下に飛ぶ。拓弥が、反論もせずにじっと体をふんばらせて立っていたのを見て、奈良の児童相談所は、「自分でなければ母や妹らがやられる。今叩かれているのは自分ではない」、そう思おうとする思考回路が拓弥にはできあがっていったのではないか、と当時の拓弥の総合所見には記している。

今の小樽の養父になってからは、ターゲットは摩耶になった。性的な対象となり執拗に襲われ、拓弥は常に妹の心配をしてきたはずだ。

そうして支え合ってきた兄妹だった。

これ以上、あの養父や母親が二人の人生に絡みつかねばよいのだが、母親のほうは早くも大沼自工に電話をかけて、拓弥に戻ってほしいと懇願(こんがん)している。

〈パパリン
メール、ありがとう。
ちゃんと食べていますか？　自分の体も大事にしやんな
摩耶〉

前に摩耶に教わった奈良弁だ。大事にしないと、という意味らしい。

そっちこそ、ちゃんと寝ているのかよと訊きたくなる。

「藤城院長、ちょっと構いませんか？」

寮長らの朝の報告が始まる。

摩耶は救いだ。摩耶の生きる力が、朝の光のように眩しく射してきた。

Yuki

リハビリ室に、約束の時刻になっても小泉瓔子が来ないのが心配になって、ゆきはナースセンターを訪れた。

「小泉さん、今日は貧血が強くて起き上がれなかったので」

担当ナースが、センターの小窓を開けて答えてくれる。

「少しだけ、病室を覗いてもよいですか？　無理はしませんから」

「ううん。まあ、お見舞いってことで大丈夫かな」

ポニーテールを揺らしたナースが、各病室から測定されたデータが送られてくるモニター画面を見やりながら、そう言って頷いてくれた。

ＰＴが患者さんの病室を訪ねるのは、通常はしない。白い壁に囲まれた、小さいけれど窓のある個室だ。ベッドの隣の台には、孫たちの写真やどこかの街の風景が写真立てに収めて飾られてある。

そばに置いた椅子に座っていたご主人が、すぐに席を立つ。

「あ、いいんです。ご挨拶がしたくてうかがっただけですから」

そう言うが、ご主人は廊下へ向かって歩いていく。

いつもより顔色がよくないのに気づく。

「まいにち、なんかこなくていいっていってもくる」

けれど、そう言って唇をとがらせる表情はいつもと変わらなかった。

「素敵じゃないですか。毎日来てくれるなんて」

「そうお？　うるさいの」

と言いながら、ゆきに向かって自分で右手を少し持ち上げて、ゆっくりと少しだけ握る動作を見せてくれる。

「わあ、動くようになりましたね」

すぐにゆきは、その柔らかい手を握る。いつものようにその場で少しマッサージをさせてもらい、よく動く反対側にも触れてみる。

「大丈夫ですね」

「あと、すこしだから」

璎子さんは、そう口にする。目をつむった姿は少し苦しそうで、ゆきはその表情を覗き込む。

「ききたいな」

不意に、そう言って続けた。

「ドライアイス」

いつの間にか覚えてしまったらしいその名を口にして、目を開く。ちらと見つめる瞳が輝いて見えた。

「聴いてみますか？　少しだけ」

スマフォを見せると、璎子さんは笑みを浮かべる。白い頬にはえくぼが刻まれる。どんな優しい生き方をしたら、こんな表情になるのだろう。

ゆきはイヤホンで、今朝も聴きながらやってきた摩耶の声に改めて耳を澄ませ、音量を少し絞ると、置いてあった消毒用のティッシュでイヤーカフを拭った。片方ずつをゆっくり璎子さんの耳に当てて、

「いきますよ」と、その曲を流した。

ギターのピッキングのかすれる音から始まる。そして、摩耶の息遣い。

七つの星が　煌めきを失う頃
湖面を蹴って飛び立つ鳥の群れから　取り残された哀れな一羽

ゆきはベッド毛布の上で、薬指でリズムを刻む。

瓔子さんの呼吸と共に、毛布が少しだけ上下する。なんて心の落ち着く時間。

唄がサビに入る。

いつだって　あと少しで飛び立てるのに
誰も助けてはくれない
でも　あなたは粉雪に包まれている
求めることをあきらめないで

摩耶の声が少し苦しそうに高くそのフレーズを唄ったとき、瓔子さんはかすかに声をあげた。

つーっと目尻から頬に涙が溢れ、その手が伸びてきてゆきの手を握った。

驚いてゆきも握り返す。

「これがあなたの好きなうたね」

「はい」

「すごく、すごく、いい唄ね……あなたの友だちの唄。ききたいな、また」

今聴いたはずなのに、そう言うと瓔子さんは本当に眠ってしまったようだった。

病室の外に出ると、廊下で毎日来訪するというご主人が、医師の小柳と立ち話をしているのが見えた。小柳も、同じ脳外科チームだ。ゆきを見ると、手をあげる。

「まあ、ご家族で酒でも飲めたらいいですよね」

小柳がそう言って励ましたのが耳に入る。

「さて、新人PTさん」

二人に会釈だけしてその場を去ろうとしていたら、小柳にそう呼び止められた。

「いつまで新人って呼ばれるんでしょうか」

「じゃあ、ゆきちゃん」

「やめてください」

「化粧っけもない顔でむきになるんだから、可愛いよね」

そのまま無視しようかとも思ったが、

「あの、小泉瓔子さんに何か気になる点でもあったんでしょうか?」

小柳はその問いにはまともな表情になって、

「動脈瘤がまだ幾つも残っているからね、もう破裂しないでくれるといいんだけど、という話をしていたところですよ」

ため息を飲み込み、ゆきは礼だけをしてリハビリ室へと戻った。怜奈の明るい声が、白木を配した広い部屋に響いていた。事故による骨折で入ってきた大学生と、P－2と呼ばれる平行棒を用いて歩行の練習をしている。

窓からは穏やかな午後の光が差し込んでいた。この仕事を始める前は、PTとはそうやって回復へと向かう希望を抱えた人たちをケアする仕事だと思っていた。いきなり瓔子さんのような命のリミットを知らされている患者さんを自分が担当することになり、だが瓔子さんからこそ、自分は希望というものを教わっているようにも思う。

ゆきは制服のポケットにスマフォを収めながら、「ききたいな、また」そう言って、瓔子さんが握ってくれた手の温かさを思い出す。その温もりをそっとつぶさないように、握りしめた。

Fujishiro

藤城がパソコンを立ち上げて、函館児童相談所と行う連絡協議会のための資料をまとめていると、駒ケ岳学院の内線を通さずに一本の直通電話が入った。

「あの、園長先生でしょうか？　軍川学園にかけたら、藤城先生はそちらにいらっしゃるとうかがったのですが」

通常なら軍川の職員を介して伝言として伝えられるので、よほど緊急な連絡であるのは想像がついた。

「失礼ですが、どなたでしょうか?」

「中本です。帯広の中本はるかの母ですが、おわかりになりますか」

「ああ、はるかのお母さんですね。どうしましたか? 藤城です」

江差の保美や、摩耶らと、研修旅行に出た子どものうちの一人だ。母が離婚後うつ病を患って、母娘は深刻な貧困に陥っていた。はるかは軍川学園で中学を卒業後、帯広に戻って美容師になるための専門学校の通信コースに進学したはずだ。

しばらく沈黙があり、押しつぶされたような声が耳元に響いた。

「先生、あの子、死んでしまったんです」

唐突な報告だった。しだいにはるかの様子が思い出されてきた。研修旅行から戻ると、はるかは摩耶の後をついて回るようになった。

入所した頃、怠学などの問題のほかに、児童相談所で一時保護される以前に児童心療内科で薬を処方されるなど、すでに多くの事情を抱えていた。摩耶は、研修旅行の後、まるで小樽に置いてきた自分の妹の面倒を見るようにはるかを可愛がった。はるかは摩耶の真似をして授業をサボって廊下に寝ていたり、裏で攻撃を仕掛けてくる寮生がいると、摩耶と同じように乱暴な言葉を使って反撃したりと、藤城の目にはそれは眩しい成長過程に見えていたのだ。

恒例の巣箱作りも、刺繍も、はるかの制作物は必ず藤城の部屋まで自分で見せにくるように言いつけてあった。どんなささいなことでも褒めてあげると、細い目と少し黒ずんだ肌を輝かせながら、はにかんだような笑みを浮かべた。はじめの頃からは考えられないほど積極的に物事に取り組む姿を見せるようになっていった。

引っ込み思案のはるかを、園長室まで摩耶が連れてきたこともある。そして、はるかだけが褒められると、少し拗ねて見せた。そんな摩耶にも藤城はいつしか出会えるようになっていった。

「亡くなったのは、いつでしょうか。どうして?」

電話口の母に訊ねると、昨日の朝に部屋を覗きに行ったら、布団の中で冷たくなっていたというではないか。

そんなばかな話があるか。

母によれば、特に原因は見当たらないと医者は言っているという。

こうも付け加えた。

「せっかくよくして戻してもらったのに、すみません。家に戻ってからは、また薬を飲む量は増えていたもんで。私に服薬管理ができていたらよかったんです。今、娘は司法解剖が必要だと……。帰ってきていません」

はるかが軍川学園を退園したのは、いまだ不安定な母のそばにいてやりたいという本人の申し出によるものだった。卒園式には、母親もスーツに身を包んでやってきた。はるかは一緒に帯広まで帰ることができるのを、とても喜んでいた。退園式には、摩耶のときと同様に藤城も駆けつけた。はるかからもらった手紙には、小さくて丁寧な字で、確かこう書いてあった。

〈藤城先生

いつも私のことをたくさんほめてくれて、ありがとうございました。すばこにとりが来たときも、「はるかのすばこはじょうずだったからね」と言ってくれたのを、おぼえていますか？　やってきたとりを、先生がはるかの作ったたきぼうだねって言ってくれました。私はあのときのうれしい気持ちは、きっとこれからも忘れません。そつぎょうしても、先生に言われたこと、ほめてもらったこと、たくさん思い出して、がんばります。

はるか〉

生きてさえいてくれたらよかったのに、と藤城は思う。

「はるかは、もうじき誕生日だったはずですね」

自分が誕生日を迎える時期に、雛(ひな)が巣立ったのを彼女は殊更(ことさら)喜んだのだ。

「え、誕生日？　ああそうか」

電話の向こうの母は、意外そうに言う。あれほど母を求めていたのに。受話器を握る手から、はるかの哀しみがこぼれ落ちるようだ。

「残念でなりません。心よりお悔やみ申し上げます」

数日後、北海道新聞のお悔やみ欄に「中本はるか（18）」と掲載されたのを藤城は見つけた。その年齢が一層大きく目に映った。

あんなに帰りたかった家に、はるかは戻れたのだ。だがそれでよかったのだろうか。

藤城は、帯広市内で明後日営むという葬儀の詳細を自分でメモし、事務長に花の手配と、児童相談所などへ連絡をしてもらうよう頼んだ。死因を確かめておきたい気持ちもあったが、そこで新たなことが明らかになったところで、今更どうなる。摩耶の後をついて駆け回っていたはるかの柔和な笑顔が浮かんできて、無念が募った。

藤城は思わずジャージのポケットから携帯電話を取り出していた。コール音が五回続き、これ以上出ないなら切ろうと思っていたところに、明るい声が返ってきた。

「パパリン？　もしもし、どうしたん？　間違い電話だったとか言ったら、怒るよ」

「摩耶は元気そうだ。よかった」

その明るい声が、藤城の胸に広がる。

「何？　どうしたん」

軍川学園には、人の優しさを拒み、むしろ挑発し、こちらの怒りを見事に引き出すかのようにふるまう子さえいる。しかし摩耶にはその危うさが感じられない。何かに満たされているように。

それは、摩耶の声にも宿る。

「はるかのお母さんから電話があってね、はるかが亡くなったそうなんだ。摩耶には知らせておこうと思った」

電話の向こうの沈黙が長く感じられた。

「もしもし、摩耶？」

「聞いてるよ、わかったから」

摩耶はずいぶん時間をかけて、そう返事をした。

「たくさん、思い出してあげような」

それが、はるかへの精一杯の供養だ。通話を切ると藤城は、うなだれた。はるかの死の報に接し、瞬時に思い浮かべたのは摩耶だった。摩耶ならば、共に悼（いた）んでくれるだろうと感じたのかもしれない。DryIce の摩耶ならば。

そのときには、先日もらったメールにあった、ゆきの話を訊ねることすらも忘れていた。

机の前で手を組んで目をつぶっていると、事務長がコーヒーを届けてくれた。

「あまり気を落とさずに」

いつもと同じカップでいつもと同じコーヒーなのに、事務長が届けてくれたのははじめてだ。ただそんなことが、人間にはうれしいのだ。こんな大の大人になったってそうなのだ。カップから仄（ほの）かに立ち上る湯気と両手に伝わる温もりが、小さな命の儚さに思えた。

## Maya

夕方になると、摩耶は〈居酒屋　悠〉のフロアに並んだ丸いテーブルを布巾で順繰りに拭い、開店準備にあたる。幾度も壁にかかった時計を見ていた。はるかの葬儀が始まる時間だ。

パパリンの声が耳元に聞こえている間はよかったが、しだいに、やるせなさが溢れてきた。研修旅行の夜に、深夜に布団に入ってきたはるかの温もりが蘇った。「摩耶ちゃん、内緒にして」と胸に顔を埋めながら、はるかは赤ん坊のようだった。

葬儀に行きたかったが、さすがに帯広までは行けない。

「摩耶、今日はもうライブ終わりで上がっていいからね」

エプロンをつけた短髪の店長は、どんな事情かは知らないが自分で働いて高校の夜学を出た苦労人だと聞いている。はじめはチェーン店の居酒屋に就職し、やがてここを立ち上げたそうだ。三十になるまでは、不良仲間が訪ねてくるのが一番大変だったよ、と時々店員に漏らすように話してくれるのは、遠回しに摩耶たちにも気をつけろと言いたいのだとは思っている。

「スタジオのライブもだいぶ、入るようになったみたいだしな。正直、居酒屋ライブはもうきついかい？」

「勝手にクビにしないでくださいよ、店長」

調子よく答えながら、摩耶は、開店早々やって来て景気付けに一杯だけ飲んで帰った客が置いていった徳利に酒が残っているのを確認すると、コップにその酒を注いで、黙って飲んだ。

ばいばい、はるか。

こんなふうにしか、今は、はるかを偲んであげることができないよ。

あのとき自分は、なぜいいよと言わなかったのだろうと今更悔いる。

〈急なのですが、はるか、札幌まで摩耶ちゃんに会いに行っていいですか？〉とメールがあったのに、いいよとは返事ができなかった。ただ会うだけくらい、自分はなぜ受け入れなかったのだろう。今もまだ、少しでも後戻りするのが怖くて仕方がないのだろうか。

その晩摩耶は、ライブが跳ねた後に、居酒屋で客とだいぶ飲んで帰った。

さらに、そばのコンビニで缶チューハイを二つ買って帰り、なお一人で飲み始めた。窓から月灯りが差し込んできた。

目が覚めたのは、呼び鈴が鳴ったからだ。

拓弥かなと思って、一応スマフォを確認すると、すでにだいぶ前に何通もメールが入っていたのに気づいた。


〈アイツ札幌に来てる。気をつけて〉


拓弥がアイツと呼ぶなら、一人しかいなかった。それは小樽の養父だった。

玄関先に、訝（いぶか）しい音が響きだした。がちゃがちゃとノブを執拗に動かしている。扉を何度も叩き、ノブを乱暴に回そうとしている。

コウモリが黒い羽を大きく広げて近づいてくるような不安がふたたび摩耶を襲い、息を殺して覗き窓から見る。額が以前より禿（は）げ上がっている。赤ら顔だ。養父はむきになって、扉を開こうとしている。

扉の内側からは、学園で習った通りに二重に鍵をかけている。その習慣は、どんなに疲れて帰ってきても忘れない。

「摩耶、中にいるんだろう?」

息を潜めていると、さらにふざけているみたいに続けた。

「母ちゃん、病気なんだぞ。死んでもいいのか?」

何言ってるんだよ？　大体、なぜここがわかった？　この間隠れて妹に会ったときに、万が一のときに逃げてこられるように渡した住所が見つかったのか。そうだよな、自分はまだ笑ってしまうくらいに甘い。

「母ちゃん、見殺しにするつもりか？　摩耶ももう大人なんだから、わかるべ？」

摩耶は自分の手の震えを苦々しく見つめ、両手を握りしめた。ひとつ息をつくと、拓弥に、警察を呼んでくれるように、急いでスマフォのキーを打った。

十分ほどしか経っていなかったはずだ。パトカーのサイレンの音がして、警察官が階段を駆け上がってくる足音が響く。玄関の外で職務質問が始まる。

「俺はこの部屋の娘の父親だ。娘を訪ねて何が悪いってよ」

「ああ、お父さんね。まあとにかく、一旦話を聞きましょうかね」

そんなやり取りを、これまで何度黙って聞いているしかなかっただろう。父親だと言うと、最初の頃は警察は謝って去っていった。拓弥は、やがて知恵をつけた。何も特別なことを言う必要はなく、ありのままを伝えた。その父親からの虐待で、妹は児童自立支援施設で育ったのだ、と。

しばらくすると警官だけが戻ってきて、摩耶は扉を開いた。懐中電灯の灯りを照らして中の様子を確認する。やがて、自転車を漕いだ拓弥もやってきて、部屋に入ると部屋の照明をつけて内側から鍵を閉めた。

拓弥は床にしゃがむと、その長い指で、空いている缶を一つずつ握りつぶす。

「摩耶、ここは、もう引っ越さなきゃな。保護司の人に相談してみよう」

「母ちゃんが、病気やなんてどうせ嘘やろ?」

「さあね、腎臓で入院したって俺の職場では言ってたよ、アイツ」

「そんで、ニンちゃんはどうしたん?」

拓弥が答えないので、金を払ったのだと理解する。

「なんでなん? もうやめとき。せやから、来るんやん」

「入院代払えないって言われたら仕方ないだろう。母ちゃんは、俺らの親なんだから」

摩耶は黙って、窓の外の月灯りを見つめた。

「私はもう、母ちゃんには会わんよ。病気で死んでも、会わん」

はるかからのメールに答えなかったのを悔いたばかりだったのに、自分は今、本気で母を見限ろうとしている。

窓の外の月が、摩耶には黄色いりんごのように見えた。自分がまだ幼い日の、母の柔らかい手にのったりんごだ。

Fujishiro, Yuki

ゆきがいつもより遅くに帰宅すると、久しぶりに茶の間から笑い声が聞こえている。玄関には、大きな靴、父が帰宅したのを知る。

「おかえり」

父が居間で久しぶりにそう声をかけてくる。

「お父さんこそ、お帰りなさい。どうしたの？」

「明日、お葬式があるんですって。帯広で」

母が横からそう伝えてくる。

「お仕事関係の人？」

少しの間があって、父は答えた。

「退園生だよ」

思わず、訊ねてしまう。

「あの、誰なの？　私やお母さんの知ってる子？」

「どうかな。話したことあったかな。まだたったの十八歳だったんだ。写真があるから見るかい？」

ゆきは、小さく頷く。

父が持参した小さなアルバムに、写っていたのは幾人かの制服を着た女の子たちで、その一人は摩耶だった。函館の街だろうか。バスの中で皆でピースサインをした写真もある。

「この摩耶という子は今、唄を唄ってライブをしている。知ってるね？」

そう問われたゆきは、少し間をあけてこくりと首を落とし、そのアルバムを自分でも膝にのせて丁寧にページをめくっている。

「地元の学校で修学旅行に行ってない子どもたちで、研修旅行に出たときの写真だよ。棺（ひつぎ）に入れてもらおうと思って、持ってきたんだ」

写真の頃の摩耶は制服に身を包み、肩で切り揃えた髪が少し伸びて跳ねていた。ゆきはどこか不思議な現実であるかのように見つめていた。

藤城は夜遅くなっても寝付けずに、久しぶりの自宅の居間でパソコンを開いていた。かといって、仕事にもなかなか集中できない。

駒ケ岳学院では今もまた、新たな火種が起きていた。心が落ち着く暇なんてないことに麻痺している。

男子寮。被措置児童虐待発生の報告が上がった。つまり、寮長が寮生に体罰を与えたという、心がへし折れそうな報告が上がった。

夫婦で小舎を守ってきた寮長代田は、熱意の塊だった。いつもジャージ姿にリーゼントを制服のように装い、無断外出の心配のある子がいれば、玄関先に布団を運んで眠るような寮長だった。彼を実際院長室に呼んで話を聞くと、躊躇なく問題のあった寮生への体罰を認めた。それは子どもを監督するために、どうしても必要だったと言い切り、藤城を唖然とさせた。さすがに藤城も、震えるような怒りの声を代田に浴びせた。指示があるまで自宅待機するように、即刻勧告を出した。

帰ったらすぐに、函館児童相談所の助力を得て、他の寮生への事実確認面接を始める。子どもらの信頼を再度得るために、すべてを明らかにして道本庁保健福祉部にも報告する。どんな体罰も、あってはならない。子どもたちは、大人が手をあげた瞬間に、すべての信頼を一瞬にして放棄してしまう。特に施設には、大人に殴られたり、暴力をふるわれたりしてやってきた子どもたちが大勢いる。彼らに辛い記憶が溢れてしまう。未然に防げるのならいいが、もう、起きてしまったのだ。子どもにべっとりとまとわりついた得体の知れない物の一つに、寮長自体がなり下がってしまったのだ。

「まだ起きてたの？」

部屋着に着替え、二階から下りてきたのはゆきだ。

「お父さん、少し飲まない？」

ゆきは温もりのある声で、そう訊いてきた。

「だったらゆきも、飲むか？」

少し首を傾げたゆきの、素直な髪の毛の毛先が片方の肩についた。

「もらおうかな」

そう言って、お盆にグラスや氷、ウィスキーを運んでくると、窓辺に置いたソファから身を乗り出して、ゆきは外の月明かりを見上げている。

「ロックか」

そう言うと、自分にはロック・ウィスキーを作り、ゆきのグラスには、少し色づくくらいのウイスキーを注いでやる。

「そういえば摩耶のライブに行ったんだって？　お母さんも知らなかったみたいじゃないか」

ゆきは少し間を置いて振り向き、頷いた。

「もう何度か、行ったよ」

「拓弥くんとも、会ったんだよな。面白い兄妹だろう？」

藤城のほうを見上げると、ゆきは口元を閉じ、うん、と深く頷く。

「摩耶は、ゆきが僕の娘だって、すぐわかったらしいよ。あの二人のこと、聞きたいかい？」

ゆきの目の奥に静かに光が灯った。

「聞きたい」

藤城が話したのは、拓弥と摩耶は、奈良から小樽にやってきたこと。北海道に来てからは、自ら電話をして児童自立支援施設に入ってきた珍しい兄妹であること。摩耶も拓弥も、施設では他の小さな子たちの面倒をよく見たこと。明日葬儀のはるかも、摩耶にはよく可愛がってもらっていたことを話した。

「すごい、兄妹だね」

だがその後に藤城は、拓弥は一度少年院へ入ったことも伝えた。そのとき、藤城はいつになく饒舌（じょうぜつ）な自分に気がついた。野々村兄妹のことを思い起こすと、心が和（やわ）らぐ思いなのだ。

しばらく、沈黙があった。

「少年院って、長くいたの？」

ゆきはグラスの中に浮かぶ氷を揺らす。

二人を紹介するには短い触りのような話だったのに、ゆきは真剣な表情で聞き入っていた。

ずっと子どもだと思っていたゆきも、もう二十歳を過ぎた。そんな遠い目の横顔を見せるようになったのだと驚く。

当時藤城は、研修と名付けて、職員を拓弥のいる少年院に派遣した。誰の面会もなく、拓弥が心細く過ごしているに違いないと思ったからだ。一緒に並んで昼食を摂って帰ってきた職員が、拓弥は木工を習うのが気に入ったようです、と伝えてきたのを久しぶりに思い出して、藤城はゆきにそんな話もした。

「彼は手先が器用でね」と。そして、続けた。

「ところで、そんなにいい唄だったかい？　摩耶の唄」

ゆきは再び頷く。

「私だけじゃなくてね。今、担当させてもらっている患者さんもファンになったの。セバットって、大沼のところだよね？」

「そうだね。湖の、ある場所をさすんだけど」

「いい唄なんだよ、『鳥たちのセバット』」

いつだって　あと少しで飛び立てるのに

誰も助けてはくれない

でも　あなたは粉雪に包まれている

求めることをあきらめないで

ゆきが小声で唄って聞かせてくれる。藤城には、感動があった。

まさかこんなふうに、摩耶とゆきに邂逅があるなんて、思ってもみなかった。

「患者さんの心にも、届いたんだったら、摩耶はうれしいだろうな」

グラスに口をつけ、ゆきは赤い唇をそっと舐める。

「はじめはパパリンの曲っていうの、聴いたから、なんか、え？　って引いちゃったけど、今はあの唄も好きだよ」

藤城は、ロックグラスの中で溶け始めた氷を指で弾いた。

Takuya

小樽は坂の町だ。中腹の市街地を海辺と平行して走るのは、国道5号線。大きな国道からは海と漁港に向かって、幾筋もの下り坂がある。

反対斜面は上り坂で、学校や教会、鰊御殿などの大きな屋敷もある。筋ごとの交差点には、十字街と呼ばれる昔の繁華街がぽつり、ぽつりと続く。

拓弥は母と久しぶりに会った。

漁港。母は大きな生のほっけを二枚買い、それを拓弥が手にぶら下げている。

家族の住まいは、入船十字街から、小樽駅の一つ隣駅の南小樽へと向かう中間辺りだ。

「なんたる市場」

拓弥は通りかかった市場の看板の文字を口にする。

「これ、おかしいよね。はじめは、冗談やと思ってんよ」

と、母も言う。

南小樽という地名を、地元の人たちは「なんたる」と呼ぶ。だからって、市場とくっつけると、そうなる。拓弥ははじめて目にしたときに、その手書きの文字に、なんだか力が抜けたのを覚えている。小樽も奈良と同じように、一見、どこか人々から忘れられてしまったような街だけれど、海や漁港のある街の匂いや光は違う。小樽には、そういう真剣なのに冗談っぽいところがあるのは嫌いじゃない。

「なんとかなるっしょ」という北海道の言葉も、はじめて聞いたときから気に入っている。

母はずいぶん顔色が悪いのを隠すように、肌に化粧を塗りたくって、赤い口紅をつけている。小花柄の長いスカートに、肩からモヘアの厚手のカーディガンを羽織っている。

腎臓が悪いという養父からの話はあながち嘘ではなく、透析（とうせき）というのを勧められているそうだ。なんとか薬でごまかしているが、腹痛と高熱ですでに何度か救急車で運ばれているという。

「痩せたよ、母ちゃん」

そう言うと母は拓弥の腕に、自分の腕を絡めてきた。やめてくれよ、と言いたい気持ちとは裏腹に、どんなふうにでも母を救い出したくなる。

「なによ、あんたたちなんて、ちっとも帰ってこんくせに」

拓弥は返事をする代わりに、自分の首に巻いていた白のニットのマフラーを、母の首に巻いてやった。この間、はじめてもらったボーナスで買ったマフラーだ。

母は首元に触れて、まんざらでもなさそうにする。

「摩耶は、どこ引っ越したんや?」

「俺も、わかんないよ」

母には、嘘をつくしかない。

「摩耶なんかさ、薄情で、電話もしてこんもん」

養父に突然訪ねられ、摩耶は急いで自立支援ホームを出た。以前の住まいはホームとしては新しい建物だったが、今度のは木造のアパートで生活保護を受ける年配者などもいる。風呂もトイレも共同だが、自分たちにはまだ一般の賃貸物件を契約することができない。六畳一間の拓弥の部屋に泊まっていくときもあって、拓弥はそんなときには、男女問わず仲間の家に泊めてもらっている。

神社の鳥居を横に見て、家のある入船への坂を少し登り始めると、走ってきたスクーターのエンジン音が響き、停まった。小さなヘルメットを形ばかり頭にのせて、わざと股を広げて乗っていたニッカーボッカー姿の男が、拓弥の名前を呼ぶ。

「あれー、拓弥だべや。何、お前、帰ってんの? だったら、顔出したらいいべ」

短い間、同じ中学校にも通っていたはずだが、ちゃんと知り合ったのは少年院に入ってからだ。その男は小樽で車を盗み盗難車をコンテナに詰めて、港からロシアへ次々と送っていた窃盗グループの使い走りをしていた。短い髪に剃(そ)り込みを入れて、指に太い指輪をしている。

「おう、元気?」

力なく言う。もうこの連中には関わり合いにはなりたくない。なったら一瞬でまた、元の暮らしに戻ってしまう。

「元気、元気。俺らさ、埠頭んところに、店出したんだわ。ステーキもあんだ。いつでも寄って。これから行くか?」

「ステーキとは、豪勢だな」と、母に向かって苦笑しながら言い、男に声を返した。

「俺さ、今日これから仕事なんだわ」

「ちょっとあんた、うちの拓弥、変なのに誘わんといて」

母が食ってかかるように言うと、男はまたスクーターで走り去った。

「あんな柄悪いのと、付きおうたらあかん」

そう言う母自身が、いつも柄の悪い男と付き合ってきたくせに、無頓着に諭してくる。

「母ちゃん、病院は、ちゃんと行きなね」

母の腕をそっとはずして言う。

「心配するふりなんてしてさ。どうせ私なんて、さっさと死ねばええ思うてたんやろ?」

すぐに返事ができない。少なくとも、養父と切れない母とはもう決別しなくてはいけないのだ。

なのに、摩耶とは違って自分はこうして呼び出されてはやって来てしまう。

カモメの声が響き、漁港の磯の匂いが風に運ばれ再び強烈に鼻をついた。

「それさ、生のホッケは、案外鍋にするとうまいよ」

「覚えてるよ。あんた、作ってくれたんやったね」

あのときは、母もうれしそうにたくさん食べていた。養父が帰ってきていつものように暴れ始め、ぶち壊しにするまでは、摩耶も妹たちも一つテーブルを囲んでいて、温かい楽しい夕食だった。あれが家族の最後の夕食だったのだ。

「もう奈良、帰ったらいいじゃん」

母から解き放たれようとして、言っているようにも思った。だから、続けた。

「こっちには、誰もおらんやん」

と、奈良弁で言ってやると、母は襟に巻かれたマフラーの中に顔を埋め、こちらを見た。

「あんたが、ええ男になってきて、母ちゃんうれしいわ」

住まいのプレハブ小屋が見えてきた。家の前に、養父の黒い車が停まっている。腹の底から黒い淀んだ水が溢れてくるような気がして、拓弥は心のシャッターを下ろし、母の背中を叩いてやった。

「じゃあ、俺、もう行くよ」

「あんた、寄っていけへんの？」

「夜、仕事だし。それから、これ」

茶封筒に入れた一万円を、母に手渡す。

「ええわよ、こんなん」

そう言いながら母は、封筒を手のひらに残したまま、少し力を込める。ぐしゃっと封筒がつぶれ、それをかごのバッグに収める。

「マフラーもやる。安物だけど、似合ってるよ。母ちゃん、頼むからアイツには、金渡さないでよ」

母は返事をせずに首だけ振って、ふと拓弥のペンダント・ヘッドに目を留めた。

「それ、きれいやわ」

「これは、だめ。俺のお守りだ」

拓弥は、思いついてそんな言葉を口にする。パーカのフードをかぶり、デニムのポケットに両手を入れて、ひとつ先の小樽駅へと向かって坂道を戻り始めた。

思えば母に何か頼まれて断れたのは、はじめてかもしれなかった。

小樽の古い駅舎に入る。

光の遮られたような建物の券売機で、乗車切符を買う。

札幌行きの列車は行ったばかりで、古い駅舎に貼られたポスターを見ていた。

母たちが住んでいるのと同じ街とはとても思えない温もりのある写真に見入ってしまう。薄暮の中に、ランプのような形の街灯がぽっと灯っている。運河沿いの、倉庫街を写した写真だ。

「ノスタルジック」という言葉が、ポスターにほっそり遠慮がちに使われていた。

ノスタルジック。郷愁とかいう意味かな。

運河を行き交う小舟。今と昔が交差して、それをノスタルジックだと思えるのは、きっとよい思い出がある人なんだろなと感じると、胸の奥底がしめつけられるような切なさがあった。

ポケットのスマフォがバイブして、画面を見ると、ゆきからのラインメールで驚く。まるで、今の自分の憧憬を覗かれていた気がした。

〈今月のDryIceのライブ情報を更新しました。時間があるときに確認してください〉

ゆきらしい律儀な文に、思わず胸のペンダント・ヘッドを握る。ゆきも、こんな自分の手作りの銀細工を、きれいだと褒めてくれたのだ。

〈いつも、ありがとう。今日は休み？〉

そう送ってみると、少しして返事がきた。

〈地元の駅前で、お茶してます〉

いつも、駅までは自転車で行き来していると言っていたのを思い出す。

「私ね、自転車漕ぐの、すっごく速いの。夜は怖いから余計」と、瞳を動かしながら言っていたのはいつだったろう。ゆきはbフラットのライブには欠かさず来ている。そして終わるとホールに残っているが、一向に話そうとしない摩耶を諦めて、時間が来ると帰っていく。拓弥はススキノまで送っていく。

自転車のやり取りのときは、

「本当に速いの?」と拓弥は疑った。
するとゆきは頷き、思わぬことを率直に話した。自分は少し男の人が怖いのだと。そして、こちらの目に浮かんだ表情を読み取るように鼻のうえに皺を寄せて笑ったのだ。
もう一通、ゆきのほうからメールがきた。

〈拓弥さんは、お休み?〉

〈おたる〉と、書いた。母に会っていたのだと本当は続けたかった。だから今、自分はやるせない気持ちでいる、と。ゆきにはわかるはずがないことを伝えたくなる。

〈よかったら、どこかの駅で会おうか?〉

思い切って書いてみたが、返事はないから、ゆきは無理なんだろうと、スマフォをパンツのポケットにしまいかけた。
札幌行きの列車の改札が始まった。改札をくぐろうとしていたそのとき、メールが入った。

〈快速エアポートに乗った。待ってて〉

そのスマフォの画面に見入っていると、もう一度メールが来た。

〈扉にはさまるかと思った！〉

改札口の表示を見ると、二十二分後には新千歳空港との行き来をする快速エアポートが到着する。

拓弥は自分のほうから誘ったくせに、まさか本当に会うことになるとは思わず少し戸惑っていた。ゆきと二人でどうやって過ごしたらいいのだろう。二人きりで会ったとわかれば摩耶だって怒るに違いない。

だけど、と思う。ゆきといると、なぜあんなに幸せを感じるんだろう。これまで、自分とはまるで違った世界を生きてきたはずなのに、ちょっとしたことでゆきはよく笑ってくれる。ゆきがそばで笑うと、自分なんかが価値ある人間に思えてくる。

はじめてライブハウスでゆきに会ったときには幼い印象しかなかったのに、今は静かに動かす視線にどぎまぎさせられる。

改札でゆきを迎える。ダンガリーのシャツに白いカーディガン、デニム姿だ。

「どこ、行こうか？」

と、到着するなり、ゆきのほうから朗らかに笑みを向けられてそう問われた。一瞬ゆきの手を引きたくなる気持ちになったが、拓弥は壁のほうへ向かって少し先を歩いていき、さっきまで見ていたポスターの一枚を指差した。

「ここ、行かない？」

「運河のところだね？」

「そう、歩くと千三百歩くらいだってさ」

拓弥が、さっき駅員さんに聞いたことを伝えると、ゆきはまた声に出して笑った。

「じゃあ、その千三百歩を、数えながら行こうよ」

「二人の歩幅じゃ違いすぎるけどね？」

拓弥が並んで足の長さを比べると、

「まあ、それはある」と、ゆきは頬を膨らませている。

「一、二、三」と、
ゆきは本当に数えだした。駅前の郵便局を左手に見て、国道沿いに右へ、そこから古い銀行の建物を見ながら、海の方へと向かって進んでいく。

坂の街、小樽の街は夕暮れていく。

「八百九十」

ゆきはまだ真面目に数えていて、

「もういいって」と、やり過ごそうとするが、健気（けなげ）に続けている。

しだいに潮の香が運ばれてきた。ポスターと同じ街路灯だ。照明に照らされた運河沿いには、レンガの倉庫が並んでいる。橋の麓（たもと）には、絵描きが幾人も座り込んでいて、二人のスケッチをどうかと誘ってきた。

「千五百を超えちゃったけど、大変、夕日が落ちちゃうよ」と、ゆきは指差す。

「走ろう」

気づけばゆきの伸ばした手を、拓弥が握っていた。

運河に向かって窓が張り出したカフェをゆきが選び、二人で窓辺の席を取ったときには、息が上がっていた。

「いい時間に来ちゃったね」

ゆきがそう言って窓に向かって身を乗り出しながら、スマフォで写真を撮っている。

運河の水面に、夕映えがオレンジ色に流れ出して揺れていた。美しいはずなのに、拓弥にはそれが、ふと人間の体から流れ出す血のようにも見えた。

並んで座ったときに、腕まくりをしたゆきの腕に自分の腕が思わず触れる。その温かみを自分の肌が感じ、拓弥は自分が今、一瞬でもゆきを求めたことに気付く。

「カモメってあんなにごろっと大きいんだね」

ゆきが窓の外で指を差す。その白い指先が、運河の照明灯の上にちょこんと止まったカモメを差している。

「あの子、自転車が壊れちゃったのかな。私も今日ね、駅前で自転車を直してもらっていたんだ。悪戯されたみたいで、パンクしたの」

街灯の下で、子どもたちがしゃがみ込んで立ち往生していた。

拓弥は気取った長いグラスに入ったコーラを飲みながら、はじめは黙って眺めていた。子どもたちはしばらく交代で座ったり、立ったりしていたが、埒（らち）が明かないように見えた。

自分に芽生えた動揺も拭い去りたくて、

「待ってて」と、ゆきに言い残した。

出しゃばったことなど何一つしたくないのだが、いつもポケットに隠し持っている先のとがった工具こそ、自分のお守りだ。こんなときに用いるためだという言い訳が自分にあるけれど、拓弥はいつかは手放そうと思っていた。

店の階段を運河沿いまで降りていく。子どもたちの輪の中へと入る。

「ちょっと見せてごらん」

場所を代わった。ネジを緩めてワイヤを引っ張った。チェーンはシームレスだ。自分のスマフォのライトを子どもに当ててもらい、ドライバーでチェーンのコマから外していき、ふたたび組み立てると、サドルの回転に合わせて自転車の車輪はまた光を反射させて回り始めた。

「やった！」

「お兄ちゃん、ありがとう」

ゆきもいつしか降りてきて、すぐそばにいた。

「よかったね」と、無邪気に微笑む。

頷こうとしたとき、

「君たち、どうしたの？」

たまたまパトロールしていた警察官が自転車でやってきた。拓弥は慌ててドライバーをパンツのポケットにしまう。

拓弥は、パーカのフードを目深にかぶった。

「お兄ちゃん、直してくれた」と、子どもたちが言っている声が、心音で遠く聞こえ始める。

「行こう」

と、思わずゆきの肩を抱くと、その場を離れた。

何も悪い事をしたわけではないのに、警官が来ると逃げるようにその場を離れようとするのはいつもの癖だ。ゆきは、肩を抱かれたまま、何も言わずに埠頭の先まで進んでくれる。

海と混ざり合う夕映えの色が、より強烈になって一面に広がっている。怖いくらいに赤い。

ゆきが言う。

「拓弥さんといるときには、いつもきれいな風景に出会うから不思議だな」

「悪かったね」

拓弥は、ゆきを嫌な気持ちにさせたに違いなかったと素直に詫びた。だけど、自分にはこんなことばかりなんだ、と心の中で呟いていた。

「あ、もうじき沈んじゃう」

だが、ゆきのほうは屈託がない。

そしてその横顔は、静かに語り始めた。

「拓弥さんはこれまでも、ずっと、大変だったんだね。過去は過去なのに」

不意に伝えられたゆきの言葉に、突然夕映えの色が優しくなってにじんで見えた。

「仕方ないっしょ。少年院まで行っちゃうとさ」と、続けようとしたとき、ゆきのほうが先に、まっすぐに前を見たまま言った。

「私には拓弥さんがどんなに優しい人かわかるけどな」

思わずその手をもう一度手繰り寄せていた。その温もりに、今までずっと自分が捜し求めていたものを拓弥は感じてしまい、本当は放さなくてはいけないはずの手を、今一度きつく握りしめて言った。

「ごめん」

「どうして謝るの？」

「ごめん」と、拓弥はそっと手を離した。ゆきの温かさなら、もうわかったから、と。これ以上望んではいけない。

二羽のカモメが、白い羽を広げて、たとえようのない色の海の上を風にあおられながら飛んでいった。

仕事が終わった後に、ゆきは怜奈と連れ立って札幌の狸小路にある映画館へ入った。何をしていても、拓弥を思い出してしまう。

一緒に観たのは、カナダの女性画家の生涯を描いた映画だった。生まれつき重度の障害を持っていた小柄な女性だが、不自由な体でのびのびした筆遣いの絵を描き、その絵はアメリカの大統領室にまで飾られるようになった。

ＰＴなどの療法士たちにも観てほしいと、院内の労働組合からチケットの割引券が配られた。

「重い映画だったね。私はやっぱりジョニデの出るような映画がいいな」

と、映画館を出るとすぐに怜奈は言ったが、ゆきはこの映画にとても惹かれていた。

ヒロインが好きになった相手は、養護施設の出身の男だった。粗野で短気、その上暴力的だが、小さいときから親類から邪険にされて育った彼女には、家の壁に絵を描く自分を許してくれる彼の優しさがわかる。彼女はその男の元に、自分の居場所を得る。はじめは、安らぎなんてないのだ。けれど少しずつ、彼女は彼を、彼は彼女を理解していく。

狸小路に昔からある、パーラーに怜奈と入った。

ゆきはナポリタンを頼んだが、怜奈は食事の代わりにと大きなフルーツパフェを頼み、長いスプーンで生クリームに絡まったいちごをすくって食べている。

「いやあ、まだズシンと来てる。私なら、あんな男はごめんだけど」

ゆきは、怜奈ならそう言うはずだと思っていたので、黙って頷く。

「ゆきちゃんは？　面白かった？」

怜奈は決して、一方的ではない。いつもそうしてこちらの話も訊こうとしてくれる。

ゆきは映画の男に、ときめくほどに惹かれていた。彼のために彼女が懸命にすること、美味しいスープを作るために鳥を捕まえて絞めるところ、男に求められて半ば強引に二人が結ばれるシーンも、今にもきしきしという音が聞こえてきそうだったのに、ゆきには愛おしかった。

「主人公は幸せになるのが上手な人だと思いました。生意気ですか？」

ゆきがパスタを絡めた手を止めてそう言うと、怜奈も首を横に振ってくれる。

「それは言えてるね。幸せになるには欲張らないことだ、みたいなことを確か映画の中で彼女が言ってたでしょ、あそこよかったね」

怜奈とはいつも感じ方が違う。その部分は、ゆきはあまり共感していない。人を好きになって、もっとそばにいたいと思う。それがすでに欲張りな気持ちなのではないのか。映画の主人公は、彼のために自分ができることに没入できた。だから、幸せになれた。

小樽の運河沿いでの時間は何だったのだろう？

あれきり拓弥は連絡をくれなくなった。

摩耶のライブの情報も知らされず、ゆきは昨日、ライブハウスに足を運んで確かめたのだ。予定通り、今月もじきに行われる。

「ゆきちゃんは、どんな人が好きなの？　彼氏いないの？」

パフェをほとんど平らげた怜奈が訊ねてくる。

「好きな人はいます」

「えー、ほんと？　病院の人？　まさかドクターじゃないよね？」

「怜奈さんは、どうなんですか？」

上目遣いの怜奈の長いまつげが光って見える。

「私、遊ばれキャラだから。相手に家族があったり、何股もかけられていたり、よくあるよ。ＳＴの斎藤さん、知ってるでしょ？　あの人を巡ってなんか、すごいことになってるの。ゆきちゃん、気をつけてよ」

途中からは、もうあまり耳に入らなかった。

「小柳先生がね、ほんとうにゆきちゃんのこと、誘いたいみたいだったけど」

支払いのお金をテーブルに置くと、

「そういう話、どうでもいいんです」

思わずそう言ってしまうと、「ごめんなさい。今日は帰ります」と、先に店を出てしまった。

扉を開けて出ると、ようやく呼吸が自由になった気がした。

いつも世話になっている先輩を前にしているのはわかっていたけれど、だんだん息苦しさが喉元までできていた。

狸小路のアーケードを歩く人混みの遠くのほうに、フードをかぶった長身の人影を見たような気がした。別人ではあっても、会いたい気持ちが抑えられなくなる。まだ拓弥のことが何もわからない。拓弥が自分をどう思っているのかも。

けれどゆきは、拓弥が好きだと思う。つないだ手を、拓弥が握りしめてくれたときに、それは痛いほどだった。

狸小路の店のすでに降りたシャッターに背をもたれ、メールを打った。

〈拓弥さん、会いたい〉

少し間があって、ラインメールに既読がつき、そこからとても長く感じられた。

〈どこにいるの？〉

〈狸小路〉

そのままままた返事が止まってしまい、ゆきはアーケード街の壁に背をもたせたまま、じっとスマフォを握りしめていた。

あなたは今、ここから何歩のところにいますか？　もう会えないのですか？

いよいよ諦めて駅への階段を降りていこうとしたとき、返事が来た。

〈うちの場所を書きます。そこからは遠くないから〉

拓弥の部屋は、きれいに整頓（せいとん）されていた。

家具を拾っては、工具で直して使っている。

確か前にそう言っていたはずだが、みんな部屋にぴったり合っている。白い棚には、おそらく奈良公園の鹿の写真。

「映画を観てきたんだ」

拓弥はうんと頷いただけで、どんな映画かも訊いてくれない。

会話は二人共が話そうとしない限り続かないのだと、こんなときにわかる。

二人の代わりにケトルが湯の沸いた合図を鳴らしてきた。

台所に立って火を止めた拓弥は、いきなりその場で来ていたロンTを脱いだ。

銀色の髪から長い首が伸び、その下の上半身はせっかくしなやかな筋肉に覆われているというのに、片腕にも胸にも、落書きしているみたいにあちらこちらに刺青があった。

「俺はこんなんだよ。うまくいきっこないっしょ」

ゆきは、こちらを向いたその表情を見つめる。

「もう、会っちゃいけない。今、ミルクティ入れたら、送っていくから」

ゆきはソファでマグカップのミルクティを受け取って飲んだ。甘くて優しい味がした。

「ここに座って」

拓弥がもう一度Tシャツを着ようとするので、首を横に振った。

「覚えてるか、試してみる」

「ここが上腕筋、ここからが上腕二頭筋、回って反対側が三頭筋です。ここは肘筋で、手首の先にあるのが、腕橈骨筋。腕橈骨筋ってね、こんなところにあって、手首の動きには関係ないんだよ。上腕筋と上腕二頭筋を動かす補佐役です。それから……」

指を差しながらそう言っていると、

「いいから」

拓弥はTシャツを首からかぶった。腕にも筋肉の動きが見えた。

「試験のときはね、こうやって自分の腕を触って覚えようとしたの」

ゆきは仕方なく自分の腕に触れた。

「でね、全然、見つけられなかった」

そう言ってゆきは苦笑した。

「そうだよ、ゆきちゃん、わかってる？　だから、こうやって男の部屋になんか来ちゃだめなんだよ」

「わかってるよ」

ゆきは答えた。

「私がどうして自転車をすごい速さで漕ぐようになったかっていうとね、怖い目に遭ったからだよ。中学三年のときに、友達と思っていた子の家でレイプされそうになった。それからずっと男の人が怖かったのに、私は拓弥さんのことが怖くない」

ゆきは、自分が中学三年生のときに同級生との間にあったことを、その翌日のクラスの中でのことまで拓弥に話していた。

その間、拓弥はずっと黙っていた。

「このミルクティ、すごく美味しい」

「お湯とミルクを半分ずつにするといいんだ」と言って、拓弥もカップに口をつけかけたとき、

「私は拓弥さんが好き。たぶん、はじめて会ったときから好きなの」

拓弥は目を閉じて、片腕の中にゆきを抱きしめた。ゆきの目の前に、銀の鎖の先の錨が見えていた。

拓弥の胸の鼓動を、ゆきは感じた。それはここまでを必死に生きて、人の誰より強い鼓動だと、ゆきは信じた。

# Ⅵ

Fujishiro

駒ケ岳学院の体育館に、子どもたちが並んでいる。

寮ごとに、前から大きい順に五つの列になっている。壁際には、他の職員がほぼ揃っている。

「素晴らしい運動会が終わったあとに、今こうして集まっていただいたのは、泉寮で起きた代田寮長から坂根くんへの体罰について、私から説明し、皆さんに謝罪をするためです」

年に一度の運動会が終わったばかりだ。抜けるような青空を見上げながら、後でこの話をしなくてはいけない覚悟をしていた藤城だった。

原因となった坂根は、じっと立っていた。

藤城は、一度体育館に立たせた院生たちに、ここからは座ってくれるよう促した。

職員は、院生たちを囲んで立っている。

「寮長と坂根君との間で気持ちのすれ違いがありました。彼の気持ちを察することができず、代田寮長は感情的になってしまい、頬を殴ってしまいました」

藤城には、生徒たちの目が凍った目に見える。微動だにせず、次に何を語るのか聞き逃すまいとしているかのようだ。たじろぎたくなる気持ちを押し込める。

「学院で支配と服従の関係があってはなりません。私は学院の責任者です。寮長同様厳しい処分を受けようと思います」

今朝、藤城は運動会だというのになかなか起き上がることができなかった。コーヒーをいつもより多く淹れて、窓から外を眺めていた。湖の向こうに映る駒ケ岳の裾野は、見事な紅葉の色合いに染まっていた。こんな日は、皆でただ同じ澄んだ空気を味わうだけでどんなに気持ちが安らぐだろう。神の恩恵がこの一帯に漂い、建物の周囲を包んでいる。だが、こうして何か事が起きるたびに、若者たちを建物の内側に閉じ込め、貴い時間を奪う形になる。

話を続けた。おそらくここからの話は、院生たちに酷な通告になるに違いなかった。

「それでもう一つ。泉寮は、今日をもって休寮とします。寮生はそれぞれ他の寮へと移ってもらいます。また、坂根くんは来週には児童相談所に一時保護をしてもらいます。今までのお話で何か質問はありませんか」

質問は出ないどころか、むしろ沈黙が深まった。坂根は結果としてここを出ねばならず、かといって自宅に戻るわけではない。またどこか、決して安住できない場所を彷徨(さまよ)うだけだ。

藤城は、今回の出来事には自分自身の未熟さも痛感していた。きっとおごりもあったのだ。

寮での一件が起きる前に、坂根という少年に事実告知をしたのは、藤城だ。

坂根に伝えるべき刃のような事実の数々は、彼を孤独と絶望の淵(ふち)に追いやったはずだ。少年が生まれる前に、父母は離婚している。母親は彼が三歳になって程なく、新聞沙汰になる事件を起こした。育児放棄は常習化していた。母は起こした犯罪により、今も刑務所にいる。坂根は、自分の両親については、名前さえも知らされずに、はじめ児童養護施設に引き取られた。小学校高学年になると、「怒り」が傍らにあった。起伏のない世界で、荒れに荒れた。児童相談所は、中学校入学と同時に児童自立支援施設である駒ケ岳学院への措置変更を決定したのだが、代田ははじめから彼の受け入れに反対していた。自分らの手に負える子どもではないはずだ、と。院長の理想主義にはついていけないとまで、彼ははっきり言ったのだ。

だが、ここでの生活の中で、藤城の目には坂根が少しずつ前を向きだしたように見えていた。特に正月に向けての版画カレンダー作りでは、根気よく彫刻刀を握り、美しい入道雲の広がる夏空を仕上げた。彼は夏のページの担当だった。

中学を卒業し、高校進学となれば、退院となる。そうなれば、インターネットなどを通じて、自分の親について知る時期がくる。学院にいる間に、事実告知は必須だ。それは、彼を受け止めた我々の責務だ。

藤城はこれまでの経験も踏まえ、十分な準備をしてその場に臨んだつもりだった。彼の母が起こした実際の事件を、一人の若い未熟な母の姿として伝えた。赤ちゃんが生まれることを唯一の支えとし、この子と共に人生を変えるのだと母は願った。君は、望まれて生を受けたのだと伝えたかったのだ。

職員で坂根役と藤城役を何度も入れ替え、心に想起する感情までも確認し合い、告知の場で起こり得るべきやり取りをシミュレーションし、リハーサルを重ね、そして絶句した。もし彼が、そこで黙ってしまったら、泣き叫んだら、耳を塞いだら、暴れだしたら……皆で背負うには何かが足りないのである。彼を覆い尽くす事実の重さで、心のきしみを感じた。木漏れ日のさす夕暮れ、窓の外のストローブ松が泰然として見下ろしていた。

君が生まれ育った環境は、とても厳しいものだ。けれど、前を向いて生きていかねばならない。自分の力で生きる術を身につけなくてはいけない。頼れる家族はなくとも、学院はいつだって君の話を聞くよ。これからは、そう思って生きてほしい。

最後に、そう伝えたとき、代田寮長は自らも涙を流すようにして彼の体をさすったはずではなかったか。

告知の瞬間には冷静に見えていた坂根だが、程なくして彼は、誰彼の区別なく粗暴な言動、容赦ない暴力的行為を繰り返すようになった。堰を切ったようにあらゆる感情がなだれを打った。寮の押入れから出ようとしない。そんな日が続き、代田寮長は苛立ちを募らせるようになる。彼のほうが飲み込まれていったのだ。そして、手をあげてしまう。

何てことをしてくれたのだと責めるのは簡単だ。だが責めるべきは、代田を追い詰めた自分だ。

道庁人事課との話し合いは、今後もしばらく続く。マスコミへの発表もある。どんな処分も受け入れる覚悟はあるが、学院には休みはない。一日も早く日常を取り戻さなくてはならない。

この先も行事は続く。大沼の子どもたちが楽しみにしている、冬の行事。スキー遠足、大沼公園の雪像作りにも参加する。低学年は氷上でワカサギ釣りを経験する。そして、春になればまた、まう。

渡島管内野球リーグが始まる……。ルーティーンをプレッシャーに感じたら、押しつぶされてし

院生らは今、藤城の話を飲み込んだかのように静まり返っていた。

泉寮の子どもたちにとっては、家族同様の寮が解散され、別の家族にまた組み入れられるという話となる。この時期、受験勉強に本腰を入れる子どもたちもいる。新しい寮には、新しい家族の目に見えないような掟がある。

藤城は心からもう一度詫びをした。

列の中程に座る坂根の目は、宙を彷徨ったままだ。

藤城は列車で札幌まで出向き、道庁の総務課で報告と陳謝を重ねた。代田寮長は、己の信念と現実の狭間に喘いでいた。藤城は心療内科受診を強く勧めた。結果、医師は「抑うつ状態」と診断した。職務軽減措置のさなか、道の規則に沿った懲戒処分が下された。その後、プライドの高い彼が後の行き方をどう決めるのかわからない。

「藤城さん、いろいろあっても、私たちは駒ケ岳学院であなたが目指していることはわかっているつもりです。信じていますよ」

よほど落胆して見えたのか、道庁の旧知の職員にそう励まされて、列車で再び大沼までの三時間半ほどの帰路につこうとしていたまさにそのときだった。

札幌駅の雑踏に足を踏み入れた途端に、携帯電話に副院長からの一報が入った。

坂根はすでに、札幌の児童相談所に保護されていたが、彼について今朝、泉寮の二人の児童より、告発があったというのだ。

「詳しくはお戻りになってからとも思いましたが、もしかしたらこのまま札幌児相の方とお話し合いをされる可能性もあるかと思いまして」

「何がありましたか？」

告発という言葉に、すでに尋常ではないものを藤城は感じ、携帯電話を握る手に汗がにじむ。思わずコートの襟に首を埋めるような格好になる。

「坂根くんからの性行為を強要されていたと、二人が同時に申し出ました。はじめはラブレターを送られ、性行為を受けたと。事に及んだあとは、秘密を守ることを強要するという流れもまったく同じでした」

藤城は、告発をしたというその二人の名を耳にし、それぞれのあどけない表情を思い浮かべた。まだどちらも中学一年生になったばかりの男児、一人は春に旅立つ卒業生たちを玄関先で見送ったレイジだった。

「そうでしたか。勇気を持って告発したはずです。彼らの心のケアをよろしくお願いします」

「はい、しかしどうしますか？　児相へ向かわれるのなら、文章にして、至急ここまで聞き取りした分をまとめますが」

副院長は、電話口でそう申し出る。

「そのほうがよいでしょうね。坂根本人からも、話を訊くべきでしょう」

藤城は「帰院が一日延びますが、よろしくお願いします」と続け、駅へと向かう踵を返した。

急遽、札幌の自宅に一日帰ることになった。

妻は、藤城の好物の鮭の酒粕を使った三平汁を作って待っていてくれ、帰宅したゆきも合流して、久しぶりに三人で食卓を囲んだ。

くつくつと音を立てながら、鍋が湯気をあげている。一人では味わうことのできない時間そのものだとありがたさが胸に染みる。

「今回は、何があったの？」

ゆきが訊いてくる。元々寮の中で育ったゆきなのだから、藤城は率直に答える。

事実告知をした少年について、また寮長がしてしまったことの重大さ、そして実はそれ以前からあった少年からの性行為について今日、児相と相談を始めたことも話した。

「あなたは、大丈夫ですか？」

妻がそう問いかけてくる。

「この頃、あまりにいろいろあるから、体が持つのかなと思って」

ゆきは何も言わぬまま、藤城の器に好きな豆腐や切りこんにゃくを継ぎ足した。

「厳密に言うと、体を壊している暇がない」

「ばかなこと言わないでください」

夫婦で他愛のないやり取りをしていてもなお、ゆきは黙っていた。

「ゆきの仕事はどうだ？　もう慣れたかい？」

小さく頷くと、ゆきは箸を置いてコップの水を飲んだ。

「こんなときに、言い出しにくいけど」

そう言うと、顔をあげた。

「私、付き合い始めた人がいるんだ」

藤城は不意を突かれたような気がして、慌てて飲みかけの日本酒を飲み干した。

ゆきの少し伸びた前髪から覗くその黒々とした目が光っていた。

「もしかして、それって拓弥くん、なのかい？」

驚いてこちらに目を向けた妻に、藤城のほうから伝えた。

「拓弥くんというのは、駒ケ岳学院の退院生だよ。私が男子と女子の両方を見ていた時期に、妹の方は軍川学園にいたので、その両方を見させてもらった珍しい兄妹でね」

妻には心穏やかではない話だったはずだ。

拓弥とゆきが恋仲になる。その予感を真っ先に抱いていたのは、摩耶だった。メールで摩耶は、わざわざ拓弥の名を書いてきたのだ。

ゆきが誰を好きになろうが、反対する道理はないと自分に言い聞かせながらも、一人の親としては、不覚にも気が動転しているのは確かだった。

「付き合って、どのくらいになるの？」

妻のほうが先に訊いた。

「まだ付き合っているとは言えないのかもしれないけど、お父さんとお母さんには、ちゃんと話しておこうと思った」

「それは、一度会わせてもらわないとな」

藤城は努めて明るく装っていながら、動揺は隠せなかった。

食事と片付けを終えると、ゆきは二階の自室へと上がっていった。

リビングに残された妻と自分が、藤城には一気に年老いたかのように感じられた。

「ご存知だったんですね、あなたは」

妻が急須で緑茶を注ぎながら、訊いてくる。

「知っていたわけではないよ」

「だってすぐに、拓弥くんって」

「まあ、ちょっと勘が働いたんだ。摩耶という妹のライブに、ゆきが行っていたようだったから。拓弥くんも一緒にね」

夫婦茶碗の片方を差し出しながら、妻は問う。

「ライブだなんて、ゆきは、私には何も話さず出かけていたんですね。どんな子なんですか、拓弥くんて?」

そう言って、妻は自分で言い直す。

「子っていう年ではないわよね。ゆきだって、もう大人なんだし」

妻の淹れるお茶が、いつもよりうんと濃い。

「まあ、僕らが会った頃と同じくらいかな」

藤城は濃いお茶に酔いがさめていくのを覚えながら、そう答えた。

妻と藤城は、大学の福祉サークルで出会った。妻のほうが明確に、将来は児童養護施設、または教護院で働きたいのだという意思を伝えてきた。キリスト者でもあり、遠軽の北海道家庭学校の教育に心酔していた。はじめは、藤城のほうが、妻に影響を受けた部分が大きい。自分に福祉が務まるはずがないとも思っていた。

逆に言えば妻は、そうした施設で育つ子どもたちの、退院後の厳しい道のりをよく知っていた。彼らがどう健気に立ち直ろうとしても、それを阻む社会の壁は厚く、乗り越えられずに心を折ってしまう子どもたちが少なくないことも。

「心配じゃないと言うのは、嘘になりますよね？」

妻に答えることができないのは、同じ気持ちだからだ。だが、どうしてそれを口にできよう。

「確かに拓弥くんは、退院後、少年院を出た。だけどそれからは真面目にやっているはずだよ」

共に暮らした子どもたちを、自分が信頼できなくて、誰がするというのだ。

藤城は、妻の目の不安気に揺れる光を見つめ、続けた。

「ゆきは、きっとまだ恋愛経験も少なくて、まっしぐらになってしまってるんじゃないかな？」

それだって、もしかしたら喜ばしいことのはずなのに、少年院という現実の重みが夫婦にのしかかってくる。藤城は今はじめて、彼らを採用してくれる自動車修理工場の人々の真の寛容を思い知った気がした。

「私は、あなたの心配だけしているわけにはいかなくなりましたね」

妻は、ため息を飲み込む。

藤城は二階の方を見上げる。今頃は、拓弥と通話しているのかもしれない。そんな二人に、摩耶は、どんな気持ちを抱いているのか、そのうち話せる機会はあるだろうか。

疲れが襲ってきたが、藤城はパソコンを立ちあげて、副院長から先ほど届いた、泉寮二名からの告発の内容に加筆された詳細に目を通した。彼らに対する、マインドコントロールとも思える度重なる手紙、シャンプー液を用いての性行為、どこで学んだものか男色の歴史を話して聞かせるのも、両方に対して同様だった。坂根にこうした行為が常習化している可能性は強かった。彼の不幸な成育歴と主訴を今一度思い浮かべた。「愛着障害」「無差別的な対人接近」というフレーズが迫ってきた。今度、どの児童養護施設が彼を受け入れるだろう。彼の心の闇を、誰が受け止められるというのか。

Maya

摩耶はコートを着込んで、公園でギターを弾いていた。もうじき仕上がりそうな曲があった。楽譜は書けないから、スマフォに録音しながら仕上げていく。

移った先の共同アパートでは、大きな音は出せないから、しばらくはこの近くの公園に出向いていたが、さすがに手がかじかむ季節になった。

赤いショールをまとった女が林檎(りんご)を差し出す
あなたは手を伸ばした
決して口にしてはいけないものを噛んでしまった

白い指が　ひとかけの林檎をつまむ
蜜もなく冷えきっていると感じるでしょ？
いつもの味に飽きてしまったのね
あなたは手を伸ばした
決して口にしてはいけないものを噛んでしまった

青く小ぶりな林檎は　口の中で喧嘩を売る
後味の悪さ　吐き出すべきなんだ

夜の林檎は毒　あなたは林檎に手を伸ばした
決して手を伸ばしてはいけないものを奪ってしまった

「暗いって」
と、独りごちると、

「いい唄だね。声もいいし。あ、急にごめんね」

そう言って近づいてきたのは、丸眼鏡の中年男で、手にリードを引いて、犬を連れている。

「よかったら、チューハイでも買ってくるけど、この後どう？」

摩耶は訝しく、見返す。公園の街灯が映し出す男の皮膚が脂ぎっている。

「それとも、お金払ったらOKしてくれるのかな。うち、すぐそこなんだけど」

そのまま殴りつけたくなる思いで握ったこぶしを開いた。

摩耶はもうわかっている。男なんて、みんなすけべ野郎ばっかじゃねえか。

こんなとき、自分はいつも拓弥にSOSの連絡をして頼っていたのだった。拓弥を呼び出して、助けてもらって、子どもの頃と同じようにその晩はそばにいてもらった。

けれど拓弥からは、自分はゆきと付き合い始めたと聞かされた。

冗談はやめてほしいと拓弥にくってかかった。ゆきは、温かい親の庇護のもとで育った白い世界の娘でしょう？　うちらのように、黒い世界に生きてはいないでしょう？　ましてや、ゆきはパパリンの娘だ。パパリンの気持ちを考えたら、そんなことできるはずがないよね？　と。

「邪魔すんじゃねえよ」

そう言い放つと、中年男は慌てて去っていき、無理やり引かれたリードに、犬は吠え立てた。

僕はずっと黒い世界で生きてきた

そんな新しいフレーズが、またふっと湧いた。

パパリン、拓弥がごめんね。うちはもう、パパリンにも会えんようになるんかな。

そのままかじかむ手で、ギターをつま弾く。

スマフォにメールが届いたのを見る。またゆきからだ。会って話したいという用件で何度も送られてきていたメールを、すべて無視してきた。

〈摩耶、認めてほしいんです。あなたたち兄妹までが会わなくなってしまったなんて、悲しすぎます。ずっと助け合ってきたはずなのに、そんなことはあってはなりません。一度会って話をさせて。あなたの本当の思いを知りたい。

ゆき〉

〈余計な御世話だよ〉と、書きかけたメールを摩耶は送らずに消してしまう。

白い世界と黒い世界
僕はずっと黒い世界で生きてきた
見なくていいものを見すぎて
知らなくていいことを知りすぎて

僕らは……


と、少し唄い出しながらゆきの文面を思い出した。

あってはなりません。なぜそんな風にまっすぐにゆきは言葉を伝えられるのか？　ゆきが嫌いなわけじゃない。だけど、なぜって思ってしまう。なぜわざわざ、ゆきまでが見なくていいものを見ようとするの？　見せたくなってしまうんだよ、ずっといると。それでいいの？

Yuki

会食の席、すべてが院内ではじめての取り組みだった。

日曜日の正午から、食堂の一角をパーテーションで仕切って特別に行われた小泉瓔子の食事会は、家族と病院と食堂が何度も慎重に話し合いを進めて行われた。

院内の食堂ではあるが、院長の計らいで、大人にはそれぞれわずかばかりだが、ビールや酒が振る舞われた。ご主人の乾杯で始まる。

少し離れた場所に、看護師と、特別にゆきも後ろについて、その場を見守らせてもらった。

窓の向こうには落ち葉が舞う季節になり、瓔子さんは車椅子に座ってはいるものの、自分で手にしたスプーンで茶碗蒸しや炊き込みご飯をゆっくり口に運んだ。

そのつど、一番小さい孫が手を叩く。皆が愉しげに笑う。

窓の外では、祝祭のように紅く色づいた葉が落ちてくる。

ゆっくり、ゆっくりと過ぎていく時間。

家族の話す思い出の中の璎子さんの姿に、ゆきも改めて驚かされる。いつも穏やかな璎子さんの内側にある情熱は、すべて何かを愛する形でその対象に向けられているみたいだ。孫たちとの水鉄砲遊びで、璎子さんは誰より一番強かった。そのとき、大好きなおばあちゃんに水をかけられ泣いたという男の子が、もう大学生になってバスケットボールで活躍している。璎子さんには好きなプロ野球チームがあり、応援するときにも真剣だった。ずっと変わらずに、本当なら縁もゆかりもない広島の球団を応援し続けていたので、いつしかご主人まで家でテレビを観ながら応援しているそうだ。一人になってしまった家の中で、璎子さんの代わりになって。

「お母さんったらね」

「おばあちゃんはさ」

皆の話す璎子さんが、ゆきにはスーパーマンだった。そして実は、ゆきにも見せてくれている情熱的な一面がある。

スマフォのイヤホン越しに聴いてもらった、DryIce の摩耶の唄。

七つの星が　煌めきを失う頃
湖面を蹴って飛び立つ鳥の群れから　取り残された哀れな一羽
失った翼　くちばしからこぼれる滴が悲しいよ
揺らめく波紋に押し戻されるあなた

この間、一番間近にあったリハビリの後に、改めて言われた。

「あなたのともだちのうた、だいすき」

瓔子さんは天才なのかもしれない。自分が本当に好きになるものを見つけて、その喜びを伝えてくれる天才だ。

和やかなうちに、会食は過ぎた。そこまでの大きな目標が達成された喜びがゆきにもあった。

日曜の病院は、外来がないのでとても静かだ。代わりに見舞いの人たちが、どこか深刻な顔をして、忙しなくエレベーターを乗り降りする。

ゆきは休みの日だったが、会食の席では制服に着替えたので、今ロッカールームでもう一度私服に着替える。病室の前を通ると、ご家族はすでに皆帰られた後のようだった。

「大成功でしたね」

ゆきは、病室の入り口から、ベッドに横たわった瓔子さんに声をかける。返事がないので、少し心配になって入室して近づく。

「一遍に、みんないなくなってしまうと、寂しいですよね」

すると、ゆきの腕に手が伸ばされた。拓弥から借りた、MA-1を着ている。

「あとは一つだけ」

驚いて見返すと、淡い色の目に強い光を宿してこう言った。

「よくばりなわたしのねがい、ドライ　アイス」

「聴きたいですよね」

こくりと瓔子さんは頷く。そして、ゆっくり口元を動かして話し始めた。

「あのうたはわたしのうた。けっこんするまではね、いろんなことがあったの。みんな、あのこたちだって知らないことなの」

夢の中で呟いているように一気に言い、

「だから、がんばる。わたしはつよいの」と、そのまま深く息を吐いた。

窓の外の枯葉が、風に舞い始めた。

摩耶に唄ってほしかったけれど、それは叶わないみたいだ。むしろ会ってもくれなくなってしまったのだから。

二時間ごとの見回りにきた看護師と入れ違いに病室の外に出ると、裏玄関では一番会いたくなかった顔に出会う。

「あれ、ゆきちゃん。まだいたんだね」

と、医師の小柳が言う。オペ着の上に紺のコートを羽織り、外に買い物に行っていたらしく、コンビニの袋を手に提げている。

「今日、あのおばあさんの家族の会食があったんでしょ？　あれ、俺のおかげだからね。ゆきちゃんが一所懸命看ている患者さんだったからさ」

と、自慢気に身を乗り出してくる小柳から一歩引き、

「素敵な一日でした。こういう機会、増やしていけたらいいですね」

「そう？」

ゆきの素直な様子に拍子抜けしたように、小柳は相槌を打つ。

「私たちは、患者さんから力をもらうんですね」

「まあ、いろんなときがあるけどね。こういうところではみんなが、毎日のように挑戦しているからね」

「そうですね、挑戦ですよね」

Maya

築三十年近くの二階建ての共同アパート。支援施設で空いていた二階の角部屋には、これまで何人が住んできたのだろう。砂壁にはたくさんの悪戯書きがある。爪や釘で引っ掻いた跡。〈夜露死苦〉とか、〈天上天下唯我独尊〉とか、書かずにいられなかった子たちの気持ちのそれも歴史だ。

たった今、ノートに書きつけた歌詞の欠片を摩耶は指先でなぞった。

学園にいた頃から使っている大学ノートは、No.8になった。

小声でなぞるように唄い終わり、

「できた、んじゃねえ」

と、呟くと、心にじわっと喜びが溢れてきた。その気持ちだけは、学園でもがいていた頃と変わらない。

白い世界と黒い世界
僕はずっと黒い世界で生きてきた

見なくていいものを見すぎて
知らなくていいことを知りすぎて
分からなくていい感情を持ちすぎて
黒い世界を彷徨った
暗い闇を彷徨った

僕の体は汚れて
心は曇っていった

あなたは広く広い海のようで
汚れた僕の体を洗い流してくれる
あなたは深く深い海のようで
曇った僕の心を磨いてくれる

窓の外に身を乗り出し手を伸ばすと、手のひらにのった、雪の欠片が解けていった。

その細くてごつごつした指が、母によく似てきたように感じた。いつもひんやりしていて、掃除や料理は苦手だったけど、自分の髪を巻いたり、女の子たちの髪の毛を結わえたり、編んだりするのは好きだったみたいだ。

記憶の中の母さえ、もう薄れていこうとしている。

摩耶は今、自分の手が温かいのに気づく。

思わず、床に置いてあったスマフォを取り上げると、画面を押していた。

コール音の間、自分の鼓動が聞こえた。

かちっという音の後に、大してうれしそうでもない、ぶっきらぼうな声が返ってきた。

「へえ、摩耶なん？　生きてんの、あんた」

がらがら声だった。電話をしたことを、後悔した。

「そこ、小樽？」

母は、苦笑したのか、

「あんたは、どこなんよ」

言えないよ、と心の中で返事をする。誰のせいだと思ってんの？　と、まだ恨み言をぶつけたくなるのを堪える。

「体は、大丈夫なの？」

電話の奥からは、もう夜中だというのにテレビの音が響いていた。養父の気配を無意識のうちに耳元で探っている。

「こっちは別に、生きてるわよ」

しばらく間があって母はそう言い、その後の短い沈黙にさえ耐えられないように続けた。

「たまには顔くらい出せへんもんなん？　あんたは」

別に優しい言葉を期待していたわけじゃない。ただ、普通の会話をしたかった。普通の家族なんて知らないくせに、摩耶はそう思った自分が滑稽に思えた。

どこまでも平行線だった。母はなんでも見ないふりをする。子どもたちが施設に入るのも、それぞれ勝手にグレたからだと、きっと言いたいのだろう。その部屋にいる男が、子どもたちを殴っても、夜中に手を出そうとしても、見ないふりをする。あんな恐怖を小さいうちにする子たちの気持ちがわからないはずはないのに、まだそんな生活を続けている。なんてかわいそうな人なんだろうと、今の摩耶は思う。

「じゃあ、切るね」

「何やったのよ、用事は？　そういうのな、親不孝っていうんやわ」

癇癪を起こしたような口調に変わった。

「うるさい、黙れ」

摩耶が電話口に向かって小さく叫ぶと、余計に重たい感情的な声が返ってきた。

「ちょっと、かけてきてなんなんよ」

「黙れっつってんだよ」

「なんなん、あんた。もうわかるやろ？　助けに来いよ。母ちゃん、大変なんよ。死ぬんやから」

「あ、どうした？」

「摩耶なんよ」

電話の向こうでコウモリが羽を広げる。

摩耶は慌てて、通話を切ろうとして、そのとき共同アパートの薄く開いたカーテンの隙間から、また降り落ち始めた雪が見えた。小樽の海辺にだって、こんな雪が降っているはずだった。

自分だって、何か優しいことを言いたかったのに。

「体、気ぃつけてな」

それで、通話を切ったのだ。


〈マヤ、みんなで店に残って飲んでるよ。ヘリウッズもいるから、どう？〉

スマフォに届いていたメールを開いてみると、Studio bフラットのダイさんからだ。ソロでギターを弾きながら唄うDryIceには限界があるからと、セッションを勧められている。ヘリウッズという男だけの四人編成のジャズバンドがあって、前から気になっていたアレックスというハーフのギタリストを、摩耶は今度紹介してもらうことになっていた。

〈行きたいけど、この雪じゃ自転車無理っす〉

摩耶は、返信する。

〈外は雪っすか？　了解〉

ダイさんはそう返してくれた。
摩耶は部屋の壁に、ピックでひと言、自分もこう書いた。

〈みんな、Yes〉

Yuki

久しぶりに二人で向き合う食卓に、母の得意のグラタンがじゅうじゅう音を立てて運ばれてきた。ゆきはこの頃、拓弥の家にいることのほうが多い。
「はい、タバスコも、かけるでしょ」
「冬なんだね、もう」
魚介類に鮭も入ったグラタンは、藤城家では寒くなると食卓に並ぶ皆の好物だ。いつか拓弥にも作ってあげたいなと思っていたら、母は見通しているように言う。

「そんなに難しくないわよ」

ゆきは素直に頷き、タバスコをたっぷりかける。

その辛さで余計に熱さを感じる。ホワイトソースをスプーンですくい、息を吹きかけながら食べる。

「教わってもこんな味は、出せないよ」

ホワイトソースの中から、ふっくらとしたホタテが顔を出す。いろいろ話したいのだが、母のほうがずっと言葉を捜しているようにも感じた。

「ちゃんと食べてる?」

母の目が透き通って、こちらを覗き込んでくる。

「何?」

母は黙っている。

「言いたいことがあるなら、言ってよ」

思わずぞんざいな言葉が口をついて出る。

「ちゃんと食べてるか、聞いただけでしょう?」

ゆきは「ごめん」と、小さな声で謝った。

「料理ができる人なの、拓弥さん」

母にも、というか母にはわかってほしいと思ってゆきは話し出した。

「お魚とかもさばいちゃうんだ」

「そう？」

どうしてすごいねって、言ってくれないの？

母のスプーンはちっとも進まない。

「病院はどう？」

本当は瓔子さんのことも話したかったのだ。瓔子さんが無事に家族との会食を迎えられて、DryIce の唄も聴いてくれたことを。

でも、話すのが面倒になってしまう。

代わりに黙って、グラタンを食べた。瓔子さんの表情のように、やはりこのグラタンも優しい味がした。

「お母さんは、お父さんのどこが好きだったの？」

「そんなこと、ゆきに訊かれたの、いつ以来かな」

「前にも訊いたっけ？」

「ずっと前ね」

母が少し戸惑っていた様子だったので、ゆきは思い出した。中学三年のあの事件のときに、男の人がみんな嫌いになった。父までが不潔に思えたときがあった。

そんな自分が今は拓弥と過ごす時間に、からだが溶けていくように思え、その時間に夢中になっているのが不思議に思えた。

「出会ってすぐのとき、二人とも学生だったときにね、坂道に停まっていた車が急に動き出したことがあったの。路上駐車だったんだけど、ブレーキが甘かったんじゃない？　それで、みんながあーあーってただ指差しているのに、お父さんは果敢に走っていって、そうしたら車のドアは開いていてね、飛び乗って、停めたのよ」

母の話をゆきはじっと聞いていた。

「でね、車の持ち主が慌ててやってきて、お父さんに謝るんだけど、ぜーんぜん、いいですよ。停まりましたからって言って、お礼もろくに聞こうともしなかった」

「お父さん、変わってないんだね」

母は水を飲んで、笑った。そのとき、きれいな笑顔だった。

「そういうところが好きっていうよりは、そのとき、この人にご飯を作りたいって私は思ったの。でね、作ってみたらお父さんは食いしん坊で、好きだったところはむしろそっちかな」

ゆきは皿に残っていた最後のグラタンを口に運んだ。

「ゆきは、拓弥くんという人のどこが好きなの？」

母にそう問われた。

「私にないものをみんな持っているみたいな気がした。拓弥さんみたいな優しさとか、私にはない」

「あなたも優しい子だとお母さんは思うけど」

それは、手をつないだとき、抱きしめられたときにわかる優しさなのだと、ゆきは思わず話したくなる。そのつかの間のつながりがどんなに大切なのかと、拓弥は言葉ではなく教えてくれる気がする。

「この間なんて、キャベツについていた青虫を逃がしてあげたんだよ」

「そう？　面白いわね」

本当は、拓弥との楽しい思い出なのだが、母に話を聞く気はなさそうだ。買ってきたキャベツにたくさん穴が空いていた。二人で青虫がどの穴にいるか箸を挿しては見つけ出した。見つけたのは、拓弥だった。彼は手のひらにのせると、窓から外に出してやったのだ。

「今度会って。それで、またこのグラタン作って」

「そうね」

母はそう言って、台所に立った。


冬から春へ。

心地よい風が緑を揺らし始める時期になった。ライブが予定されていた日のことだった。廊下に出ると、ナースルームからストレッチャーが運ばれていき心配になって見ていると、璎子さんの病室が騒がしくなった。

「どうしました？」

「うん、これからＣＴ」と、ナースが教えてくれる。

つまり発作が起きたのだ。

ＣＴから病室に戻った璎子さんの検査結果から、脳の中で血栓がふたたび飛んだことが確認される。点滴に新しい薬が加えられる。これまでずっとがんばっていた璎子さんには奇跡が起きて、このまま治るのではないかとゆきは信じかけていた。

璎子さんは意識はまだあるけれど、目が開かず言葉がおぼつかなくなっていた。すでに私服に着替えたゆきだったが、せめてご家族が到着するまではそばにいたいと思った。

「璎子さん、聞こえますか?」

「きこえます」

「そばにいますね、藤城です。ゆきですよ」

「ゆ・き」

ベッドの上で動くほうの手を少し上下させる。柔らかい手、優しく生きた人の手。ふっくらとして白くて、ゆきはそっと握らせてもらう。

三十分ほどすると、娘さんがやってきた。

廊下で医師から説明を受けて、目頭を押さえている。

医師も病室に入り、璎子さんにも聞こえるように伝える。

「今は脳のなかで圧が高まっていて目は開けない状態ですが、反応はしっかりありますからね。投薬もしていますし、この一週間をまず注意して診ていきましょう。あとはご本人の体力次第です」

医師はまるで、患者である璎子さん本人を励ますように明瞭にそう言う。

「お母さん、がんばろう。よかったね。お薬がきっと効くね」

ゆきはその場をご家族に代わり、立ち上がる。そのとき気のせいかもしれないが、璎子さんの口元が動いた気がした。

「ドライ　アイス」

たぶんそれは間違いなかった。昨日も話したばかりの約束なのだ。


ライブの会場へ駆けつけると、その日は最初の出番だったDryIceの唄はもう終わっていて、ヘリウッズという男四人のバンドが演奏していた。

摩耶は壁際に立って、ヘリウッズの演奏を目を輝かせて聴いていた。

最後のナンバーが終わると、摩耶はZIMAを二本買って、一本を戻ってきたバンドのハーフのメンバーに手渡していた。

「あのね、摩耶」

話しかけようとすると、やはりするりと身をかわされる。拓弥は今日は仕事でライブには来ていない。ゆきは先ほどの瓔子さんの姿を思い出して、必死に涙を堪える。

しばらくすると、「ハーイ、大丈夫？　僕はアレックス」と、握手の手を伸ばしてくれた。

仕方なさそうに、摩耶もそばにくる。ライブの後のライブハウスには、引き続きCDからの大音量の音楽が流れている。

「なんなん？　パパリンのお嬢」

「どうしても、無理かな。病院で演奏してもらうのは」

「まだ、そんなこと言うてんの」

「何、摩耶？」

アレックスに訊ねられて、摩耶は耳元で少し説明したみたいだ。

「日曜日のコンサートなんだって。無理だよ」

「もう日曜日じゃ間に合わないかもしれなくて。一曲だけでいいんだ。何度も何度も、聴きたいって言ってた。とっても素敵な患者さんなんだ」

するとアレックスが、思わぬことに言った。

「Ｗｈｙ　ｎｏｔ？　どうして行かないの？　摩耶」

アレックスは、ゆきに訊ねる。

「その人は何歳なの？」

ゆきの答えに、彼はZIMAを飲み干す。

「なぜおばあさんの最後の望みを聞かないの？　僕は、自分のおばあさんの枕元で演奏したよ。聴いてくれた。それですごくうれしそうに、手を握ってくれた。すごく強い力だったよ」

ゆきの目を、摩耶の切れ長の目が見つめていた。そんな風に顔を合わせたのも久しぶりだった。

摩耶がその人さし指で、ゆきの頬を拭ったから、泣いていたのだろう。

「泣くなよ、こんなところで」

「ごめんね」

「考えるから、今日はもう帰りなよ。行こう、アレックス」

摩耶はそう言って、アレックスとヘリウッズの輪の中へと紛れていった。

摩耶からメールが届いたのは、三日後の夜。ゆきが、仕事を終える時間だった。

〈おばあちゃんは、その後、どうしてる?〉

瓔子さんの病室には、日に何度か顔を出している。家族が入れ代わり立ち代わりで、看病をしているが、誰もいないようなときはゆきもそばに寄って、話しかけさせてもらう。

瓔子さんは、まだ目は開かないままで、話しかけても答えてくれないことが増えてきた。回復するなら三日目頃から少しずつよくなっていく。ここで回復できないと、あとは脳の中の圧がますます高くなっていく可能性が出てくる。

「痛みや苦しみがないように、万全を尽くします」

昨夜は、緩和ケアの医師が家族にそうした説明に入った。

その際看病に来ていた娘さんの一人が、少し苛立ちを見せて、廊下に医師のあとを追いかけた。

「治療を諦めたわけじゃないですから、私たちは」

「もちろんですよ、ただ治療中だからこそ、痛みや苦しみは取ってあげませんか? 私たちは、ご本人に聞こえているのは知っています。ご本人の前でお話ししています。安心してくださいと伝えています」

その際、医師は患者が見せるはずのサインも伝えた。

「もしも苦しくなったら、首をいやいやというふうに振ります。顔をしかめるのもサインです。でも今は、いずれもそうした様子は見られません。安定しています」

〈患者さんは、今も闘っています〉

そのやり取りを思い出し、ゆきがメールを書き送ると、摩耶からは思わぬ返信があった。

〈唄いに行ったら、聴いてもらえるチャンスはあるのかな?〉

ゆきは、静かな院内を見渡した。

〈唄いに行ったら……チャンスはあるのかな?〉

ゆきは、手の中のスマフォに届いた摩耶からのメッセージに見入った。指先まで熱くなったかのように身動きもできずにいると、数秒のうちに、ふたたび摩耶からのメッセージが着信になった。

〈夜になるけど、いい?　アレックスと行く〉

ゆきは、先だって緩和ケアの医師が、家族を説得するように話していた声を思い出した。「私たちは、ご本人に聞こえているのは知っています。ご本人の前でお話ししています」

医師は、ゆっくりとした口調ながらそう言い切っていた。

ゆきの頭の中では、緩和ケアの医師のたった一つの言葉だけが膨らんでいった。瓔子さんは、目をつむったままでも、「聞こえている」と、そう言ったのだ。

すでに、夜の十時を回っていた。私服に着替えたゆきは、病院の裏口で、摩耶を待った。三人分買い求めた温かいコーンポタージュの缶は、すでに冷たくなってしまった。

Pコートにギターを背負った摩耶は、アレックスのオートバイの背につかまってやってきた。二人は裏口に現れるなり、二人の独特のエネルギーが眩しくきらめくように感じられた。

ゆきが決めた演奏の場所は、病室の窓からいつも見えていた中庭になる、そのミズナラの樹の下だ。警備員の人に、「患者さんの特別な見舞いですから」と偽って裏口を通るとき、ゆきの体の中で、脈が速く打った。

「こっちなの。ついて来て」

夜の病院、一階の外来病棟は、限られた照明だけが灯り、とても静かだ。静かだが、絶えず誰かが忙しなく動いているから、ストレッチャーや、カートの音や、看護師たちの足音、それにエレベーターが停止を知らせるキン、という音ばかりが大きく響く。

もう一つの非常口から、三人は外に出た。

中庭のミズナラの樹が、月灯りの下で枯葉を舞い散らせていた。それは驚くほど美しく見えた。

「私は病室に戻って、窓を開けるから」

ゆきは、非常口からもう一度中へと入り、エレベーターに乗る。廊下では誰ともすれ違わなかった。瓔子さんの病室をそっと覗くと、今は誰も付き添いがなく、薄暗い照明の病室に、たった一人で寝ていた。窓からの月灯りが、瓔子さんの片方の頬を青白く照らしていた。

鼻からのチューブで、酸素が補われている。二度目に血栓が飛んですぐの頃は、話しかけると少し返事をし、握った手は握り返してくれたが、今はほとんど反応がない。

けれど、瓔子さんは懸命に上下に大きく胸を動かし全身で呼吸している。そして、聞いているのだと、医師は教えてくれた。今、周囲にある音を、もしかしたら水の中を泳ぐようにしながら、手繰り寄せているのかもしれない。

ゆきは扉を閉めると、窓を開けた。生緩かい夜気が流れ込む。外に「面会謝絶」の札を出して、内側から鍵をかけた。鼓動は、一段と速まった。自分がしていることは、医療行為を逸脱していることは明らかだった。

「瓔子さん、始めますよ、DryIceが唄いにきてくれました」

と、その枕元で伝えて、約束のサインだった窓からスマフォの光を灯した。

摩耶とアレックスは、芝の上に座っている。

はじめにアレックスがアコースティックの澄んだ音をつま弾き始めた。ピッキングの音までが静かに響き始める。摩耶はその音に耳を澄まし、自分のギターの音も重ね始めた。

朝靄のベールが　幕を開けた頃
優しい風が五線譜にのって　あなたにもわたしにも届くといいなぁ
あなたを誘う鳥たちの唄声　水面に揺れる白のレース
どれだけ　赦しを請わなければならないの
湖面を蹴って風に乗れ　すべてを解き放て　セバット・ソング
いつだって　あと少しで飛び立てるのに
誰も助けてはくれない
でも　あなたは粉雪に包まれている
決して消え去ることはない

『鳥たちのセバット』が二番に差し掛かる頃には、あちらこちらの病室で窓が開いたみたいだった。

アレックスのギターフレーズが、まるでピアノのように一音ずつメロディをたどり、摩耶はいつものようにリズムを刻む。二つのギターの音をくぐるように、摩耶のかすれた声が届く。

途中、外から扉を叩く音がしていたが、ゆきは瓔子さんの手を握ったまま、身動きができなかった。

つないだ先の手の温もりと、心の震えにゆきは身を任せていた。いつしか瓔子さんの目尻からも、涙がこぼれ出ていた。気づけば、ゆきの頬にも伝っている。ゆきはその手をきつく握る。どんなにつかの間でも大切なんだと教えてくれるつながり。

「聞こえましたか？　璎子さん」

ゆきは耳元に囁き、自分のハンカチで璎子さんの目尻の涙を拭う。

「DryIce、来てくれましたね。すごく素敵な唄でしたよね」

もう一度、璎子さんの手を握って、ゆきは語りかけた。

扉を叩く音はもっと大きくなった。

ゆきは、窓の外に向かってもう一度スマフォの光を返す。

「バイバイ」と言う後に、摩耶の笑い声が響き、アレックスは病室に向かって祈るように両手を合わせた。二人はミズナラの樹のところから姿を消した。

ゆきは内鍵を外し、扉の外へ向かって答える。

「今、開けますね」

「何事ですか？　どうしたの？　藤城さん」

カーディガンを羽織った夜勤のベテランの看護師が、病室の中を見つめ、開いた窓辺でカーテンが揺れているのを見る。

「外の騒ぎは、あなたですか？」

声が、震えて荒ぶっている。

「藤城さん、ちょっと外へ出てナースセンターまで来てください」

看護師は慌てて窓を閉じ、計器で瓔子さんの心音などを確認する。

そこから始まる話の想像をする前に、ゆきには、どんな覚悟もできていた。唄はきっと聞こえていた。瓔子さんの元へ届いていた。

ゆきの手に、まだ瓔子さんに強く握られた温もりが残っている。


翌日、朝のうちにカンファレンスルームで看護師長とリハビリセンター室長に囲まれた。

二人から交互に浴びるように向けられた言葉は、すべてが正しい。夜半に中庭で演奏することも、ましてやPTが病状が深刻な患者の部屋に私服で立ち入ることも、すべてが度を越しており医療行為に反する。

「わかっていますね？」

「はい」と、ゆきは返事をする。

「だったら、どうして？」

それに対する返事ができない。DryIceの唄を聴きたい、あとの叶っていない望みは「ドライアイス」――力を振り絞るようにリハビリを続けた瓔子さんが、そう言ったことを伝えても、誰が真に受けるだろうか。

いや、聴きたいと瓔子さんに言わせていたのは、もしかしたら自分なのかもしれない。優しい瓔子さんは、ゆきがそう言うと喜ぶだろうと、言ってくれただけだったろうか。

だけど、あの瞬間、瓔子さんと自分の手は確かに温もりでつながっていた。その手はかすかに動いていた。涙のこみ上げる瞬間までが、ゆきと同じだった。

「あなたのような真面目な人が、そのような人たちと付き合いがあるのも意外でしたしね」

看護師長がそう言ったとき、ゆきの中で強く弾ける思いがあった。

「すみません、そのような人たちって、どういうことですか？」

「鎖をじゃらじゃらさせた服で、手に刺青のある人だったとか言うじゃないですか。警備の人も責任を感じているんです」

リハビリセンター室長に向かって同意を請うかのように、看護師長が言う。瓔子さんだったら、そんなことを気にしただろうか。もし目が見えていたら、「そのような人たち」と言ったろうか。瓔子さんはそういうことを言う人ではなかった。以前DryIceの唄を聴いてくれたときに、それは「わたしのうた」だと言ったのだ。家族も知らない私の唄だ、と。

白髪のリハビリセンター室長が、ため息をひとつつく。

「私が言いたいのは、藤城さん、わかっていると思うけどね、リハビリセンターの人間が、ドクターやナースたちの医療行為の妨げになることをしてはいけないということですよ。あなたが私服で患者さんの病室へ行くのをこれまで見過ごしてくれていたのは、看護師長ですよ。そちらの患者さんが、あなたが行くと格別に喜ばれるからと言ってね。ただね、今回のことは度が過ぎますよね」

看護師長が、頷き続けた。

「一応、ご家族には今日ご報告をしますから。その時点で、あなたの病室への立ち入りは禁止になると思ってください。制服を着ている時間でも、ですよ」

ゆきは唇を噛み、目を閉じた。

「禁止？」

「そうです。訴えられても、おかしくない話ですよ。わかりますね」

そこからの看護師長の話を、ゆきはどれだけ聞けていたのだろう。

瓔子さんに会いにいけなくなる。もう、病室に立ち入ることもできない。不意に、瓔子さんがまだリハビリを続けていたときの笑顔や、優しい声、その温かい手や、昨夜の涙を思い出していた。

間違っているのははじめからわかっていた。だから、悔いはなかった。ただ、頭をさげた瞬間に、目の前が真っ暗になった。

「すみません、貧血です」

「確かに顔色が悪いですね。大丈夫？」

看護師長が、ゆきの背中をさすり、退出を許してくれた。トイレに駆け込むと、ゆきは緊張感に耐えられずに、嘔吐（おうと）した。

Fujishiro

駒ケ岳学院の窓から見える前庭に、一台の車が滑り込んでくる。また、新しい生徒がやってきたのだ。

児童福祉司と心理判定員に付き添われてやってきたのは、痩せた中学二年生だった。

彼は児童養護施設で度重なる暴言を吐き、また職員に対して暴力行為を働き、こちらに措置変更された。十四歳の平均よりは身長も低く体重も少ないだろう。幼い頃、母親共々彼は、父親からの容赦ない暴力に遭って育った。と、少年の十数年間にわたる痛みは事もなげにさらりと、そうやって児童票に記載されている。

母は、一人息子と共に逃げたが、息子は中学に上がる頃から暴れ始めた。家庭の中でも、暴れた。母にはその理由がわからず、児童相談所を頼るようになった。

院長室でのはじめての面会を、課長に任せてみる。

「どうしてここに来たのか、わかるね?」

その質問に、少年は間髪いれずに答える。

「僕が、暴力をしたからです」

「そうだ。ここへは、君の暴力をなくすために来たんだ。わかるね?」

少年の目が、ランランと輝き出したのを、藤城は、これは厄介なことになったと見ていた。大人たちから浴びせられた言葉に対して、すべて憎悪の塊となってそこにある。まるでそんなふうに見えた。

少年と課長のやり取りには、まるで抑揚がなかった。だから少年は何にでも即座に答えを返し、その目はますます輝き出すのだった。

藤城は、口を挟ませてもらうことにした。

「さっきから聞いていると、君は、生意気なガキにしか見えないね」

心の底からそう言った。そう見える彼が悲しかったからだ。「しかも、くそ生意気だ。おそらく、君が出会った大人たちは、皆そう思ったに違いないよ。そして君自身も、大人の吐いた言葉には、すべて腹が立ってここまで来たんだろうね」

「はい」と、彼はまた即座に、挑戦的に答えた。

「君が、はじめて叩かれたのは、何歳のときなんだろう」

「三歳か、五歳のときです」

これも、即答だった。藤城は、少しうなる。

「それは不思議だね。僕はもう五十歳を超えているけれど、三歳の記憶というのはまるでない。五歳の記憶も朧げなんだ。誰が、君を殴ったの？」

少年の目から、ランランと輝いていたはずの光が消えた。小柄な体から生気が消えうせ今にも崩れかけそうだ。

誰かが彼に、その記憶を紡がせてきたのだ。たぶん、母親だ。けれど彼はそれを言いたくはないのだ。

「お母さんの名前は？」

「さとみ」

「じゃあ、お父さんはわかる？」

「知らない」

そのひと言に、力がこもった。

藤城は不意に立ち上がって彼のそばに寄り、顔に向かって手を伸ばした。少年は一瞬にして身構えた。

それで、十分だった。近寄ったのは、その前髪に向かって手を伸ばそうとしただけだった。入所する前に母親と散髪に行ったと伝えられていたのに、前髪だけがふらふらと風にそよぐ薄（すすき）のようになっているので、ただ、触れようとしただけなのに、彼は大きく身を避けて、全身が固まった。藤城には、少年の内側にある恐怖が見えた。また一から、繰り返す。この少年と向き合う。一年、二年で何ができる？　でも、何かしなければ、この子の未来はどんどん狭まっていく。

「君がここへ来たのはね、暴力や暴言があったからではないんだ」

藤城が彼に言うと、課長や児童福祉司が大きく目を見開き、彼を見返す。だが、続けた。

「君は、ただ生活をするためにここに来たんだよ。前の施設でも、おうちでも生活ができなかった。だからこの学院に来た。希望して来たのではないのは十分承知しているよ。ただ、お母さんにがんばってくると約束したと聞いています。その約束を果たすために、君はここへ来たんです」

少年がかすかに頷いたように見えた。

学院内を案内させるために、彼を心理主査と一緒に退出させた。

藤城は、院長室に残った課長たちに自分の所見を伝えた。

「彼は、見境なく暴力をふるっているわけではないんです。私が立ち上がって近づいただけで、身構えた。攻撃されると判断し、防衛しようとしたんです。容赦ない父親からの暴力から母親と手を取り合って逃げたときに、彼は自らの感情を遮断してしまったのです。そして自身の身を守るために、感覚が過敏となっている。今は今夜無事に眠ることができるのかさえ不安なんだと思います。寮長、彼の生活課題はしばらくの間、緩めてあげてください」

寮長は少しため息を飲み込むように、

「わかりました」と、返事をした。

児童福祉司は腕を組んでうなり、半分ほどだけ納得したように言った。

「藤城さん、私はこれまで何人も学院に子どもを連れてきました。今回だって暴力をなくすためなんだとずっと伝えてきました。私自身も今の今までそう思ってきましたよ。違ったんですかね？」

それはセオリーだ。けれど、どんなセオリーがあの子たちを救うというのだろう。はじまりが、でたらめなのだから。

「福祉司がおっしゃることは、わかりますよ。だけど彼には、本来獲得すべき人間社会に対する基本的な信頼がありません。それを喪失していますす。我々はともに生活する立場ですから、まず子どもから信頼を勝ち取らなければなりません。一歩一歩です」

少年が、どれだけ暴力に怯えて育ったのか考えたらわかるじゃないか。怯えているから、身を守ろうと暴れる。そうとしかできなかったんだよな、と藤城は思う。暴力をやめろと一方的に言う前に、ここでは学んでほしいことがある。ここでは、君が安心して暮らせるように、皆が必死に力を尽くす。誰でも構わない。ここでよき相談相手と巡り会ってほしい、捜し出してほしいんだ、ただそれだけを覚えておいてほしいんだ、と。

面会が終わり、職員たちは三々五々院長室から出ていき、また静まり返った。

セオリー通りでやっていけば、勤勉な職員たちは皆安心するだろう。教科書があるのだから。だが、子どもたちが抱えた孤絶を溶かすのは、そんな甘くはない。ここでは誰もが一番ほしいのは、どれだけ望んでも手に入らない親の愛なのだ。

窓辺に、黒い影が横切った。

代田寮長だ。子どもたちへの虐待が発覚して以来、代田の職務軽減措置により、泉寮は休寮となった。彼は病気休職となり、そのまま敷地外転居を拒み、寮に居座り続けた。妻だけは、実家に戻ったようだ。

人が変わってしまったようだ。今もジャージ姿で腕を後ろに組んで、こともあろうにストローブ松の周囲をうろうろし始めた。落下した松ぼっくりを、長靴の足で蹴り上げている。もうじきこれを拾って手榴弾代わりにして、子どもたちと遊ぼうとしていたところだったのだが。

彼が運ぶ不穏な気配は如何ともしがたい。なぜそこまで捩(ねじ)れた気持ちになったのか、藤城にはここへやってくる子どもたちのようには、彼に対してはもはや理解を示すことはできない。逃げてはいけないのかもしれないが、藤城は窓から目を逸らした。

机に向かいパソコンに目をやると、摩耶から久しぶりにメールが届いていた。

〈パパリン、久しぶりにYou Tubeに新曲をあげたよ〉

パソコンの音のボリュームをあげて、リンクされていたYou Tubeに、つないでみる。

画面に向かっていると、摩耶はいつものように一人ではなく、黒人なのかハーフなのか、少年と二人でギターを持って画面に向かって手を振った。彼はその黒々とした目の輝きと、秀でた額の美しい顔立ちをしている。

ギター演奏が始まると、少年の腕は驚くほど確かで、摩耶の曲が急に重層的に感じられた。

その曲のタイトルは、『I'm happy to meet U』となっていた。

途中にこんな歌詞が現れた。摩耶はもう最後の、母親への思いを吐き出しているようにも見えた。

黒い世界を彷徨った
暗い闇を彷徨った

僕の体は汚れて
心は曇っていった

あなたは広く広い海のようで
汚れた僕の体を洗い流してくれる

あなたは深く深い海のようで
曇った僕の心を磨いてくれる

摩耶にメールを送る。彼女はスマフォで受信する。

〈摩耶、力をもらったよ。彼のギターも、最高だ。僕は負けたな〉

まるでパソコンのすぐ向こうで笑っているように、摩耶からもすぐに返信が届いた。

〈もち、パパリンに勝てる相手じゃないよ。アレックスっていうんだ。かっこいいっしょ〉

〈惚れたな？〉

〈こんなに、安心する相手ははじめてだよ〉

〈そうか〉

〈どんなに不適切に扱われたって、彼は怒らない。強いよ〉

摩耶の唄の中には、今日の少年の心も映されているはずだ。ここにいる子どもたちの心がすくい取られている。

藤城も、ギターで少しなぞってつま弾いてみる。

軍川学園へ来た頃の摩耶は、今日の少年よりもむしろ荒れていた。大人をすべてばかにしていただろう。その頃の気持ちまでも、摩耶が唄ってくれているようだった。

「ありがとう、摩耶」と呟き、しかし、アレックス君は本当にギターがうまいな、と藤城は苦笑した。今日、摩耶がくれた希望を、藤城もなぞるようにつま弾き始める。

# Ⅶ

Yuki and……

カフェテリアの窓の外に、雪がちらつき始めた。

白く舞う雪は、ゆきの視界をにじませる。先ほど病院の裏口から見送った人への思いが、溢れ出す。

正午を過ぎて、小泉瓔子の呼吸が浅くなっていったのを、ナースルームは、モニターに現れる数値で認め、家族に連絡をした。その後、緩和ケアの医師が、機械音を鳴らす計測の機器を取り外し静かに見送ることを勧めた。

ご家族に囲まれて、この病院で最後の闘病生活を送ったその患者さんは静かに旅立ったそうだ。同期の看護師が、そう教えてくれた。

ゆきは最後まで、病室に近づくことを許されなかった。

病院からご遺体となって搬送される際に、病院関係者は一緒に見送りをする。そのときだけ、列の一番後ろの場所から、黙礼をした。手のひらに、幾度もつながれた「瓔子さん」の手の温もりを思い出した。

弁当の包みを開けかけたが、もう一度目を閉じると、

「何？　ゆきちゃん、やっちゃったってね」

首からカードを下げた医師の小柳がやってきた。トレイで運んできたのは、そばだ。湯気の立つそばをすすりながら、こちらを覗き込むように言う。

返事をせずに黙っていると、

「あの患者さんは、最期まで苦しまずに逝かれましたよ。人間はさ、最期までその人らしいと思うことがあるよね」

小柳の言葉に、思わず胸打たれている自分に驚きながら、ゆきは頷く。

「ずっと、とても優しい患者さんでした。新人ＰＴの私なんかでよかったのかわかりませんが、会わせてもらえたことに今は感謝でいっぱいです」

「ちょっと、ここで泣かないでよ。職場だよ、ここは。それにさ、感謝でいっぱいとかも、正直ついていけないいね」

「あら、小柳先生。お久しぶりでーす」

声のほうへ顔をあげると、怜奈だった。ゆきを認めて、彼女はちょっと困ったように瞬きをして別の席のほうへと移っていく。小柳の言うように、ゆきは今、院内のちょっとした問題児で、減給二カ月、十分の一の懲戒処分が下された。何につけ病院運営第一主義の事務長は、こうつけ加えた。「君の将来を考えて、一週間ほど休暇を取ってはどうか」。事務長はやんわりと依願退職

の道を示したものだった。しかしゆきは、患者さんが自分に与えてくれたものを振り返ることができると単純に喜んだ。リハビリルームには通い、怜奈たちの仕事を見ながらノートだけは取っている。

「まあ、ほどほどにね。最初の患者さんを亡くしたときのショックというのは、ここにいる人たちならみんな、たぶん今も忘れていないよ」

「どうしてなんでしょう。今日は小柳先生の言葉がよく届きます」

そう言うとゆきは、ようやく弁当を広げた。小柳はすかさず身を乗り出して、箸を伸ばそうとして、

「あれ、今日のはなんだか、どれにも手が伸びないな」

ゆきは苦笑する。

少し焦げすぎた卵焼きを口に運ぶ。その横には、ソーセージとキャベツ炒め。味付けもケチャップだけで簡単だ。

「このお弁当は、自分で作ったので。今日は、彼氏の家から来たんです」

「なんだ、ゆきちゃんには、そういう人いるのか？　まさか、この院内の人」

ゆきは首を横に振ると、弁当を食べ始めた。顔をさげるとまた涙が溢れそうになった。だが、こんなときにも、自分は食べるのだなと思った。みんなもいろいろなことを経てここにいるのだな、と。

そばを食べ終えた小柳も、腕時計を確認すると、トレイを手に席を立つ。

雪はいつの間にかやんだようで、空から細い光が差し込み始めた。

ゆきは、その光を見つめている。


大通りにある病院の待合室で、二人並んで座っている。

拓弥はポケットの煙草を出しかけて、慌ててしまう。

二人の休みが揃うのを待ってやってきた。

今週に入り、母とリビングで向き合っていたときだった。

この頃また母が黙々と刺繍をしていたので、

「刺繍は、お母さんのお祈り代わりなの？」

と、訊いたのだ。

母は驚いたように眼鏡を置いて、針を布に刺したまま手を休めた。

「違うわよ。私は絵が描けないから、刺繍をするの。一針ずつ刺していけば、絵になるんだもの」

その答えに、なんだか救われたような気持ちになり、ゆきははじめて、先だって病院で自分が起こしたことを、母に話し始めたのだ。懲戒処分中であることも、ずっと話せずにいた。

「だから、明日もお弁当を作ってくれたりしないでいいよ」と伝えたのだ。

母が何か言いたかったようなので、遮るように、

「お母さん、紅茶淹れるね」

と、立ち上がりかけて、なぜかその瞬間にめまいがした。

胸を押さえた。

「レモンってあるかな、なんかずっと胸がむかむかして仕方ない」

母が首を傾げて、こちらを見つめた。瞳が揺れていた。

ゆきが首を傾げていると、母がこう切り出した。

「もしかしたら、あなた、妊娠しているんじゃない?」

考えてもみなかった言葉に呆然としていると、母の声は厳しい口調に変わった。

「ゆき、一度ちゃんと調べてみなさい」

「わかった」

母の言葉は、それで終わらなかった。そばへ寄って、代わりに紅茶を淹れてくれながら言った。

「あなたがもう自分は大人だと思うのなら、ゆき、なんでも自分で責任を持ちなさい。お父さんが一歩はみ出して見えるようなことはね、お父さんはいつも、ものすごく周到に準備しているの。あなたが病院でしたことは、お父さんにも話します。お母さんは行き過ぎてると思う。それに、無責任すぎるでしょ」

もうじき結果が知らされるはずだが、ゆきの中ではその思いはもう確信に近かった。母に言われるまで、まるで気づいていなかったというのに。

その晩のうちに、拓弥にはラインメールでそう伝えた。

既読のマークがすぐについて、そんなに長く返信がなかったのははじめてだった。病院には来てくれることになったものの、ここへ来てからも、拓弥は何も話さない。

「藤城さん。藤城ゆきさん、診察室一番にお入りください」

同時に立ち上がり、ゆきが先に進んだ。

「藤城ゆきさんですね」

医師は、椅子を勧め、顔をあげる。

「あなたは、ご主人？」

「いいえ」と、だけ拓弥は自分の前髪の中に気持ちを隠すように目線を落とした。

「そう」と、一瞬医師は二人を交互に見た。

「おめでたですよ。最後の生理から数えても、三カ月を過ぎたところじゃないでしょうか」

と、医師はゆきに笑顔を向け、モノクロームの画像を見せた。春先のダケカンバの新芽のような部分を指差す。

そのとき、不思議な気持ちがゆきの中に生じた。溢れ出したに近かった。思わず下腹部に手を置いて、そこにある命に祝福を覚えた。

診察室の外に出る。会計を済ませる。

札幌の中心部を東西一・五キロにわたって走る大通公園を、二人で歩き出す。病院のあった西一丁目から西三丁目までのブロックをどちらも無言のまま歩き、三丁目の信号で立ち止まったときに、拓弥が言った。

「どうしても、煙草が一本吸いたいんだ」

拓弥は言って、指を差した。

「わるい、あのベンチで待ってて」

信号が変わると、拓弥は早足で指差したベンチとは反対側にある喫煙所へと入っていった。

ベンチと喫煙所の間には、冬季で水の止まった噴水施設があり、ただ裸の噴水装置がぽつんと灰色の空に向かって立っていた。寂しい光景だった。

煙草を一本吸うのにどれだけかかるのか測ったことはないが、ずいぶん長く感じられた。体が少しずつ冷えていった。自分から迎えに行こうか。会いに行こうか。話しかけて、気持ちを訊こうか。水の止まった噴水の向こう側が、そんなに遠いはずもないのに、ゆきはただそのほうを見つめていた。

戻ってきた拓弥は、ゆきを見下ろし、「ごめん」と言った。無表情で、そのごめんの意味がわからなかった。

「一本だけじゃなくて、二本吸った」

ゆきは黙って頷く。手を伸ばして、冷えてしまった手をつないでもらう。その手に戸惑いを感じたのは、これまでで、はじめてだった。

けれどまた二人で歩き出すうちに、自然とつないだ手は温まっていった。大きな手、顔の表情よりもずっと心を伝えてくるように感じる。そう信じていいのなら、拓弥の手は今、ゆきを包み、温めようとしてくれている。

「ゆき?」

と呼びかけられた声が、また止まる。

「何?」と返事をしてみた。

「少し考えてみないか」

その声は囁くようだった。

灰色がかった空と、すでに葉を落とした寒々しい肌の街路樹が、立ち止まる二人を見下ろしていた。

「私は何も迷っていないよ」

拓弥はゆきの手を離すと、向き合った。

「迷えよ。親に迷ってももらえずに生まれてきたから、俺らみたいになるんだよ。俺らだけで決めていい話じゃないんだよ」

「なんてこと言うの?」

「俺ら、何度も思ったよ。なんで産んだんだって」

ゆきは拓弥の額に指を伸ばし、その目を覗いた。不安そうに揺れて見えた。

「いいよ、じゃ一緒に迷ってみよう。拓弥さんが気の済むまで、私も一緒に迷ってみるから」

そう言って拓弥に笑いかけると、こちらをじっと見つめていた表情が緩んでいった。

「だから言ったっしょ。俺なんかとじゃ、ゆきの人生がどんどんだめになってく」

再び手をつないで歩き出した拓弥が、独り言のようにぶつぶつとそう言っている。

大通公園の区画ごとの信号を東へと向かい、いくつも過ぎていき、テレビ塔の下までたどりついた。二人でその、空に突き刺さるように立ったテレビ塔を見上げた。

ゆきが立ち眩みかけて、また後ろに倒れそうになったときに、その背中を拓弥が支えてくれた。

「危ないよ。気をつけて、ゆき」

拓弥は今、二人分を心配してくれたんだとゆきは思う。

二人でベンチに腰掛けて、テレビ塔の腹巻きのような部分、デジタルの時刻の表示が変わっていくのを見ていた。

公園のどこかから飛んできた小さいボールを拓弥が拾い、一旦投げようとして、その子がまだヨチヨチ歩きの小さな男の子であるのを認めると、歩いて届けに行った。

ベンチに戻ってくると言った。

「よかった、俺、ボール投げるの下手だから」

「そうなんだ、意外だね」

両手を前に組み、鼻の上に皺を寄せて拓弥は頷く。

「子どもができたってわかったときに、拓弥さんたちのお母さんはやっぱりうれしかったんじゃないかな。幸せだと感じたんじゃないのかな」

ゆきは言う。

「その前に俺、先生に会いにいかなきゃ」

「大沼へ行く？　だったら、摩耶も誘えたらいいな」

ちょうど頭上を走った飛行機の雲を、二人で眺めた。それだってていつも当たり前にあったものなのに、やはり今日もことさら美しく、ゆきには見えた。

Fujishiro

体育館に墨の匂いが広がっている。

駒ケ岳学院では、各寮ごとのカレンダー制作がピークを迎えていた。どの寮も院生ひとりひとりがひと月分を担当し、シナベニヤ板に彫刻刀で十二カ月分を彫る。院生たちに彫刻を、昔ここで教えてくれたのも、地元の人たちだった。

各人がここで過ごす胸の内を詩のように綴って彫るのを信条とする寮もあれば、本格的な絵に挑戦する寮もある。駒ケ岳や、藤城たちとキャンプで釣った岩魚や、野球をする自分たちの絵が描かれることもある。

仕上がったカレンダーは、児童たちの保護者へ、また学院がお世話になってきた近隣の更生保護女性会の人々や分校などにも配られ、毎年好評を得てきた。

触法行為歴のある院生もいるので、彫刻刀を持たせるのを心配する保護者も出てくるが、手先を繊細に用いる時間は子どもたちを集中させる。中には天性の器用さを見せる生徒も現れる。

墨をすって、版画を静かに剥がしていく。一つ一つを覗き込みながら、藤城は、昨夜の妻久美子からの電話の静かな声を思い起こしていた。

「あなた、驚かれるとは思うんだけど」

そう言って伝えられたのは、ゆきの妊娠だった。

まだ二十一歳のゆきが、母になる。前の冬には、手袋を両手分見せて、どっちが自分が編んだと思うか？　などと無邪気に訊ねてきた娘だ。

電話口で妻には悪いが煙草を吸わせてもらい、気持ちを鎮めた。

「早いな」と、思わず呟いていた。

「早すぎます。自分でだって、まさか妊娠だなんて、と思っていたみたいなの」

その上で、ゆきが拓弥と連れ立って大沼へ挨拶に行きたいと言っている旨が伝えられたが、妻はいつになく冷静さを失い、

「とりあえず、ゆきに連絡してもらえませんか？　あの子の一生の問題ですから」

と、なかなか電話を切ろうとしなかった。

廊下の窓には、うっすら雪が張り付いている。

遠くに望む駒ケ岳の頂は今日は靄がかかって見えていない。

院長室に入る前に事務室へ寄って、ボードに書かれた三カ月分の月次ごとのスケジュールをもう一度確認する。本来なら、自分が札幌に帰ってもよいのだが、春まではぎっしり行事が続く。

情けないが、そうやって、現実と向き合うのを先延ばしにしようとしている。

院長室から、ゆきにメールを打った。

〈お母さんから聞きました。体調は大丈夫ですか？

拓弥くんと、こちらまで来てくれるとのこと。まずゆきの体調を優先させて、決めてください〉

ゆきからは、程なく返事があった。


〈お父さん、ありがとうございます。拓弥さんと話して、お返事します。

大沼では本当は一緒にお父さんの部屋に泊まりたいけど、そういうわけにはいかないと思うので、どうしたらよいか相談させてください。

セバットというところも、一度訪ねてみたいと思っていました。連れていってくれますか？

ゆき〉

摩耶の作った『鳥たちのセバット』が、ゆきと摩耶、拓弥を邂逅させた。ゆきのメールは、無邪気な子どものままだ。

〈セバットの案内は約束します。まず、日程を決めてください〉と、書き送った。

Fujishiro, Takuya, Yuki

空から降る雪がしだいに大地を覆いはじめた頃、拓弥とゆきは二人で札幌から函館本線の特急列車に乗った。

朝からの吹雪で、ホームにも雪が舞い込んでいる。

札幌駅に並ぶ幾つものホーム、5番線だ。スーパー北斗6号が、白い靄を吐き出しながらホームに入ってきた。先頭車だけが青く、暖かい色のライトがやけに光る。

「青い頭の芋虫みたいだね」

ゆきは、フード付きのベージュのコートを着て、その横でパーカの上にダウンジャケットを着た拓弥が、二人分のお茶と、駅で買った幕の内弁当を手に提げている。拓弥が窓側、ゆきは通路側に並んで座り、列車が動き出すと、揃って雪の吹き付ける曇った窓のほうを向いた。

一泊二日、大沼行き。

拓弥とゆきにとっては、はじめての旅行だった。

ゆきはどこか不思議な気持ちで、顎のとがった拓弥の横顔を見ていた。大沼は拓弥にとって、どんな場所なのだろう。大通公園で、父に会いに行くと決めてくれたときは、とてもうれしかった。

だが出発の日は、なかなか決まらなかった。一番の理由は、父の藤城がいつものようには、すぐに決めてくれなかったからだ。

母と父が夜半に電話越しに話し合う様子の深刻さにも気づいていた。

けれど、ゆきはもう母親として歩み始めていた。

返事が届いたのは、カレンダーが十二月に入ってから。

〈ゆきへ
予定を出すのが、だいぶ遅くなりました。言い訳になるかもしれないが、折からの豪雪で学院に続く送電線に濡れ雪が付着し電気設備に不具合が生じたらしく、復旧に少し時間がかかりました。

お母さんとは連絡を取っていますので、ゆきの体調がよいことには安心しています。宿のことですが、これはお母さんからの発案で、どこを取るかは二人に任せます。ゆきはもう大人になったのだから、自分で選ばせてあげてほしいとのことです。どこかで三人で食事をしよう。

どんなことも、体調を優先に決めてください。

追記　セバットには、ちょうど白鳥が飛来している。白鳥が飛び交う様子を、見せてあげられそうです〉

ゆきがはじめに弁当に手を伸ばす。蓋を開けて箸を割り、乾いたようなシャケの薄い切り身に口をつける。食欲は進まないが、食べ進める。

拓弥はその様子を少し眺め、また窓の外に目をやった。

途中、千歳を通る。線路沿いに、白い樹皮のダケカンバが立ち並ぶ光景が、吹雪の向こうにも見えてくる。

この線路を反対に進めば、拓弥たちの家族が住んでいた小樽に行き着く。母親の入退院に伴ない、下の子の梨紅たちをどうするかについては、児童相談所との何度かの話し合いが始まっている。岩内の児童養護施設に入所する可能性もあるそうだ。

「院長、なんておっしゃるかな」

拓弥が言い、

「お弁当、食べようよ」

そう言ってゆきは、拓弥の膝のうえにも一つ置く。

「次の停車駅は、南千歳、南千歳です。停車は、わずかの時間ですから、お弁当はお早めにお召し上がりください」

自動音声のアナウンスを真似た。今のゆきができる精一杯だ。

特急列車では、大沼公園駅までは約三時間半の道のりだ。南千歳からは一気に海沿いの苫小牧まで南下して、東室蘭(ひがしむろらん)、洞爺、長万部と海岸沿いの線路を進み、函館の手前、大沼公園駅へは、正午少し前に到着する予定だ。

「昔は小樽回りと言ってね、札幌から小樽を通って、ニセコの山のほうを回っていく急行もあったの。今もあるのかもしれないけど、それだとずいぶん時間がかかったんだって」

「はじめて学院に連れて行かれたときは、車だったな」

ぽつりと拓弥が言い、

「五時間くらいかかってさ。どこまで連れて行かれるんだろうなって思ったけど、まさか今日みたいな日がくるなんてさ」

と、拓弥が続けた。

ゆきも、自分があのとき大沼にいなければ、拓弥とのこんな出会いもなかったのだと、父の誕生日の日を思い出していた。はじめてYou Tube越しに聴いた摩耶の唄、『パパリンに贈る〝愛羅武勇〟』。

紙切れ一枚の書類見て
いかにも分かったかのような顔をして
みんなが口をそろえて言う「頑張っていこう」
そんな言葉が大っキライだった
簡単に言うけど何を頑張ればよかった?

あの歌詞。誕生日に何かを届けたくて、一気に書いたような歌詞。キモいって思ったはずなのに、摩耶に会いたくなって、ライブへ行って拓弥にも出会った、そのきっかけになった唄。

妊娠したという報告をしてからは、摩耶はすっかり呆れてしまったみたいだ。また音沙汰(おとさた)がない。

列車が通り過ぎていく駅の名を、拓弥は時々、子どものように声に出して読み上げている。千歳を過ぎると「美々」、これはビビ。苫小牧を過ぎると、白老(しらおい)、虎杖浜と続く。虎に杖と浜でコジョウハマと読むが、地名の由来は、アイヌの言葉だ。登別（のぼりべつ）を過ぎると、幌別（ほろべつ）、鷲別（わしべつ）と、別の字のつく駅が続く。東室蘭からはまた海岸線を北上して洞爺へと向かうが、そのまままっすぐ室蘭の岬へと向かうと、そこには「母恋」という駅名もある。ボコイと読むのは修学旅行でゆきは習った。ボコイは確か、ホッキ貝のアイヌ語の発音を当て字にしたはずだ。

　これまで駅名の一つ一つに何かを感じたことなどなかったけれど、今はそれぞれの土地の命が息づき点滅しているように、心に響く。

　長万部に到着、ほぼ三分の二が過ぎた。

　駅から積まれた駅弁が、客室乗務員によって運ばれてきた。

「かにめし。なんて読むんでしたっけ、ここの駅の名前」

　拓弥が素朴な木枠に入った、かにの絵の包み紙を見て、乗務員に訊ねる。

「おしゃまんべですよ」

「そうだ、まんべだ。俺、院長に土産で買ってこうかな」

　拓弥はそう言って、駒ケ岳学院の夏の自転車旅行のときに、ゆきの父が「まんべのかにめし」と言って、みんなにごちそうしたのだと話した。すでに最終日の帰路、昼食も終わっているのに、駅の近くにある小さな売店の外に出されたテーブルを囲んで食べたそうだ。

　激走を終えた皆の自転車が、あの売店のくすんだ壁沿いに一列に並んでいるところをゆきは想像する。一番小さい子があまりの美味しさに一気に頬張ってしまい、顔にいっぱい、毛がにのむき身をつけた。父がその頬をバンダナで拭いながら、「いいか、忘れるなよ。ここはまんべって言うんだ。いつかまたこれを食べたら、この旅のことを思い出すんだぞ。あんなに潰げたもんなって、きっと、くじけないでいられるぞ」と、父は押し付けがましく言ったそうだ。

「喜ぶよ、きっと」

拓弥は立って、客室乗務員を追いかけていく。

列車は八雲、森と進んでいく。

大沼公園までは、じきという頃になって、今日は朝からよく話していた拓弥が何も話さなくなった。蒼白な顔で、車窓ばかり眺めはじめた。

Fujishiro

大沼公園駅は、吹雪で視界も利かないほどだった。

駅に停めてあった車の窓を、ゆきと拓弥がノックする。

助手席の扉を開いて、ゆきが乗り込む。

今、ゆきの顔をまともに見られないのは、相手が拓弥だからと限ったわけではないはずだ。自分の愛おしい娘が、この男の子を宿し、もうじき母になろうとしている。どこにでもいる、つまらない親父の気持ちだと思いたいが、現実には妻との度重なる話し合いの中でも、日頃あんなに冷静な妻から責めたてられ続けていた。親なら娘を心配して当たり前ではないか。あなたのせいで、二人は出会ったというではないか。あなたがきちんと会って、少なくとも拓弥くんが本当に真剣なのか、見極めるべきではないのか？　あなたが拓弥くんをかばってそれを先延ばしにするのは、単に自分の仕事を肯定したいからではないのか。

いつものように一蹴できないのは、それがすべて図星だからだ。

理性では抑えきれない気持ちがいつしか湧き上がってきて、彼はこの日を現実として受け止めるのから逃げたいような気持ちでいた。

公宅の扉を開け、藤城が部屋のストーブをつける。

お茶を淹れていると、拓弥が一面、ベニア板張りの古い家屋の中を見回している。

「古い部屋でしょう？」

ゆきが拓弥に水を向けている。

「歴代の院長が、ここにいたんだ。下駄箱に蛇がいるぞ」

藤城は、なんとか余裕めいてそう言うと、拓弥が近づいてきて台所にかにめしを置く。

「懐かしかったので、土産に。まんべで買いました」

「そうか、明日の朝、いただくよ」と、礼をした。

「お父さん、午後も、仕事なの？」

と、ゆきから小声で問われる。藤城は平生(へいぜい)、超過勤務だ。午後を半日くらい休んだって構わないのだが、一旦は、学院の勤務に戻るつもりだった。

「ひとまず、戻るよ。済まないが、二人で休んでいてほしい。夜は炉端焼(ろばたや)きの店を頼んである。宿へも歩いて帰れる場所にしたから」

二人はインターネットで大沼湖畔にある、ビジネスホテルの部屋を取ったという。小さな宿だが、温泉がついているみたいだから、とゆきは書いてきた。

玄関先に立つ藤城の後に、拓弥が緊張した面持ちでやってきて言った。

「今日は、ありがとうございます」

振り返ると、かき分けた前髪の隙間から瞳がこちらを見据えていた。

「俺、何か手伝っていいですか？　雪かきとかならできます」

不意に、藤城の心が氷解した。拓弥がここにいた頃には、なんとかやり過ごそうとしているばかりの実科生だった。事故退院後に、少年院へも行ったのだ。楽ではない道を歩んできたはずだが、こんなまっすぐに語りかけてくるような、いい目をするようになったのだと思う。

ゆきが少し心配そうに、こちらを見ていた。

「そうかい」

藤城は今、院長に戻り、よくここへ帰ってきてくれたね、という思いに包まれる。

「寮長たちにも、会っていくかい？」

「いいんですか？」

拓弥は藤城の後について、外に出た。


夕方より、炉端焼き店のテーブルを囲んだ。

拓弥と藤城はビールで、ゆきはカルピスを頼み、三人で乾杯した。

席につくなり、いろいろ言いたいことはあったはずなのに、藤城は拓弥にこう言っていた。

「ありがとう」

驚いて見返す二人分の目がこちらを見ている。

「ゆきを、頼んだよ」

拓弥は驚いて何か言いたそうだったが、ゆきはその顔を見上げて無邪気に微笑んでいる。今この時間もきっと心配している妻には済まないが、短い間に急速に惹かれあったはずのそんな二人を、改めて自分は励ましたいと見つめていた。

「いや、本当は言いたかったことがいろいろあるぞ。昨日までは本当言うと、この辺をぐるぐる渦巻いている気持ちがあったが、拓弥くんの顔を見たら、みんな消えたよ」

運ばれてきたホッケの開きと一夜干しのイカ、ホッキ貝を、藤城が炭火に焼かれた網の上に載せていく。赤身の大沼牛や茹でたじゃがいもも、炭火に炙られていく。立ち上る煙のせいか、妙に涙がこぼれそうになる。

「雪かきもしてくれてさ。人間は汗をかいた分、たくさん食べるのが権利っつうもんだよな。ご褒美さ」

藤城が手の甲で鼻をすすりながら勧めると、拓弥は遠慮なく箸を伸ばし、時折ゆきの皿にも載せてやっている。

「寮長たちにも、会えたかい?」

「はい、驚いていました。……あの、土管風呂も見せてもらいました。それに、野球のトロフィーも自慢されました。俺らが出たあとに強くなったって」

大人一人がすっぽり入ることのできる土管風呂は、廃棄した油タンクを加工したものだ。先日来、電気設備が壊れてしまったときに、寮舎からホースで水を流し込み、皆で薪を割って焚き上げ、湯を沸かした風呂だ。藤城が試しに発案してみると、ベテラン寮長が待ってましたとばかりに金工室から引っ張り出してきた。新月の仄暗さの下で、子どもたちの体から放たれる真っ白な湯気が、深い森のベールに包まれて揺れていた。厳冬の中で、子どもたちは、はしゃいで雪玉をぶつけ合う。皆、満面の笑みを浮かべて順繰りに湯に浸かった。

全国の五十八ある児童自立支援施設は、全日本少年野球大会優勝を目指すのだ。駒ケ岳学院の子どもたちも、東北・北海道地区大会の優勝、準優勝となれば、全国大会で海を渡れることになる。学院に来る前は野球経験のない子どもたちだって、ここでは白球を追いはじめる。その彼が、全国大会に駒を進めるようになったのも最近だ。駒ケ岳学院では、そんな旅費も税金が用いられる。他の施設では、旅費の工面に四苦八苦していると聞いている。何十年も続いているこの大会を取りやめてはどうかという声さえあるが、北海道という土地からは、なぜだか一度もそんな声があがったことがない。むしろ、道本庁あげて、北の子どもよ、存分に戦ってこい、という機運さえある。子どもたちには幸せになる権利がある。藤城は、どこへ出かけても公然と、自分はこの子たちを手放しで「めんこい」と思い、職員には親ならしてやりたいと思うことをしようと話してきた。

そして今、本当に拓弥が自分を彼の親にしてくれようとしているのだ。ありがとうと、もう一度言いたかった。

「院長先生、籍のことだけは、どうしたらいいかわかりません。うちの籍はだめです」

「どうしてだ」

拓弥と摩耶の戸籍は、あの養父に名を連ねていることは知っている。母親の体調もよくないようだ。将来、借金の問題などが出てきたときに、それを二人はかぶることになるかもしれないと思っているようだ。藤城は言う。「仮にお父さんが亡くなったりしたら、財産放棄したらいいよ。即座にね。だから、心配しなくていいんだ。それより、妹たちのことが気になっているだろうね。何か心配事があったら、すぐに連絡をくれるかい？　僕も児相と連絡を取っておきます」

確かに問題は山積だと思う。同時に、幸せをつかもうとしている子どもにこうして不安を抱かせるような親に改めて憤りを禁じ得なかった。それが藤城家にとっても親族となるのだ。拓弥は、青白く燃え上がる炭火をじっと見つめていた。

窓の外の雪はしだいに激しくなり、今日は一晩中雪が降っているようだ。店の窓の桟にも雪が積もり始めている。

「寮長からも聞いたかもしれないけどね、ここもね、こうやって寮長寮母が住み込む小舎夫婦制は、じきに終わるんだよ」

「どうしてですか？」

「聞かなかったかい？　まあ、単純に言えばなり手がいなくなったんだ。全国でも、一つ二つと減っていって、五十八の施設のうち、今は十八しか残っていない。最後になってもここはやり抜きたいんだけどね」

「訊いていいですか？　院長先生は、なぜそんなにがんばれるんですか？」

「それは、」

と、すぐに言って藤城は首を傾げ、少し考えた。

「君や摩耶みたいに、ここを出て自分の足でしっかり生きてくれる子たちがいるからだよ」

自分はきれいごとを言っているつもりではなかった。だから、やはり拓弥を認めたかった。

ゆきが拓弥の腕に手をかける。

Yuki, Takuya, Maya

部屋には、ベッドが少しきつきつに二つ並んでいる。それぞれに、織り柄のある緑色のベッドカバーがかかっていて、天井からはスイッチの紐の伸びた、丸い照明がぶら下がって、船の中のように明かりを揺らしている。

「部屋、狭かったね」

拓弥は、首を横に振る。

「十分でしょう？」

「温泉、入ろうか。体、冷えたよね」

先ほど、宿の前まで歩いて送ってくれた父が帰っていく後ろ姿を、拓弥とゆきは玄関口に立ってずっと見送っていた。吹雪の中を、大沼公園駅の賑わいから逆のほうへ、雪で埋もれた湖畔のほうへと向かって歩いていく父の後ろ姿が見えなくなっても、拓弥はゆきの手を握って立ち尽くしていた。

宿の二階の部屋の名前は、〈じゅんさい沼〉だ。大沼、小沼、じゅんさい沼と点在する湖の名前の一つ。

拓弥はベッドに腰かけると、言葉ではなく右腕を伸ばす。

並んで座ると、拓弥がゆきの肩を抱き寄せた。

窓辺に置かれた翼を広げたような形の時計には、「贈呈　田村商店」と書かれているが、その名前を刻印したパネルが外れかけている。そういえば先ほど、そんな名前の店の前を通ったような覚えがある。時刻が合っているのなら、時計の針は、もうじき十時を指す。

「温泉、あと少しで閉まっちゃうみたいだけど」

そう言ってみたが、拓弥はもう一度ゆきの肩を引き寄せた。

「藤城院長みたいな人が、本当にいるんだな」

ゆきも、ここへ来るまで、拓弥に対する父の思いをはかりかねていた。「ゆきを、頼んだよ」と言ってくれたときに、ゆきは父が本当に掛け値なしに拓弥を見てくれているのを心から信じることができた。

拓弥に対しては、日頃からあらゆる偏見がぶつけられる。先日も、勤め先の自動車修理工場で盗難事件があったときに、警察から真っ先に疑われたのは拓弥だったという。すぐに防犯カメラに犯人が写っていたのがわかったが、それですらも、犯人を手引きしている可能性がないか両者の関係性が探られた、と拓弥はもう慣れっこのようにゆきに話した。

拓弥は急にベッドから立ち上がり、置き時計の前の椅子に座った。ポケットから取り出した工具で、ネジを回している。

「俺らがあんな人に出会えるなんて奇跡なんだよな。だから、ゆきにはわからないと思うけど、本当言うと、今、不安で仕方がない」

ゆきはなんと言っていいのかわからず、窓の外を覗く。拓弥は顔もあげずに、工具を用いて外れたパネルのネジを回している。

「私、やっぱり温泉へ行ってくるね。吹雪、明日はやむといいね」

ゆきが地下にある岩風呂の温泉から浴衣を着て戻ってくると、拓弥は窓辺に足を投げ出して座っていた。下の自動販売機から買ってきたようで、ビールのロング缶をそのまま飲んでいた。外で降り続ける雪が、今の二人を丸ごと包んでくれているようだった。

「隣に来て」

拓弥は、窓を伝う水滴にその細い指を伸ばして暗闇の向こうを見つめながら、うんと頷く。パネルのきちっと埋まった時計が、窓際にまっすぐに置かれている。翼を広げた鳥のような時計が、昔ながらの大きな音を立てて時を刻んでいる。

Fujishiro, Yuki, Takuya, and Maya

「おうい、起きてるか？　セバット日和(びより)だぞ」

翌朝は、嘘のように雪はやんだ。澄み切って、どこまでも吸い込まれていきそうな深い青の空が頭上には広がっていた。

ゆきが青空に向かって窓を外に開くと、道の反対側で、ダウンジャケットに紺色のニット帽をかぶった藤城が車の外に出て、手を振っている。

「お父さん、早い」

「ここのラウンジでコーヒーを飲んでいるから、二人ともゆっくり降りておいで」

「わかった」

ゆきが父にそう返事をすると、父は雪玉を握ってこちらめがけて投げてきた。窓のすぐ下まで飛んできて、雪玉は大きな弧を描いて下降する。

二人は身支度を済ませると、拓弥が先に慌てて階下へ降りていった。

ゆきも降りていき、そこで父の横にいたボブカットのその人に驚いた。ショートパンツにタイツ、もこもこした厚手のセーターを着ている。耳から下がったピアスが朝日に輝いている。

「急遽、改めて摩耶を誘った」

藤城が、摩耶に頭を下げた。

「君らが一緒になるなら、まず了解を得るべき相手だからね」

摩耶は昨日昼過ぎに札幌を出て、都市間バスでこの町までやって来た。バス停まで摩耶を迎えに出たのは、軍川学園の当時のひばり寮の寮母の早苗だった。寮に着くと、懐かしい用務のおじさんまでがまだ在職しており、窓辺のストーブには見覚えのあるやかんが蒸気をあげていた。大沼まで呼び出されて、もう一度寮に泊まるなんて気は摩耶にはさらさらなかったのに、それは藤城流の歓迎だった。小舎夫婦制はもうじき終わる。

たどり着いた摩耶を、寮の子どもたちがストーブの前で車座になって待っていた。

それぞれ心にも体にも傷をもった子どもたちの前で歌ってくれるように、藤城のギターが置いてあり、摩耶は新しい曲の『I'm happy to meet U』を弾き語りした。

寮に必ず一つ設置されている個室は、本来は周囲とすぐに馴染めない子や、問題行動を起こした子の眠る部屋だ。そこで早苗が運んできてくれたビスケットと紅茶で、さらにエプロンの胸に隠してもってきてくれたウィスキーを注いでおしゃべりした。

摩耶はなかなか寝付けなかった。窓ガラスから降りやまぬ雪の影をぼんやり見つめていた。

昔はわからなかった。

ここが、翼を広げたように立つ寮が、自分たちにくれていたのは屋根だったんだ。塀でも牢屋でもなかった。ただ、屋根を広げて、雨や風や自分たちに襲いかかってくる強風から守ってくれていたんだ、と摩耶は思ったのだ。

「バス代は、ニンちゃんのツケだよ」

久しぶりに会うはずの兄に、摩耶はそう言って手のひらを見せた。

湖畔を沿うように、四輪駆動の車は進んでいく。

樹木を覆っていた雪が、青い風を受けてきらきらと舞い始める。

助手席が摩耶で、拓弥とゆきは後ろに座った。

やがて、見晴台のような場所に車が停まった。

「白鳥を驚ろかせないように、そっと、降りるんだぞ」と、後部シートを振り向きながら、父が言う。

だが、かちりと扉が開いた音に、一斉に羽音が舞う。

完全に結氷した湖で、そこだけ暖かい水が湧き出し氷が緩んだ場所。白鳥は飛び立つが、風に乗ってきらめく雪片とただ戯れているようだ。

水辺に残った鳥たちは、互いに羽を広げ、くちばしから冷たい雫をこぼす。銀色の輝き。

楽園？　ゆきは思う。

ここが、摩耶の唄ったセバット。

拓弥と摩耶が水辺まで降りていき、久しぶりに再会した兄と妹は何か短く言葉を交わしている。

父は、車の後部ドアを開けてゆきを座らせ、積んであったチェックの毛布を膝にかけてくれる。

「寒くないかい？」

「大丈夫です」

父の娘であった時間は、もうじき終わろうとしている。

やがて、摩耶と拓弥が子どものように笑い声をあげた。

「ここに来たのは、パパリンとの秘密だったんだよ」

摩耶は拓弥に言っている。

朝靄のベールが　幕を開けた頃
優しい風が五線譜にのって　あなたにもわたしにも届くといいなあ
あなたを誘う鳥たちの唄声　水面に揺れる白のレース
どれだけ　赦しを請わなければならないの
湖面を蹴って風に乗れ　すべてを解き放て　セバット・ソング
いつだって　あと少しで飛び立てるのに
誰も助けてはくれない
でも　あなたは粉雪に包まれている
決して消え去ることはない

湖沼を見下ろし　空が晴れ渡る頃
私は何物にも怯えない　あの時に引き戻す影から逃れるの
誰も追いつくことはできない　途切れることのない強いビート
こんなに嬉しいのに　声が出ない私
彼の地に向かって　私とあなたの唄　セバット・ソング
いつだって　あと少しで飛び立てるのに
誰も助けてはくれない

でも　あなたは粉雪に包まれている
もう　そこで　いいんだよ

『鳥たちのセバット』の、二番、三番の歌詞はそう続く。

車まで戻ってきた摩耶が、ゆきに話したのは、父と摩耶の二人だけが知っていた話だったみたいだ。


摩耶の退園が決まって札幌へ戻る日、藤城遼平は、児童相談所の職員に一つだけ無理を承知で頼みごとをした。札幌まではゆうに五時間を超える。道中食べてくれるように大沼だんごやお茶を渡しながら、

「セバットを回って向かってくれませんか」

年若い児童福祉司は、快く「わかりました」と言った。

「いいか、摩耶、セバットに差し掛かる踏切を越えたら、左手の大きな松を見るんだ」

摩耶にはそうとだけ伝えておいた。

「なんだよ、それ」

摩耶にははじめ意味がわからなかった。

ただ湖に近づくと、あの研修旅行の朝、白鳥たちが一斉に深くて蒼い空に吸い込まれていったのも、こんな日だったなと感じていた。そして不意に心細くなった。自分は今、ここからどこへ

向かっているのだろう、と。

松の木が見えてきた。その傍らに、小沼に向かって悠然と藤城が立っていた。

「めんどくせぇ、園長じゃん」と、摩耶が言うと、ルームミラーに映る児童福祉司の目が笑っていたのだ。


拓弥は今、拾ってきた氷を手に、光を透かして見ていた。やがてポケットの工具で、こんこん、こんこんと氷を削っている。

「今日は白鳥もいてさ、使えるな、パパリン」

「抜かりなく、予約した」

父は笑って小さな声で唄い始め、摩耶も声を合わせる。

セバットで唄う、二人のセバット・ソング。二人にしかない結びつきを、ゆきはじっと見つめる。

白鳥たちがラッパのような高い音を交わし合って飛び立ち、湖には水の波紋が幾重にも広がった。

拓弥は氷で、尾の太いリスを三つも彫っていた。その松の樹の根方や枝の分岐の場所や、枝の上にそれぞれリスを並べた。

三つのリスの輝きと、三人がピースサインを出す写真を、藤城は一眼レフで撮った。

## Ⅷ

　空室になった寮に居座っている代田が約束もなく院長室に入ってきたのは、そんな佳き日の午後だった。

　ソファには拓弥や摩耶、ゆきも元寮長たちに囲まれて座っていた。

　院長室の扉が静かにノックされた。

「どうぞ」

　藤城はそう言って、自ら立ち上がるとノブに手をかけ、戸を開けた。

　部屋の中のストーブの上で、やかんが湯気をあげ窓を曇らせている。暖かな部屋には、つい今し方まで笑い声が溢れていたはずだった。

　朝靄の立ち込めるセバットでの時間から戻った藤城は、職員たちに退院生である拓弥と摩耶の兄妹を、そして娘のゆきを改めて紹介した。

　ゆきと拓弥が結婚する旨を、今朝知らせると、職員たちは天井から色紙で作った飾りを下げ、墨字で「おめでとう」と書いた模造紙を貼ってくれてあった。

　拓弥とゆき、そして摩耶はちょっと気恥ずかしそうにソファに並んで座り、他には拓弥のいた寮の寮長寮母、課長が穏やかな表情で座っていた。

摩耶とゆきは、藤城から手渡されたスクラップ・ブックのページを開いていた。園生だった当時、摩耶が書き送った手紙は藤城がすべてスクラップしてある。大抵は、学園への不満が書き連ねられている手紙だが、藤城は殴り書きのようなそんな手紙すら大切に取ってある。

亡くなった中本はるかからの手紙もある。小さくて、か弱い文字には、入所したばかりの不安だった気持ちと、卒園のときに改めて感じる不安、そして藤城への感謝が書かれてあった。

その手紙の他に、スクラップ・ブックの最後のページには、藤城自身が高校生のときに書いた手書きの手紙のコピーも一緒に閉じられてあった。どこか乱暴に書き殴ったような文字だ。

その一葉を藤城は拓弥に見せた。

〈僕の今までの考えは間違っていました。今ごろ言ってもおそいですが、この事件を通じてわかりました。高二になって、自分でも日に日に変わってゆくのがわかりました。単車に興味をもったり、パーマをかけたり、でもそれが悪い事であると、その時自分では思ってもみませんでした。ただ誰でも通る道なんだと思いました。

無免許でバイクにのり、パトカーに追われて補導されました。母が僕を引き取りに来てくれました。仕事を終えて帰宅した父に打ち明けると、いきなり殴られました。

僕はとってもうれしかった。いろいろ話したあと、「お前のやったことは、お父さんがちゃんと責任をとってやる。それが親子だから、もう泣くな」と言われました。

この時はじめて、本当の親の気持ちがわかりました。

うれしいよりも悲しかった。

自分は間違った行為をした、それを弁解する余地はありません。先生方の指示にしたがいます。


〈藤城遼平〉


藤城が、この世界に入るきっかけになった手紙。生まれ育った釧路（くしろ）の街でバイクを盗み、釧路駅から北大通を抜け、幣舞橋（ぬさまいばし）を越えたロータリーで、二尻（二人乗り）の後ろが飛んだ。少年院は免れないと思っていた。当時の家庭裁判所の調査官が、藤城に書かせたその手紙を読んで、熟と検討してくれた。「審判不開始」、それが藤城遼平に下された申し渡しだった。藤城はそのとき深く頭を垂れた父の横顔を忘れることができない。もしも処分が違っていたら、自分の人生は過酷なものになっていたはずだった。調査官から渡された一枚の文書。常日頃、それを忘れないようにしている。だから、自分が書いたこの手紙は、スクラップしてある。それを今彼らにはじめて見せたのは、これからは息子になる拓弥に読んでほしいと感じたからに他ならなかった。

父親に殴られてうれしいというその部分は、たとえ当時の本音であっても、現代の教育の場の価値観では受け入れられるものではない。拓弥も摩耶も、鼻白む部分かもしれないと考えたが、彼らは黙って読んでいた。感想を言う代わりのように、拓弥は立ち上がって壁にかけてあった写真に見入った。

「もしかして、これが釧路ですか？」

「いつもは霧がちだけど、夕陽のきれいなところだよ」

オレンジ色に染まった一面の空に、幣舞橋がシルエットになって見える。その向こうに、大きな夕陽が沈むことなどないように浮かんで見える写真だ。

「ぬさまいばし」と、拓弥はその橋の名を諳じる。

静かなノックと共にドアが開かれるなり、妙に浮ついた声で、

「院長、ちょっといいですかね？　そろそろかと思ってね。今日は、どうしても聞いてもらいたいんですがね」

黒のジャージ姿の、元寮長の代田が立っていた。頭はリーゼント風で、肩からトートバッグが下がっている。

眉間に皺を寄せ、室内を見渡している。

「代田くん、悪いが今、見ての通り来客中でね」

「来客ね？　うん、お前の顔に見覚えがあるぞ。退院生だろう？　それに院長の娘さんまでお揃いで。これは一体、どういうことかな？」

そう言って代田は、にやりと嫌味な笑みを浮かべる。

「相談事なら、後で必ず聞きますよ。それとも、今すぐじゃなくてはいけない話ですか？」

藤城の問いかけに、代田は返事もしないで、室内に一歩足を踏み入れた。

代田は、藤城が着任する以前からの、駒ケ岳学院の職員である。当時、寮を担当していた寮母

が脳梗塞で倒れ、夫婦寮に欠員が生じたのだ。先代の院長は後釜がいれば誰でも構わない程度の認識しかなく、知人を頼って捜した。代田が勤務していた茨城の児童自立支援施設は交代制だった。小舎夫婦制の駒ヶ岳学院で寮担当をしたいと、面接では熱く語り、前職場からは惜しまれてやって来た割愛人事で駒ヶ岳学院の寮担当になったと聞いている。着任時、自分は請われて来た人間だ。時代に取り残された北海道の福祉は俺が変えると言い放った逸話は語り草になっている。

藤城の目にも、代田の生徒たちへの指導は熱心極まりなかった。しかし、そこには明らかに行き過ぎがあったのだ。思えば、体罰以前の問題だった。寮の日課は力のある年季が入った寮生に任せ、支障が出ると連帯責任を課した。「支配と服従」の関係がそこにあった。殺伐とした寮生活から、やがて寮長に対する猛烈な反抗が始まる。学院全体で、音楽の発表会や野球大会などの行事に臨むにおいても、彼らの一寮にだけ、張り詰めたような緊張感が漂い、それは藤城が目指す学院の指導方針とは大きく異なるものだった。

藤城は、児童自立支援施設がなすべきは、「教護」であると繰り返し唱え続けた。非行事実だけに目を向けて指導の対象としてしまえば職員は「調教師」に過ぎないと説明してきた。家庭では得ることのできなかった心の安らぎを、周囲を取り巻く自然環境とともに浸透させていく。育てるべくは、彼らの自立心なのだ。毎日の日課を細かく取り決めることだって、本来なら省いていきたいと藤城は考えてきた。

是正を促すよう代田との話し合いを重ねたが、彼は聞く耳をもたず、言うことを聞かない寮生には恫喝紛いの声を張り上げるようになっていた。

福祉の世界では、いつも人材が足りない。熱い思いをもって職員として働いてくれる人間は、喉から手が出るほどほしい宝だ。しかし、代田はどう捉え直してみても、常軌を逸脱していた。そして、事件は起きた。代田は寮生に手をあげ、告発される。

その後も代田とは面接を繰り返したが、彼自身が強権な父親から殴られながら育ったことも、やがてわかってきた。代田はそこに、父親からの歪んだなりの愛情を感じ、子育てには暴力肯定もやむなしと表明しているのも厄介だった。藤城もたった一度だが、父親に殴られたときに、「うれしかった」と、自ら手紙に書いているように、理屈を超えた感受性を人間は抱えている。それはわかっている。けれど、ここへやってくる子どもたちに、その感受性を押し付けるのは、間違いなのだ。親や祖父から、骨が折れるほど殴られてやってきた子もいる。母を殴る父を、物心ついたときから歯を食いしばって見つめてきた子たちもいる。ここでなすべきは、力で押さえつけ管理する教育ではない。この大きな自然とともに彼らにまとわりついた得体の知れない苦しみを少しでも引き剥がしていってやることだ。

代田を寮担当から外したのは、藤城である。

道本庁に頼んで他の職務への異動を検討してもらったものの彼はそれを固辞した。寮担当を外れたときに、代田の妻はその機を待っていたように北海道を離れ、後に正式に離婚している。道本庁やマスメディアに藤城への苦言を書き送ったり、こうして院内を動き回っては、藤城の運営の粗捜しをするようになって久しい。何も手を打てずにきたのは、藤城本人だった。

代田は今、立ち去るどころか院長室の奥へと入ってきて、空いていた丸椅子にどっかり腰を下ろした。

「へえ、こういうスクラップを見せるのも、今の時代では個人情報だなんだって話になるじゃないんですかね？　藤城さんって人はさ、自分のやることはなんだって正しくて、他の人間がやることは認めようとしないからね。あんたはさ、わかっちゃいないだろうけど、相当な暴君なんだ。わかってるのかな。誰のせいで、私のような行き場のない人間が生まれてしまったと思っていますか？」

「ちょっと代田さん、あなたもうやめませんか？　逆恨みもいいところだよ」

課長が、眼鏡に手をやって言う。

「そうかな。課長や寮長たちだって、本音では思ってるんでしょう？　いつも会議が終わるたびに言っていたじゃないですか。藤城院長の考えていることはさっぱりわからないって」

摩耶は、スクラップをテーブルの上で閉じて立ち上がり、

「そろそろ、失礼しよう」と、拓弥とゆきにも声をかける。

「じゃあ、本当にがんばるんだよ」

寮長寮母が立ち上がって拓弥の背を叩いたとき、代田は天井から下げられた色紙の飾りや、墨の文字に眉を寄せた。

「何をがんばるってのかな？　君は」

ジャージの胸のファスナーを上げ下げしながら、拓弥にそう訊いた。

「別に」

そのとき拓弥に浮かんだ表情が、藤城には切なかった。まるでこの学院にやってきたときに逆戻りしたような光を失った眼。そして、能面のような表情だった。

「代田さん、今日はおめでたい席なんです。この拓弥くんと私の娘のゆきは結婚するんです。摩耶の唄が取り持った縁でしてね。なので、明るく送り出してやりたいんですがね」

藤城は見たくもない代田の脂ぎった顔を直視して、そう言った。拓弥とゆきの二人には、未来がある。拓弥には過去を引きずる理由は微塵（みじん）も無い。堂々と胸を張ればよいのだ。だからこそ、この学院を挙げて温かい祝福ムードが広がっているのではないか。

「結婚？」

代田は片方の眉をますますひそめて嘲笑（あざわら）うような表情をして、おもむろにポケットから取り出した煙草に火をつけた。

「煙草はここではやめてもらえますか？　ゆきは妊娠しているんです」

藤城がそう伝えると、代田は、拓弥のほうを覗き見る。

「妊娠ね。婚前だろ？　たいした娘だな。この親にしてこの子ありだな。この男は確か、ここを出た後に少年院を……いや、院長？　親としてどうなんだい？　あんたお人好しにもほどがある。本当は不安で仕方がないでしょうよ。それともこれは、自分のご大層な理想の証明の場なのかい？」

藤城は拳を握った。その手が膝の上で震えた。何故、この男はここまで挑発を繰り返すのか。自分の嫌な部分が引き出されるようだ。そもそも何の用件でここにいるのか？

代田は煙草の火だけはもみ消したものの、続けた。

「藤城さん、あんたは間違ってるよ。あんたが来るまで、駒ケ岳学院は、すべてうまく統率が取れていたんだ。あんたが来て、調和が崩れた。児相が手を焼く子らをどんどん受け入れる。お陰で寮は大混乱よ。自分の力を過信しているんだ。寮の人間の負担なんて考えもしない。出ていくのは院長、あんただ。ちょうどよかった。皆さん方も、思うところぶちまけませんか？」

そう言って、課長たちの顔を見渡した。

「この人、うちらの同類？」と、摩耶は吐き捨てるように言った。

「摩耶、やめなさい」

藤城は、摩耶にそんなふうに自分を卑下してほしくない。課長に摩耶たち三人を車で駅まで送ってくれるよう頼む。

「見送れなくて悪いけれど、またすぐに会おう」と、拓弥と摩耶、そしてゆきの顔を見渡し、続けた。

「わかりました、代田さん、今日はどうぞ、なんでも心ゆくまでお話しください」

藤城が、悔しさを噛み締めながら、ため息混じりにそう言ったときだった。

代田は立ち上がると、目をむいて、藤城の胸ぐらをいきなりつかんだ。

「そうやって聖人ぶるのをやめろって言ってるんだよ。子どもの楽園を創るだと。何言ってやがんだよ。あいつらの性根を叩き直さなくてどうするんだ。退院した連中はほとんど少年院だろうが」

藤城の首を絞め上げげた。長身の代田の手に絞められて、藤城は気が遠くなりかけた。その血走った目を見ながら、この男は狂っている、と彼は感じた。この男を狂わせたのまで自分のせいだというのだろうか。子どもたちの心はまだ柔らかくて、どんなに冷えて固まっているように見えても、しだいに溶けて開いていく。施設の課題は子どもの問題ではなく大人の問題だ。職員の心はこじれてしまえば加速する。もっとも身近な場所に、こんな狂気があっただなんて、と彼は思う。狂気を向けられる先が、子どもたちでなくてよかった、そう思った矢先だった。

目の前の代田の肩先から血がにじみ出した。その手が解け、藤城が咳き込んだとき、見上げた先には工具を手にした拓弥が見えた。

「お前のことなんか、みんな大嫌いだったよ」

静かにそう言う拓弥が手にした工具の先に、血がついていた。

「いってえ、なんだ、これは？　ほら見ろ、非行児はずっと非行児じゃないか」

肩先を押さえながら代田がそう言ったとき、拓弥の中の何かが弾けたかに見えた。しっかりと拳の中に握りしめ、工具のとがった先を上にして、体ごと預けようとしたが、テーブルがそれを遮った。代田に向かって振り上げ、頭上から大きく振り下ろされかけたとき、大きく弾き飛ばされていた。

拓弥を全身で突き飛ばしたのは、ゆきだった。ゆきは今その反動で、机の角に激しく腹をぶつけくずおれている。拓弥はようやく呆然と手から工具を離した。

「ごめん」

「私は大丈夫だから。でも拓弥さん。こんなことしちゃ、だめなんだよ。いけないんだよ。わかった？」

囁くように言うゆきの元へ、藤城は駆け寄る。

「ゆき、大丈夫だね」

そう言って、頬に触れながら意識を確かめている間に、課長は救急に電話をかける。ゆきは両手で自分のお腹の命をさすり、肩で息をする。

「行こう、ニンちゃん」

摩耶は、拓弥の腕をつかんでいた。

「ごめん、ゆき。でも、うちら行くからね」

低い、どこまでも低い声で言う。

「ゆき、俺、どうしたら」

拓弥は下唇を噛み、ゆきに向かって瞳を揺らす。

「いいから早く、拓弥」

「待ちなさい、君たち」

職員が二人を追いかけるが、摩耶と拓弥は廊下を走り出ていった。

「あいつ、一体、なんでこんなもん持ってたんだ？」

代田は肩を押さえながらうずくまって、工具を手にすると、机に思いっきり突き刺した。

ゆきはそれをぼんやりと見ながら、下腹部に感じたはじめての鈍痛に戸惑っていた。そして思い出していた。はじめて拓弥に手を引かれて逃げたときのこと、bフラットの暗い階段を、一緒に駆け下りたこと。摩耶と拓弥が今、小さな子どもに戻ったように手をつないで出ていく姿に、そのときの拓弥の手の温もりの記憶を重ねていた。

やがて、警察官が入ってきた。

Yuki

見覚えのないベッドの上にゆきはいた。

暖房の効いた部屋で、オレンジ色のアンサンブルのセーターを着た母の顔が見えていた。

「函館の病院よ。私も、今着いたところ」

身を起こし、母のそばに拓弥がいないかと捜したが、あとはもう誰もいないとわかったときに、ゆきは動揺した。

「拓弥さんは、どこへ行ったの?」

「今のところ、音沙汰はないって」

ゆきは、慌ててお腹に手をやる。

「大丈夫なんだよね」

「大事には至らなかったけど、しばらくは安静にですってよ」

母はそう言って、苦虫を噛むような顔をする。

「逃げたのよ、拓弥くんは。こんなことを言いたくないけど」

「お父さんはどこ？　お父さんなら、わかってくれるはず。拓弥さんは、お父さんを守りたくてやったの」

「それも、聞いたけど。お父さんだって、まだ、警察で事情聴取を受けているの。拓弥くんが、どうして工具なんかを持っていたのかって聞かれているって」

「それなら私が答えるから。拓弥さんは、いつも普通に持っていたものなの」

拓弥はその工具で、いつもなんでも直してくれたのだ。小樽では、見知らぬ子どもたちの自転車まで直してくれた。大沼では宿の時計を直して、セバットの氷でリスを削り出した。武器にしていたわけではなかったはずなのだ。

「お医者さんは、赤ちゃんにとって大事な時期だから、ゆきは少なくとも十日間くらいはこのまま安静にしていないとだめだっておっしゃってるの。今は逃げた人のことではなくて、自分の体を大事にしてちょうだい。それとも、赤ちゃんを諦めることだって……」

「お母さんにそんなこと言わせて、ごめん」

ゆきはそのまま目を閉じて、言った。

「もう少し眠るね」

ゆきの手を、母が包んでいる。それは母の手？　最後に強く握ってくれた瓔子さんの手？　温かでふっくらした手。そして、拓弥さんの大きな手は、どこへ行ったの？

藤城が病室を訪ねてきたのは、その翌日だった。

「顔色が、まだよくないね」と、藤城が心配そうに瞳を覗き込み、続けた。

「今回のことはね、すべて私の過誤だ。何が起きたのか、何度も反芻して、ありのままに警察には話したよ。代田は被害届を出さないと言っているそうだ。事件化にはならないようだが、二人の行方がわからないんだ。警察は聴取を掛けたいようだ。ゆきのところにも話を聞きにくるはずだけど、いいね」

「私なら、大丈夫だから」

母が急須からお茶を淹れる音が響く。小さな個室。真っ白い部屋に、今は窓からの光が差している。

窓際に置かれたキャスター付きのテーブルに、札幌の職場からの見舞いの花が届いていた。母が知らせてくれたようだ。入社して、まだ何も成果を出せていない職場に、迷惑ばかりかけている。やがて産休を取らねばならないが、職場にはまだ妊娠すら伝えていない自分はひどい母親だと感じた。璎子さんも、こうしてベッドに横たわっていた。何を思っていたのだろう。

思えば摩耶や拓弥に出会い、ずっと二人の後ろを追うようだった自分、立ち止まって考える時間はあったのだろうか。花は美しい。光を浴びて、オレンジや黄色い小さな花が輝いている。

「あの二人、本当に逃げたんだね」

ゆきは父の硬い表情を見ながら、そう言った。

「それがゆきを一番傷つけたかい？」

「あのとき、二人が走っていく後ろ姿を自分が本当に見たのか、心の中で見ていたのかわからないの。窓は白く曇っていたはずだし、痛みで見えてなんかいなかった気がする」

「まあ、そうかもしれないな」

「二人が子どもに返っていくように見えた。摩耶と拓弥さんは、ずっと二人でそうやって力を合わせて生きてきたんだよね」

母がお茶を運んでくれて、父がそれを両手で受け取り、口をつける。

「私は、二人は逃げるしかなかったって思ってるよ。非行児だって、あの代田って人も言った。どんな理由があったって、拓弥さんは前科のある人間だって見られるんだもん」

父は、母と目配せをする。

「どうあれ、人を危めてはいけない。それはゆきだって、わかるはずだよ。罪を犯せば、償いは必要なんだ」

「わかってる」

「大丈夫かい、ゆき？　本当にやっていけそうかい」

「そんなことを訊くお父さんは嫌い」

父はすべてを理解したように、ため息をついた。

窓の外を向いて、ゆきはそんな父の優しさに背中を向けた。窓からは函館の寺院の黒々した屋根が見えていて、屋根が甲虫のように光を反射させて少し陰気な印象を伝えてくる。

二人はどこにいるの？

私も、そこへ行きたい。あなたたちの場所へ行きたい、とゆきは思う。

拓弥に送り続けたラインに反応があったのは、退院の日が決まった朝のことだった。

〈返事をください。私も赤ちゃんも大丈夫です。どこにいますか〉

幾つ送っても既読マークすらつかなかったラインに、その朝すべてに既読のサインだけはついた。

〈今、どこにいるの？　摩耶も一緒ですか？〉

〈拓弥さん、返事をして。どこか近くにいるのですか？〉

Fujishiro, Maya

窓から差し込む冬の光を横顔に受けて、摩耶がふてくされた表情で座っていた。

摩耶の横に立った警察官が、扉を開けて入ってきた藤城を見て少し頭を下げた。

駒ヶ岳学院で起きた傷害沙汰は、代田が被害届を出さなかったことで、事件化にはならなかった。だが代田やゆき、藤城はもちろん、その場に居合わせた職員、ゆきを診察した医師まで、警察より事情聴取を受けた。

拓弥と摩耶は、直後から警官によって所在を捜された。三日のうちに、摩耶がアレックスの家で見つかり、札幌の中央警察署で聴取を受ける。

摩耶は、自分がその場を逃げようと兄に提案したことを、素直に認めた。また拓弥が常日頃から、工具をポケットに入れていたことも、ゆきと同じように証言した。

凶器が工具であり、それが院長室に置き去りにされていたことからも再犯の可能性は低いと判断されたが、警察は、もちろん摩耶の非行歴も熟知した上で、厳重注意を与えた。

「藤城院長、こちらまでご足労を願い恐縮でした。今本人にも話しましたが、お兄さんの所在がわかったらすぐに連絡するよう厳命をしたところです」

藤城は頭を下げながら、摩耶のしらっとした表情を見つめる。拓弥の居場所を本当は知っているのかどうか。知っているなら、話したほうがいい。事件化は免れたのだ。拓弥にはもう、怯えて逃げ回る必要はないのだと、いち早く知らせて彼自身を楽にしてやるべきだ。

「もう帰っていい?」

摩耶はかすれた声でそう言い、警察官を見る。

「じゃあ、本当に連絡が来たら伝えるんだよ。現場から逃げたのも、厳重注意だよ」

「もっとも至極」

どこで覚えたのかそう言って頭を下げて、摩耶は席を立った。

警察署を出て行く摩耶の、ジャンパーの上からでもわかるほどの細い背中が寒さに震えているのを眺めながら、藤城は少し後ろを歩いた。暖気で解けた雪が靴裏にまとわりつき、幹線道路を通り過ぎる車が泥まみれの雪を跳ねていく。

「摩耶、腹減ったろう？　なんか食ってくか。拓弥くんに会ったら、たんまり請求してやる」

二人で近くの定食屋を見つけて、赤い暖簾（のれん）をくぐる。

共に、チャーハン、藤城はそれに醤油ラーメンも頼む。壁には漫画本が並び、中央にはダルマストーブが焚かれている。

藤城は器をもらってラーメンをよそい、摩耶の前に置く。

「たくさん、食べろ」

摩耶は、今日はまだ笑顔すら見せない。ポケットからシュシュを探り出して前髪を額の上に結ぶと、黙ってチャーハンを口に運び始めた。

「あのな、摩耶。食べながら聞いてほしいんだ。今回の件は、警察は嘘は言っていない。誰も被害届を出さなかったから、事件化はせずに済んだ。もう罪には問われないんだよ」

一度顔をあげた摩耶の瞳が、不安気に揺れていた。

「そういうもん？」

藤城は、そうだと頷く。

「だから摩耶は、ニンちゃんにさ、ちゃんと伝えろ。ゆきにも言ったんだけど、ゆきのほうへは、一度既読がついただけで、また音信不通なんだ。連絡がついたほうが、拓弥くんに、もう怯えていなくていい、逃げる必要もないからって伝えてほしいんだ」

摩耶は藤城のほうをじっと見ている。

「パパリンのラーメン、のびてるよ」

「おお、そうだな」と言って、藤城は少し麺をすする。見た目よりもずっとうまいスープの中を縮れた麺が泳いでいる。豪快にすすって見せる。不安な気持ちを抑えて何とか食べ進めようとしている摩耶を感じ、泣きそうになる。

「サツってバカだよな。拓弥が、自殺とかしないか心配だって言ってたよ」

「そうだな」と、藤城はもう一度言う。サツがバカ、というほうに同意したのではなくて、同じ心配を藤城も抱き始めている。退院生や退園生が、何度も生き直そうとしては、また行き詰まる。自分が生きていることの意味を失う。生きることに疲れ果て、明日という日に希望を見出せなくなる。孤独と絶望の果てに幾人もの退院生が、自分で命を絶ってきたのは事実だ。中には灯油を全身にかぶって焼身自殺した者もいる。

教護の世界の先人であり、巨星であった藤田俊二先生の生前最後の函館での講演を、藤城は聞いていた。ちょうど登壇したステージは、半円形だった。「子どもたちは、崖っぷちに立っているんです。家庭からも、学校からも見放された子どもたちが、教護院での生活を余儀なくされているんです。非行を犯した。だからその罪を反省しろと。もしもそうならば、反省しなければならないのは、私たちなんです。頼みます。皆さん、生き延びろと励まし続けてください。世間の知らないところで、明るく装って生活している少年がいる。胸のつかえを取り除いてやってほしい」。

最後は嗚咽混じりで鼻水を垂らしながらの講演だった。半円形のステージに立ったまま、そのへりをなぞるように、その崖っぷちをあらわすように腕を回した。そして自分たち後進に、こう言ったのだ。「バトンは渡したよ」。

摩耶は、肝心の心配を口にしたら少し気が楽になったのか、表情を柔らかくした。ラーメンのスープをレンゲですくい、

「前に、ゆきと食べたよ、ラーメン」

そう口にして、目を藤城にむけて見開き、続けた。

「そのときさ、ゆき、嘘ついたんだよな。よく来る店だとか言ったんだけど、違うみたいだった。チャーハンなかったから」

「ゆきも、嘘つきか」

摩耶は笑っている。

「あの幽霊みたいな奴、なんなの？」

藤城は、そう訊ねる摩耶の目には、拓弥にはない逞しさや包容力までも感じる。

「あのな、摩耶、学院の職員たちだって、生い立ちはいろいろなんだ」

今の摩耶になら話していい気がしたが、それだって代田の言う通り、本来のルールを大きく逸脱している。

代田は、彼自身が、親の愛を求めてもがいてきた人間だった。彼は家庭の事情で、群馬で里子に出されて育った。里親に実子が生まれたときから、里父から辛く当たられる。厳格な里父に褒めてほしくて勉学にも励み、満たされぬ思いを抱えて大学に進学した。空虚な生い立ちを見つめ

るために臨床心理を学ぶ。卒業後は資格を生かし茨城の児童自立支援施設に就職したが、己にまとわりついた呪縛から逃れることはできなかった。里親の元からできるだけ遠く離れた北海道に居場所を求めた。

代田は、ことあるごとに、自分の指導には専門性があることを主張した。藤城の教護には根拠がない。古いとも喝破した。そしてそう楯つく背景に、代田の歪んだ根拠があった。寮長寮母だって、俺を育てた里父のように、所詮は他人の子の面倒をみているのだ。気まぐれな人間臭さや優しさは邪魔なだけだ。代田の眼には福祉は欺瞞に満ちた世界にしか見えなかった。

「対立を招いたのには、僕の責任もあるし、代田が言うことがすべて間違っていたわけじゃない。彼を追い詰めたのは、僕なんだとも思うけど、今彼は退職を仄めかしている」

「なんだ、どうでもいいや、あんな奴」

摩耶はそう言って、鼻唄を唄い始める。

店の扉が開き、頭に雪をかぶった客が入ってくる。拓弥も今頃どこかで寒い思いをしてやいないか。そう思って摩耶の目を覗き込むと、一瞬光が揺れた。

「たぶん、釧路にいる」

「拓弥くんがかい？」

「大沼からバスに飛び乗って、途中で列車に乗り換えた。はじめは一緒だったけど、拓弥はぶつぶつ、釧路がどうだとか言って別れていったから」

藤城の中で動揺する気持ちがあった。代田の言う通りだった。あの場で、藤城の若い日の反省文など、拓弥に見せてしまったのは、きっと迂闊だったのだ。若い日に釧路で藤城が書いた手紙。自分の潜伏先を捜す拓弥の中に、何かを宿してしまったのだ。

そして、代田は自分だ、とも感じる。娘を苦しめている拓弥の根が非行少年なのだという真実に今さら狼狽する。

「それは、ゆきには……」

話さないでくれないかと言いかけて、藤城は小さく首を振る。

「事件化はしていないんだ。拓弥くんに、とにかく早く戻ってもらわねば」

吹き付ける雪で、窓枠からの視界があっという間に小さくなっていった。

Yuki

函館の病院を退院し、ゆきは二週間ぶりに職場に出た。

同時に辞表を提出した。自分がどんなに職場に迷惑をかけているかは、よくわかっていたけれど、今できる責任の取り方はそれしかなかった。

リハビリ室へ挨拶に立ち寄ると、ピンクの制服に身を包んだ怜奈が、手を休めて近づいてきた。

「藤城さん、私の言いたいこと、わかるよね。ちょっと待ってて、もうじき休憩に入るから」

と、怜奈は壁の時計を見た。

リハビリ室には、時間ごとに入れ替え制で、各病棟からさまざまな運動機能の障害を抱えた患者が連れられてくる。日に複数回のリハビリを受ける患者も少なくない。

そんな小さな回復であっても、一つずつ認められることで、患者たちは辛いリハビリに耐えて前進していく。

骨折、脊椎損傷（せきついそんしょう）、脳梗塞、心筋梗塞などからくる機能障害、言語障害、歩行器を使って歩いている小さな子どもたちは、生まれついて未熟児だったことによる幾つもの運動機能の遅れを取り戻すために親がかりでリハビリ訓練を続ける。部屋中に泣き声が響き渡る日もあって、リハビリ室では患者同士も顔見知りになっていく。

こんな中に、瓔子さんもいたのだ。今のゆきには呆れるかもしれない。でもいつも、瓔子さんに手を握られると、あなたはそうやってがんばって、と言ってくれたように感じた。

廊下の突き当たり、大きな窓を前に立っていると、怜奈が小走りでやってきた。交代による休憩時間は二十分だ。

自然と、ゆきは頭を下げた。

「入院したってね。お腹に赤ちゃんですって？　おめでとうって言うべきだけど、素直になんて言えないよ。私はあなたの監督係だったんだよ。休職扱いになったとき、これでも結構心配したんだよ。小柳先生だって、かばってくれた。わかるでしょ？　病院にいると、もうみんなチームなんだよ」

怜奈がそう言い募るのを聞きながら、自分はいつからPTとしても社会人としても道を外れたのだろうと考えていた。

「自分でも、うまく言えないんです。気持ちがどんどんはみ出ていってしまいました」

ゆきの言葉に、怜奈は深くため息をつく。

「何が？　まだ始めたばかりの仕事で、何がはみ出たとかいってるの？」

窓の外で降り落ちる雪の影が、怜奈の顔に映り込んでいる。長いまつげが幾度か大きく瞬きする。ＰＴとしての自信に満ちた姿は輝いている。

「赤ちゃんできました。だからもう辞めます、なんて時代かな。復帰するつもりもないって言い切ったんでしょう？　ＰＴ、やってみたら思っていたような仕事じゃなかった？　亡くなった患者さんのことがよほどショックだった？　それとも、ここでの人間関係が嫌だった？　今後のために、辞めるのなら理由は聞かせてほしいの。私だってショックだから」

ゆきは、頷きゆっくり答えた。

「違います。そういうことじゃないんです。私は自分自身をよく知らなかったんです」

怜奈の大きな瞳に見つめられながら、続ける。

「前に怜奈さんと、狸小路で映画を観ましたよね。あの主人公は、私でした。私には絵は描けないけど、あんなふうに人がどう思うか関係なく、好きな人と幸せになりたいんです」

訝しげに片方の目を閉じかけて、怜奈がため息をつく。リハビリ室の入り口では車椅子にのっていたり、松葉杖をついたりして、次のローテーションの患者さんたちが少しずつ集まってきていた。顔なじみの患者さんに、お辞儀をする。

「もういい。そういう話ね、私全然好きじゃない。好きな人ができて仕事を辞めるなんて、だから女のＰＴはだめだって言われたら、あなたのような人のせいなんだから。妊娠したり、子どもを持つことは、働きながらだってごく当たり前のことじゃない。全然両立できるでしょう？」

ゆきは、首を横に振る。今は、それができないのだ、と。

「あのね、藤城さん。赤ちゃんなんか見せにこなくていいからね。だけど、太ったおばちゃんになったら、そのときには、笑ってあげるから。元気でね、藤城さん」

怜奈は、そう言うと、患者たちの輪の中に戻っていった。

ゆきが皆の前から消息を絶ったのは、その足でだった。

部屋に残された手紙で、藤城の妻がそれを知った。

〈私を育ててくれた二人へ
いつもすべてを受け止めてくれたお父さんとお母さんですが、今から私が伝えることは認めてくれないと思います。

あれからずっと考えていました。

拓弥さんは、なぜあんなことをしてしまったのだろう？

なぜ人に、凶器を向けてしまったのだろう。

そしてなぜ、帰ってこようとしないのだろう。

こんななぜは、お父さんはこれまでの役割の中で幾度も、院生の人たちに問いかけてきたものに違いありません。

そして「藤城遼平」は、必ずここにいる。たとえ学院を離れても、自分は有名人だからインターネットで調べたら居場所はわかる。電話をかけてきても、訪ねてきてもいい。必ず迎えるから、そう言い続けてきたんですよね。

だけど、それでも連絡できなかった子どもたちはどうしていたのだろう？それを想像したとき、私は、捜してくれるのを待っていたはずだと思いました。自分を捜しだしてくれて、見つけだしてくれて、しっかり肩をつかんで何度だってやり直していいんだよと言ってくれるのを待っていたと思いました。

藤城遼平がそうして捜すことができなかったのは、藤城遼平が世の中にたった一人しかいないからです。一人で全員を捜し出してあげることができないからです。

でも、藤城ゆきは野々村拓弥を捜しに行けます。何度だって、やり直してって言うことも、待つこともできます。

お父さんやお母さんが、いつだって私を待ってくれていたように、私は拓弥さんを見つけて、そして待ちます。

もうお母さんになるのだから、優先すべき命があるのではないか、そう言われるかもしれない。だけど、私はまず、誰より拓弥さんを守ってあげたい。私は赤ちゃんにこう言いたいんです。

私たちにとって、誰より大切な拓弥さんを一緒に捜そう。だから、一緒にがんばれるね？　って言います。

摩耶が先日、ようやくメールに返事をくれました。

《きっと釧路にいる》

摩耶は、お父さんにも伝えたはずですよね？　私は気づけなかったけど、あの写真の風景のところへ、行ったのかもしれない。

拓弥さんを捜しに行きます。

彼と出会って狂おしいほど好きになった。だけど、それだけじゃないの。私は、今まで生きてきた中で、学生としても、社会に出ても、いつも霧の中を彷徨っているようだったことに、拓弥さんや摩耶に会って気づきました。正直言うなら、二人と出会ってようやく霧が晴れたように感じている。それが今の私です。拓弥さんと同じように何もかも無くしてしまって、その辛さを心底感じて、もう一度、勇気を持って私も踏み出したい。

いつか三人で戻ってきます。待っていてください。


〈ゆき〉


三つ折りにされて、封筒に入った手紙は青いインクの文字で、丁寧に書かれていた。

幾ばくかの預金と、多少の衣類だけをゆきはカバンに詰めたはずだった。

Fujishiro

グラウンドに球音が響き、高い空へと吸い込まれていった。この夏、駒ケ岳学院野球部は、児童自立支援施設で結成される少年野球大会の東北・北海道地区予選を勝ち抜き、神奈川で開催された全日本少年野球大会へと進んだ。

一回戦で強豪、九州代表と対戦し、結果は惨敗だった。気温三十六度、北の大地の子どもたちは七回の延長戦までを戦い終えると、グラウンドに大の字になった。

中でも一人、二枚看板のピッチャーを務めた真咲（まさき）は、注意を受けても起き上がろうとしなかった。それは、彼の心が平穏を失いはじめていたからだ。

大沼へと戻った頃から、彼は寮長に暴言を吐き始めた。

小学六年生のときに、母親と再婚相手にネグレクトされていたことが遠因で弄火（ろうか）騒ぎ、火遊びからの火事騒ぎを起こし、学院へと措置された子どもだ。今は中学三年生、高校受験が迫っている。

勉強はできる。道内有数の進学高校が狙える。受験に少しでも有利に働くように、児童相談所と協議して、近隣の児童養護施設へ移ることを決定する。寮長からその進路を聞いたとき彼は、俺の気持ちを訊きもせずに？　大人は勝手な奴ばかりだと感じたはずだ。

今日も授業中に落ち着きを失った真咲は屋外に出て、森の小径を黙々と歩いていた。その先にはグラウンドがある。一礼してグラウンドに入り、一気にマウンドに向かう。この夏、心を燃やしたグラウンド。今も応援の声が聞こえてくるかい？　藤城は木立の陰で見つめていた。君は何を思っている？　自分の足でしっかり大地を踏みしめ、歩き出すんだ。ぐったりと落ちた肩を見て思う。背中を押さねばならない、と。

グラウンドの階段に座って、真咲を呼んだ。彼はしばらくじっとしていたが、やってきてとんと腰を下ろした。

「学院を離れるのが、嫌なのかい？」

はっきり首を縦に振る。ここから高校進学ができる可能性を、少しでも手繰り寄せるように。

「真咲はさ、どうして君が次の場所へ行くか、わかるかい？」

母親は再婚相手との間に新しい子どもが生まれたのも理由にあげて、真咲を迎えることは望まなかった。真咲はそれはもう理解していた。

「僕がずっとここにいたら、また同じ失敗をするからです」

藤城は笑って首を横に振る。

「それは違うよ。君はもうここで十分に学んで、ここではもう学ぶことがないからなんだよ。志望校へ行くためには、今のうちから次のところで生活したほうがいいからなんだよ」

驚いた顔をしている。

「悪かったな。真咲にそんな誤解をさせていたなんて、先生方も反省しなくちゃいけないな」

それから二人でしばらく座ってグラウンドを見ていた。赤トンボが飛んできて、階段の端に止まった。羽を広げてじっとしている。

藤城は、ふと娘のゆきのことを思った。

ゆきも予定通りなら、もう出産したはずだ。拓弥を捜し出すことはできたのだろうか。その二人からはもちろん、摩耶からも、何の音沙汰もなくなった。

妻からファックスで転送されてきたゆきの手紙を読み終えたとき、藤城は息が止まった。

子どもたちを捜し出してやることができないのは、藤城遼平がこの世の中にたった一人しかいないからだ。そう書いてあった青い字。藤城ゆきの心を育てたのは教護院の門をくぐったあの子どもたちだったのか。

「真咲くん、何かあったらいつだって先生を捜して訪ねておいで。もし、もうここにいなくたって、必ず見つけられる。なぜならさ……」

いつもと同じ気持ちを向けようとして、ゆきにはそれが意味のない常套句に映っていたことを思う。真咲の入所した頃からは考えられないほどしっかり肉のついた背中を叩いてやる。

彼は手首で目頭を拭い、まだ授業の続く教室へと帰っていった。

その日は道南地区から選出された西山参議院議員も、学院を訪ねた。激務の合間を縫って全日本少年野球大会に応援に駆けつけてくれた議員だ。夏の野球大会、冬の雪像作り、春の退園式と、西山は学院を度々訪れ、ときには子どもらと一緒に涙した。西山は必ず院長室で藤城と学院の将来を語り合った。

駒ケ岳学院、そして軍川学園の小舎夫婦制は、結局、藤城の悲願も叶わず、来春には終焉を迎え、交代制へとシフトしていく。寮生たちと寝食を共にできる寮長寮母の人材を育てることはできなかった。寮生たちを宙ぶらりんにさせることは、一日たりともできない。その舵を切らねばならなくなったのも、結局藤城だった。

「残念ですね」

西山は率直に感想を口にし、彼が幼い頃によく言われてきた父母の口癖に触れる。

「僕らは、悪いことをしたら駒ケ岳行きだよと言われて育ちましたよ。だからはじめてここを訪ねたときに、なんだ、みんながこんな楽しそうにしているじゃないかと驚いた。藤城さん、小舎夫婦制がなくなっても、あなたがここの最後の砦（とりで）になってくださいね」

窓の外を赤トンボが飛び交っているのを、藤城は見た。

Yuki

家に置き手紙を残したゆきは、すぐに釧路へ向かった。

街は、吹雪いていた。遠くからかすかに霧笛の音が響いている。切なくなり、心が折れてしまいそうになった。

二人で自撮りしたスマホの写真を見てもらいながら、ゆきはひたすら街を捜した。身重な体だが、よく動く。捜し出さねば、一度人を刺した拓弥は、どんな自棄（やけ）を起こすかもしれない。本当は、虫一匹にだってとても優しいひとなのだから。キャベツについていた青虫を、逃がしてやったくらいだ。

「いや、よくはわからないけどさ、あの丹頂寿司の隣にビルがあるんだ。そのスナックに、なんかよく似た兄ちゃんを見た気がするな。あんた、逃げられたのかい？」

捜し始めて二週間が経っていた。ダウンを羽織った路地裏の煙草屋のおじさんが、栄楽街という繁華街にある「Blue Rain」という名のネオン管のついた、傾きかけた建物を示す。

「あそこに入っている店は、ちょっと柄悪いんだわ。夜、遅くなんないと開かねえけどさ。まあ、行ってごらん」

夜が更けるのを待って店を訪ねると、赤い巻き髪の女がカウンターの奥に立っていた。客は一人、大きなグラスに手をかけている。

見覚えのある白いパーカを羽織った、拓弥だった。髪の毛が短く刈られている。

「本当に、釧路にいたんだね」

返事がない。

「一緒に帰ろう」

ゆきは近づいて、その腕に手をかけた。

振り向いた拓弥の目には驚きのこわばった表情が一瞬広がったものの、すぐに虚ろな目になった。

赤い髪の女が、唇に煙草をくわえて言う。

「誰なの？　あんたの彼女？」

がらがらした声の女は、すでに三十代だろうか。煙を吐き出しながらそう訊いて、苦笑いを浮かべる。

「おまわりじゃ、なさそうだしね」

「もう警察なんか来ないから。事件化はされなかったよ」

メールでも書き送ったことを改めて伝える。拓弥はまた背中を向けたまま、パーカのフードを頭からかぶる。すっかり変わってしまったような表情の拓弥の胸に、あのペンダント・ヘッドが揺れていて、ゆきは少しだけほっとする。

「帰ろう。もうみんな大丈夫だから」

ゆきはその腕に手をかけた。しなやかな筋肉が、パーカの上からでもわかる。けれどゆきの手は振るい落とされる。

そのとき、店の扉が開いた。

常連客なのか、店内に向かって声をかける。

「ママ、後でくっからさ、いつもの席とっといて。頼むね」

「はーい、待ってるわよー」

常連客のいる店の片隅で、拓弥はこうして居場所をもらって、釧路の街でやり過ごしていたのだろうか、この女性の世話になって。

ゆきの中にはじめて生じる感情は、心が焼け付くような思いだった。せっかく見つけたというのに、半分拓弥が憎い。

「ねえ、あんたさ、そこにずっと立っていられても困るんだけど」

「わかってます」

ゆきはもう一度、その腕を引いた。けれど、もう一方の手で振り払われた。

「帰れよ」

そう言って、声を荒らげた。

「こんなとこまで追っかけてくんなよ。もうお前のことなんか、好きじゃねえよ」

女はカウンターの内側で天井を見上げ、煙を吐き出す。

こちらを見た拓弥の目には、どんな感情も宿っていないように見える。

「駅前のサンライズっていうビジネスホテルにいるから。拓弥さんが来るまで、ずっとそこにいるから。待ってるから」

ゆきは自分が震えているのを、情けないことに声で感じる。

カウンターに置かれたままの拓弥のその手をもう一度見つめた。

店を出て釧路の夜道を歩き出した。昼間の吹雪はすでにやみ、足元は氷の路面となり、光っていた。すくわれないように歩を進める。

こんなことくらい、覚悟はできていた、とゆきは嘯く。だけど、ひとを好きになるのは、こんなに辛いことなのだろうか。いや、辛くて当たり前なのだ。そんな中から、新しい命は生まれてくるのだ。そして、生を終えるときがくるのだ。

拓弥が好きで仕方がない。今すぐに、あのしなやかな体を、その奥底の優しい気持ちを受け止めたい。もう一度、抱きすくめられたい。

宿の部屋に缶のコーンポタージュスープを買って、小さなベッドの上で壁を背に座る。

小さな机とベッドだけで、ぎゅうぎゅう詰めの部屋だ。一泊二千円と少し。それだって支払いはもう三万円近くなる。これからは赤ちゃんの産着にもミルクにもお金がかかるのだが。

カーテン越しに、窓をみぞれのような雪が打ちつけはじめていた。

揺らめく波紋に押し戻されるあなた
心凍らせる真冬の湖　囁くような　セバット・ソング

不意に摩耶の声が思い出されてきた。そうだ、摩耶に伝えなくては。

コールする。

ツー、ツー、ツーと続く音が不安定な波のように響く。

コール音が七回。諦めて手を離しかけたとき、

「もしもし？」

いつもの、弾むような声が返ってきた。

「摩耶？」

「どした？」

返ってくる声が少し湿り気を帯びた。

「拓弥さん、釧路にいた。ようやく見つけた」

「あいつ、生きてんの？」

勤務先の居酒屋にいるのだろう。背後で威勢のいい、客へのかけ声が響いている。

「仕事中だね」

「大丈夫、ちょっと外に出た」

「拓弥さんはね、女の人といたよ。スナックの人。それで、もうお前のことなんか好きじゃないって言われたけど」

ゆきは、摩耶と話しているうちに心が少し落ち着くのを感じた。

「あ、そう」

短い沈黙が、あった。

「でも、元気そうにしてた。拓弥さん、生きてた」

と、自分で頷き通話を切ろうとすると、

「待って」

と、電話口の摩耶は言った。

「摩耶、早くしろ」

電話の向こうに声が響く。それには無視するように、耳元に懐かしい声が響き始めた。それは他でもない摩耶の声なのだが、唄ってくれているのだ。はじめから、あの唄を。

見なくていいものを見すぎて
知らなくていいことを知りすぎて
分からなくていい感情を持ちすぎて
あなたはなんでどうしてこんな僕のこと

「キレイ」だよってそう言って守ってくれるの？
あなたを汚し傷つけてしまうのに
「大丈夫」ってそう言ってそばにいてくれるの？

「摩耶……、そんなに耳元で唄ってもらったの、はじめてだね」

「いい声すぎんでしょう？」

と、言って笑う。

「摩耶ー、まだか」

奥からの声に、「うっせえの」と呟き、「ハーイ」と返事をする。

「この唄ができたとき、ゆきの唄だろうって？　ニンちゃんが言ってさ」

ゆきは、スープの缶を握りしめ頷く。

「ニンちゃん、きっと帰ってくるから、きっとゆきのとこに帰るから。ゆき、待っててやって」

通話の向こうの摩耶が、ゆきには湖面で羽を広げる白鳥に見えた。

Fujishiro

新学期の職員集会を、軍川、駒ケ岳の両校合同で、駒ケ岳学院の体育館で開いた。スーツ姿で挨拶に立った藤城の髪には白髪が多くなった。坂口安吾（さかぐちあんご）の一節を口にした。

「悲しみ、苦しみは人生の花だ」

けれど、この学園、学院の門をくぐる子どもたちは、幼い日から「花」と言うには過酷な環境からの出発です。軍川学園の女子たちも、駒ケ岳学院の男子たちも、ここで過ごすのは人生のほんのひとときにしか過ぎない。自分たちとの出会いを大切に思ってくれるように、この一年も歩んでいきましょう。

彼らがたとえ今、枯れようとしていても、地面の下にしっかりとした根を張ることができるように、自分たちは彼らにとって「大好きな嫌われ者」になろうではないですか。

拍手が、ぱらぱらと返ってくる。どうせまた、藤城の理想論だと思っている職員が大半なはずだった。中には代田のように、今も反感を募らせている職員だっているのかもしれない。

しかし他にどんな向き合い方があるだろうか。藤城はこの春も、改めて思っている。退園、退院していった子どもたちを見送り、また新しい子たちを迎える春。

代田が言うような科学的な療法なるものが、果たして彼らの苦しみを、少しでも溶かすことができるのか？　あのストローブ松を覆う氷のような苦しみを。

答えはない。だが、迷い続けてやってきた今だから、一つだけ言える。子どもたちの笑顔が見たいと願い続けることだ。笑顔でも泣き顔でも、ふくれっ面でも構わない。全身に凍りついた雪を、少しでも解かしてやりたい。それには、ここにいる皆が嫌われ者になる覚悟を持つことなのだ。

寮長寮母の小舎夫婦制は、ついに瓦解した。今は交代制が敷かれ、職員が子どもたちと過ごす時間は分断された。寮の中で起きている子ども同士のトラブルは、後になって聞かされる機会が圧倒的に増えた。

藤城には逸る思いが募る。

春からの双方の学院と学園スケジュールが、読み上げられていく。

それぞれの副院長、副園長が、伝えてくれる。

「四月、大沼湖畔の清掃行事、六月は遠足、七月下旬に予定されている東北・北海道地区の野球大会の、今年の開催地は秋田です」

最初に男子の駒ケ岳学院のほうの行事が発表されたので、藤城は補足した。

「湖畔の清掃では今年もすでに地元の方々より、大沼だんごの差し入れのお申し出を受けています。野球大会では、秋田の学園よりきりたんぽ鍋のご招待のご提案もいただいています。ありがたいばかりです」

「うちの院長は、食べることをまず先に決めますからね」

ベテランの女性職員がそう言って、皆を和ませてくれた。

今期はじめての朝礼を終えて、藤城は院長室で窓を背に座る。机の上に額装して置いてあるのは、五年前の冬の日にセバットで撮った写真だ。

湖畔は冬の光にきらめいていて、ゆきや拓弥、摩耶の背後で白鳥が雪の塊のように丸まって点在している。彼らは若さを輝かせて笑っている。それぞれに澄んだ笑顔をしている。あの日拓弥は、氷で器用にリスを彫った。そのリスを樹木の枝の分かれ目に並べ、摩耶は耳元にピアスを光らせ顔の横にVサインをしている。

このリスを彫った工具で、拓弥は代田を刺した。

五年も前か、と藤城は思う。

ゆきは拓弥を見つけたらしい。だとしたら、釧路からはすぐに戻るものだと妻と考えていた。戻ってきてくれたら、あとは二人を受け入れて見守るしかないと妻はようやく覚悟を決めたのだ。何しろ、はじめての子どもをあの若さで産むのだから。

けれど帰るどころか、ゆきは自ら連絡も絶ってしまった。

妻はさすがに母子の健康状態を案じて、自分らも釧路へ捜しに行くべきだと言い張った。

「あの二人が出会ったのは、あなたが理由なんですよ。なぜ大沼で、そんなに簡単に認めてしまったんですか？　あなたのせいなんですよ」

妻は藤城に憤りをぶつけた。


ゆきが拓弥を見つけたらしいのは、摩耶の新しい歌詞に見つけてわかった。

WOOO
WOOO
ねぇねぇ聞いてよ
春を待つ　乙女の像
橋の向こうの花時計が時間を刻み始めたの

ときの番人にはかなわない
あなたを見つけたの

「釧路の街にいるのなら、あなたは手がかりを見つけられるのではないですか？　お友達に頼んだっていいじゃないですか？」

妻は何度も藤城に詰め寄った。

「僕にはもう、釧路には友達はいないよ」

藤城は、妻には率直にそう返した。

「ゆきや拓弥くんが、生きているのかもわからないんですよ。赤ちゃんが生まれたのかどうかもわからない。こんなことがありますか。あなたはひどいですね」

妻はそのうち体調を押して、一人でも捜しに出た。妻はすっかり白髪が増えてしまった。

だが、たとえ捜し出したとしてもゆきは戻らないと藤城は思う。

幼い日に園生らと一緒に育ったゆきは、世の中に出て、まるで霧の中を彷徨っているように感じていた、と手紙に書いた。ゆきは拓弥や摩耶に出会って、生きる実感を取り戻したのだと。

もしかしたら、自分も同様なのかもしれないと藤城は思う。彼らが運んでくる過酷な悲しみと向き合っているうちに、そこで呼吸するのが当たり前になっている。

「ゆきは、二人きりでもう一度この世に生まれ出てきたいんだよ。『冬の旅』に出た、そう考えたらどうだろう」

藤城は言ってみたが、妻は即座に否定した。

「縁起でもないことを言うのですね。拓弥くんは、あの小説の行助くんではないのよ。こんなときにも、泰然としていろと言うんですか？」

「できるところまで、やらせてあげたいんだ。僕は、親としてはおそらく相当変わった価値観を持っているかもしれないけどね、そう思う」

藤城が札幌に帰ったり、妻が大沼まで来たり、そんな機会の中でのやり取りを通じて、不思議なことだが夫婦も子育てから自立した。妻ははじめ、毛糸で赤ん坊用の小さな帽子やケープを編んでは、時期がくるとほどき編み直すことを繰り返していたが、今は大沼まで来ると、一緒に函館の湯めぐりをする自分のささやかな楽しみを見つけた。

a Boy

新しい子は遼太と名付けられた。

丸い食卓テーブルに向かって膝を折って座り、白いご飯の上にのせられたイクラをスプーンで頬張っている。まだ上手には食べられなくて、口の周りにイクラがたくさんついている。

「お父さんが作ったイクラなのよ」

「イクラ、しゅき」

子どもが言ったのを見て、父親は俯き気味に笑っている。

父親は今、地元の水産加工センターに勤務している。はじめは季節だけのアルバイトを夫婦でしていたが、父親のほうは無口で手先が器用なのを買われて、翌年には通年の勤務に、そしてこの春からは正社員になって近隣のパートの主婦らを指導、監督する役になった。

釧路での暮らしは楽ではなかったが、家賃なら札幌よりはうんと安かった。今は空き家だった平屋を借りて、加工センターへは自転車で通っている。

逵太の父親は古い家を普請して、拾ってきたり、もらってきたりした材木を家に合った家具に加工した。

母親のほうは、子どもが一歳になると、背中におぶってまた加工センターのアルバイトに復帰した。無口な夫が、時折地元の主婦たちにからかわれたりしながらも、なんとか溶け込んでいるのを見るときに幸せを感じる。

もちろん、一筋縄ではいかなかった。釧路で捜し出したはずの夫はスナックからも一旦姿を消した。彼女は諦めずに行き先を訪ねて通った。スナックの女は、ついに居場所の当てを教えてくれた。寒かったろうに、夫は停泊している船の中で丸まっていた。

「うちにいる間は、それなりに金もやったのよね。あんた、払ってくれる？　いいわよ、それで手切れ金」

スナックの女がそう言ったので、彼女は財布にあったなけなしの数万円を支払った。

そして、船にうずくまっている夫を見つけたときに、その横に体を沈ませた。

手を握ると、じきにあの温もりが宿った。

もう決して逃げないと彼は彼女に約束したが、地元の悪い輩に絡まれて怪我をしたり、少年院の前歴を知った加工センターの人と騒動を起こしかけたりするたびに、ひとりきりになろうとした。

だが彼女も、逃げなかった。彼のこわばった表情が、柔らかく温もりを取り戻す瞬間を見ているのが好きだ。

今、母親のお腹の中にはもう一人、子どもがいる。

# IX

sebatto

藤城がほぼ毎朝通う湖の氷はきしみ始めていた。

定年まであと一年、道庁からは人事異動の話もあったが、藤城は最後を大沼の子どもたちと過ごす希望を通した。

こんなに日課になるとは思ってもみなかったのだが、毎朝セバットで五分、十分を過ごす。澄んだ空気の中で煙草を一本吸う。湖畔を縁取る樹木のシルエット、湖面に張る氷、ひとところだけ凍らない場所に飛来して帰っていく白鳥たちの声、朝靄、毎日ひとつとして同じ風景のない場所で、藤城は誰にともなく声をかけている。

氷がまた、ほんの時折しか車も通らない静かな場所できしむ音を響かせている。

昨日は退院生から手紙が届いた。

ここを出て、道北の地元の学校に自宅から通うようになり、彼の中でまた以前と同じようなやるせなさばかりが溢れてくるようになったのだ。自分を学院に戻してほしい、という哀切な手紙だった。

おう、いつだって帰ってこい。ここでみんなで一緒に暮らそう。そんな楽園を夢見たこともあったのに、藤城の中では今はあまりに果てしない遠い夢になった。

億劫とは、面倒で怠けたいという意味ではなくて、億にも万にも遠い永遠、いくら数えても数え終わることのない遥かな先を言うのだと、たまたま手にした禅の本で読んだ。

藤城は退院生には、返事はしなかった。

ただ彼を敢えて手元に戻したはずの親に送る写真と手紙の準備をした。

〈拝啓
真比呂くんはその後お元気でしょうか？
大沼湖畔で開催される雪と氷の祭典が近づいてきました。今年の院生が制作した雪像が完成したので、お知らせしたくてお手紙しています。同封した書類を、よろしければ真比呂くんにも見せて差し上げてください。親御さんがよろしければ、雪像作りは皆、経験していますから、ここは学び舎ですので、来させてあげてください。
また、同封しましたのは写真整理のときに見つけた真比呂くんの写真です。お送りしておきます〉
真比呂くん、君はここでこんないい笑顔をしていたんだよ。これが君の笑顔なんだ、封を閉じるときに、藤城はそう思いを託した。

遠い空から白鳥のラッパのような声が聞こえたようで見上げたが、気のせいだった。

車に乗り込もうと手をかけたとき、国道の歩道を伝って青いキャップをかぶった子どもが満面の笑みで、ぎこちない足どりで駆けてきた。

驚いてその方向を見つめると、少し離れた後ろに懐かしい顔がある。子どもの母親は、胸に抱いた赤ん坊ごとケープで身を包み、その横には髪の毛をござっぱりと刈り上げた長身の父親がいる。

「ここは、セバットですか?」

その子は高く澄んだ声で、藤城に訊いた。


（完）

# あとがき

本書は、北海道にある児童自立支援施設を舞台としている。かつては教護院、感化院と呼ばれた場所である。

さまざまな理由で家庭から離され、また生まれ育った場所からも離された十代の子どもたちが寮生活を始め、一年を通じ職員たちと生活を共にする。そうした施設が全国に五十八存在することは、一般的にはあまり知られていないかもしれない。

こうした施設の運営に大きな影響を与えたのは、北海道の遠軽という場所で始まった北海道家庭学校だった。ここには、鉄格子も塀もなく、チャペルがある。創設期は、主に貧困からくる非行少年たちが、お祈りをしながら田畑を耕し、感化を得た。

今、子どもたちが家庭から離される理由は貧困とは限らず多岐にわたる。入所した子どもたちの多くは虐待を経験しているが、その上で非行児となっているとも限らない。

子どもたちを追い詰める環境は複雑化し、福祉の人たちはいくら手を延べようにも、力及ばず飲み込まれていく構造が見える。人間がすることの凄まじさの中で、手をこまねく大人たちがあり、身動きのできなくなった子どもたちがそこかしこで声にもならない悲鳴をあげている。

ではそこに、救済はないのだろうか。

著者は本書で、たったひとつの場を舞台に、人間の可能性を信じ、追いかけてみた。退院生の少女が唄った二曲の唄、その横でギターを弾いている職員の姿にYou Tubeで出会った。長い髪の少女が唄の中で「パパリン」と呼びかけている相手は、彼女がかつて在院した施設の職員だった。彼女の声の力強さと確かさにとても惹かれた。

パパリンと呼びかけられていた職員の方は、現在は道南、七飯(ななえ)町の大沼湖畔にある大沼学園の学園長をしている三浦辰也氏だ。

「すべてお答えします。なんでも見てください。うちの子どもたちの様子を見てやってください」

取材の依頼を受理し、あらゆる場を提供してくださった。家庭学校から続く福祉の道がそこには通っていた。

小説の中の『パパリンに贈る〝愛羅武勇〟』『I'm happy to meet U』は、実際にYou Tube上の作品から許可をもらって作中に用いさせてもらった。歌唱と作詞は、北広島市にある向陽学院退院生のYUKAさん。先述の髪の長い少女だ。また作曲は、現在同院で自立指導係長をされている橋田亮(あきら)氏。この二曲は今もYou Tubeに上がっている。

ストーリーはすべてフィクションであるが、取材に訪れるたびに温かく迎えてくださった大沼学園の職員の皆さん、在園生たち、昔から豊かな自然とともに施設を見守ってきた大沼の方々、中でも藤田恭吾氏、渡辺譲治氏からは、この地の歴史や風景とともに存在してきた学園について知る機会を頂戴した。また向陽学院はじめ、他の児童自立支援施設の方々からのお話には、施設ごとの個性と出合う機会をいただいた。改めてお礼申し上げます。

取材への同行、執筆を、連載前から変わらぬ穏やかさで励まし続けてくれたのは、潮出版社『パンプキン』編集部の上野和城氏である。現編集局長の岩崎幸一郎氏とともに、支えていただいた。

ブックデザインをお引き受け下さった鈴木成一氏にもこの場を借りて心よりお礼申し上げます。

福祉の場における専門的な監修は三浦辰也氏にご多忙な中幾度ものやり取りを通じお願いした。

多くの方にお力をお借りしたが、文責は言うまでもなく、すべて著者にある。

二〇一九年　九月

谷村志穂

本書は月刊『潮』(潮出版社)に
初出　二〇一七年五月号～二〇一九年三月号まで
連載された作品を加筆・修正したものです。

谷村志穂

たにむら・しほ
一九六二年、札幌市生まれ。
北海道大学農学部にて動物生態学を専攻する。
雑誌編集者などを経て九〇年に上梓した
『結婚しないかもしれない症候群』がベストセラーに。
九一年、処女小説となる『アクアリウムの鯨』を発表。
二〇〇三年、『海猫』で島清恋愛文学賞を受賞。
著書に、『余命』『黒髪』『尋ね人』『いそぶえ』
『ボルケイノ・ホテル』『大沼ワルツ』『移植医たち』など多数。

# セバット・ソング

二〇一九年一一月二〇日　初版発行
二〇一九年一一月二五日　二刷発行

著者　谷村志穂
発行者　南　晋三
発行所　株式会社　潮出版社
〒一〇二-八一一〇　東京都千代田区一番町六　一番町SQUARE
電話　〇三-三二三〇-〇七八一（編集）
〇三-三二三〇-〇七四一（営業）
振替口座　〇〇一五〇-五-六一〇九〇
印刷・製本　株式会社暁印刷

 ISBN 978-4-267-02207-4 C0093

http://www.usio.co.jp/